함께 배우고 익혀야 할

우리말 돋보기

| 구법회 지음 |

보고사

우리말은 요즘 중병을 앓고 있다. 대기업의 회사 이름이나 거리의 화려한 간판은 외국어로 바뀌어 가고 있으며 컴퓨터 통신언어에는 외계어라는 것까지 등장하여 우리 말글 생활을 어지럽히고 있다. 신문이나 방송, 각종 출판물, 간판 등 일상생활에서 잘못 쓰이고 있는 말들은 물론 국어사전에 잘못 풀이된 낱말도 허다하다. 이 책에서는 이러한 우리말의 문제점과 실태를 분야별로 분석하여 바로잡고자 노력하였다.

우리 말글을 사랑하는 이들에게

이 책은 글쓴이가 2004년 6월에 펴낸 ≪구법회의 우리말 바로보기≫에 이어 선보이는 두 번째 저서이다. 앞에서 다루지 못한 내용을 소재로 하여 열심히 썼지만 비슷한 유형의 책을 3년여 만에 내놓는 것에 대하여 걱정이 앞선다. 내용이 부실하지 않을까 염려되기 때문이다.

그러나 대부분의 글들이 '한글 새소식'이나 일간신문 중앙지, '인천일보', '인천신문'에 칼럼으로 실렸던 것들이라 이미 독자들로부터 어느정도 검증을 받았다는 점에서 위안을 받기도 한다. 글쓴이가 교직생활을 하면서 꾸준히 해온 일이 '우리말 가꾸기 운동'이기 때문에 모으는 자료가 잘못 쓰이는 우리말들이고 이를 바로잡는 일을 하다 보니 이런 글만을 쓰게 된다.

앞에 쓴 책을 읽은 독자들의 요구가 좀더 쉽고, 딱딱하지 않게 썼으면 좋겠다는 것이었다. 그래서 문법적인 설명은 되도록 피하고자 노력했지만 글을 부드럽고 재미있게 쓰기는 쉬운 일이 아니었다. 주제별로 한편의 글을 짤막하게 써서 산책하는 기분으로 읽기에 지루하지 않도록 했으며, 순서대로 읽지 않아도 필요한 부분을 선택해 읽으면 우리말글에 대한 궁금증이 풀릴 수 있도록 노력하였다.

어느 신문기자가 앞에 쓴 내 책을 교과서처럼 머리맡에 두고 읽으며, 화장실에서도 읽어서 책이 부풀었다는 말을 듣고 흐뭇해 한 적이 있었다. 우리말과 글을 곱고 바르게 가꾸어 나가자는데 뜻을 같이 하는 사람이면 누구나 읽어 둘 필요가 있을 것이다.

이 책은 다섯 마당으로 엮었다.

첫째 마당은 우리말의 표현 도구인 한글에 관한 기본 상식과 우리말 사랑을 위한 접근을 시도하였고 정겨운 우리말들을 찾아 산책하듯 살펴보았다.

둘째 마당에서는 맞춤법이 틀리기 쉬운 말들을 골라 바로잡았고, 표준어와 발음, 띄어쓰기, 문장부호 등을 다루었다.

셋째 마당은 '우리말 곧추기'로 일상생활에서 잘못 쓰는 말글, 신문, 방송, 서적, 심지어는 국어사전의 잘못된 풀이 예문 등을 바루고, 구별해 써야 할 말, 예절에 어긋나는 말도 지적해 바로잡았다.

넷째 마당에는 외래어의 남용을 자제하고 우리말에 외국어를 섞어 써서는 안 된다는 의견이 깔려 있다. 언론에 자주 등장하는 신조어 외국말, 아직도 남아있는 일본말 찌꺼기들을 어떻게 다듬어 우리말로 부려써야 할 것인가를 읽는 이들과 함께 고민해 보고자 노력했다.

다섯째 마당은 한말글 사랑 논단으로 '한글 새소식'과 일간지에 실렸던 우리말 사랑 칼럼을 중심으로 우리말 가꾸기 운동의 방향을 제시했다.

부족한 글이지만 우리 말글을 아끼고 사랑하는 모든 이들이, 이 책을 읽고 우리말 가꾸기 운동에 동참해 주었으면 하는 바람을 가져 본다.

2008년 가을
인천 청학골에서 다솔 **구법회**

 아름다운 우리말

맞춤법과 표준어

우리말 곧추기

셋째 마디 올바른 우리말 예절 · 241

외래어와 외국어

 다섯째 마당

한말글 사랑 논단

첫째 마당_ 아름다운 우리말

첫째 마디 · 한말글 이야기

둘째 마디 · 정겨운 우리말 산책

한말글 이야기

우리말과 한글

    우리는 아침에 깨어나서 저녁에 잠들기까지 말을 하면서 살아간다. 말의 사전적 의미는 '사람의 생각이나 느낌 따위를 목구멍을 통하여 조직적으로 나타내는 소리'이다. 이를 넓게 생각하여 자신의 생각이나 느낌을 표현하는 문자나 몸짓 따위도 말의 범주에 넣기도 한다. ≪표준국어대사전≫에도 '단어, 구, 문장 따위를 통틀어 이르는 말'이라 하여 말에 글을 포함시킬 수 있는 풀이가 보인다.

    보편적으로 넓은 뜻의 말은 몸짓, 표정 따위의 표현수단은 빼고 입말과 글말로 나뉜다. 입으로 하는 말은 입말이고 글자로 나타내는 말은 글말이다.

    '언어(言語)'라는 한자말도 말과 거의 같은 뜻으로 쓰인다. 사전에 '생각, 느낌 따위를 나타내거나 전달하는 데에 쓰는 음성, 문자 따위의 수단 또는 그 음성이나 문자 따위의 사회 관습적인 체계'라고 나와 있다.

    그러나 우리는 보통 좁은 의미로 말과 글을 따로 떼어 구분한다.

    이런 측면에서 우리말과 글자의 고유이름인 한글을 반드시 구분해서 써야한다는 의견이 있다.

    그러나 국어운동의 5대 목표가 '나라말을 깨끗하게, 쉽게, 바르게,

풍부하게, 너르게'하자는 것이거늘, 우리는 이제부터라도 '한글'을 글자에 국한해서 쓰는 일에 더욱 철저해야 하고, 다른 이들이 혼동해 쓸 때는 바로잡아 줘야 한다. 그래서 '한글운동'은 '한말글운동'으로, '한글이름'은 '한말글이름'으로 쓰도록 하자. '한글학회'도 애초에 '한말글학회'라 이름지었으면 좋았으련만.(누리집 '한마당'에서 이봉원)

　위는 '한글학회의 참모습'이란 글에서 일부만 따온 것이다. 이 글에서 이봉원 님은 '한글'은 우리 글자이름이기 때문에 글자의 의미로만 '한글'이라 쓰고, 우리말과 글을 함께 일컬을 때는 '한말글'이라는 말을 쓰자고 주장한다. 아주 타당한 제안이라고 생각한다.

　실제 말글 생활을 살펴보면 우리말 운동을 '한글운동'이라 하고, 토박이말 이름을 '한글이름'이라 말하기 때문에 말과 글의 의미가 혼용되고 있다. '한글학회'도 '한글'에 관한 일만 하는 학회가 아니고 우리말을 바르게 가꾸어 나가기 위해 말과 글에 관한 활동을 함께 하는 단체인 것도 사실이다.

　위에서 '한글운동'은 말을 제외한 뜻으로 받아들이면 그 활동 범위가 좁아지게 되지만 사람들은 말과 글의 개념을 통합하여, '한글운동=우리말 운동'으로 받아들이는 것이 보통이다. '한글'로 이름을 지으면 당연히 '한글이름'이지만 이름을 부를 때는 글자(글)가 아니라 입말이다. 그래서 '한글이름'이라기보다는 '토박이말 이름' 또는 '한말글 이름'이라고 하면 글자와 말을 어우를 수가 있다.

　'한글학회'도 따지고 보면 그 뜻과 학회의 활동 범위가 좁아지는 느낌이 있지만 고유명사에 대한 언어의 보수성은 깨기가 어려울 듯하다.

훈민정음 이야기

　'훈민정음(訓民正音)'은 조선 제4대 임금 세종(世宗)이 1446년(세종28 년) 9월에 제정·공포한 우리나라 글자 이름이며, 또 그것을 해설한 책의 이름이기도 하다.

　뒤에 '한글'이란 이름으로 부르게 된 훈민정음은 그 글자꼴에 대하여 여러 가지 억측이 있었다. 사대주의에 젖어 있던 어느 학자는 훈민정음이 고대 인도의 산크리스트어를 표기했던 범자(梵字)를 본떴다고도 했고, 그 밖에도 서장글자, 몽고글자, 발리(Pali) 글자를 본떴느니 하는 여러 가지 터무니없는 학설들이 있었다. 심지어는 훈민정음의 격을 낮추기 위하여 옛날 창문의 창살 모양을 본떴다는 주장도 있었다.

　그러나 1940년 경북 안동의 고가에서 ≪훈민정음≫ 원본이 발견되면서 한글을 만든 원리가 분명히 밝혀지게 되었고, 쓸데없는 억측이나 학설들이 꼬리를 감추게 되었다. 즉 한글은 발음기관의 모양을 본떠 만들었다는 것이 제자해(制字解)를 통해 온누리에 밝혀진 것이다.

　세종 임금이 새 글자를 만들고자 연구를 시작하면서 과로로 환후를 얻어 고생하시고 안질에 걸려 온양이나 초정약수터에 납시어 치료를 하면서도 글자 연구에 몰두한 일은 지금도 일화로 전해지고 있다.

　세종은 1443년(세종25년)에 우리말을 글자로 적기에 가장 알맞은 문자 체계를 완성하고 그 글자의 이름을 훈민정음이라 하였다. 그때까지 사용하던 한자가 우리말과 구조가 다른 중국말을 적기 위한 문자체계였기 때문에 많은 백성들이 배워서 익히고 쓰기가 힘들다는 사실을 안타까워하시어 새로운 글자를 만든 것이다.

훈민정음은 '백성을 가르치는 바른 소리'라는 뜻이며 이를 줄여서 '정음(正音)'이라고도 한다. '정음'은 '우리나라 말을 정(正)히, 반듯이, 옳게 쓰는 글'임을 뜻한다.

훈민정음, 곧 한글은 새로 만들 당시 28자였으나 오늘날에는 24자만 사용되는데, 우리말을 완벽하게 적을 수 있을 뿐 아니라 배우기와 쓰기에도 아주 편리한 문자체계이다.

훈민정음은 독창성과 기호 배합의 효율성으로 볼 때 '세계에서 가장 합리적인 문자'라는 평가를 받는다. 그 근거로는 모음과 자음의 구별이 쉽고, 28개 자모가 수직과 수평의 조합으로 반듯한 사각형을 이루면서 질서정연하게 배열된 점을 들고 있다. 특히 자음이 입술, 입, 혀의 위치를 확실하게 해준다는 점에서 한글의 과학성이 더욱 돋보인다고 할 수 있다.

지구상의 문자 가운데 한글은 분명한 탄생 기록이 있는 유일한 소리글자로서 24자의 조합으로 무려 11,172개의 소리값을 나타낼 수 있다. 그러니까 한글은 세계 어느 나라의 말도 소리나는 대로 거의 다 적을 수 있는 최대의 장점을 가지고 있는 자랑스러운 문자다.

글자이름 '훈민정음'과 책이름 '훈민정음'은 굳이 구분할 필요가 없겠지만 편의상 '훈민정음' 책에 대해서도 따로 알아 둘 필요가 있다. 글자이름 '훈민정음'과 구별하기 위해 책이름은 '훈민정음 해례본'이라고도 한다.

'훈민정음 해례본'은 목판본류로 서울 성북구 간송미술관에 1책이 소장되어 있으며, 국보 70호로 지정되었고, 1997년 10월 유네스코 세계 기록유산으로 등록되었다. 이 책은 정인지, 신숙주, 성삼문, 최항, 박팽년, 강희안, 이개, 이선로 등 집현전의 8명의 학자가 집필하였으며 내용은 크게 두 부분으로 나뉜다.

제1부는 세종이 지은 것으로 책의 본문에 해당된다. 본문의 내용은 새 글자를 만든 목적을 밝힌 훈민정음 서문과, 새 글자 28자를 초성 17 자와 중성 11자로 나누어 차례로 예를 들어 설명한 다음에 이들을 결합하여 우리말을 표기하는 방법을 제시한 예구로 되어 있다.

제2부는 세종의 명에 따라 젊은 학자들이 지은 본문을 해설한 부분이다. 그것은 새 문자의 제작원리를 설명한 제자해, 음절의 첫소리를 적는 자음 17자를 설명한 초성해, 모음 11자를 설명한 중성해, 음절끝 자음을 설명한 종성해, 초성·중성·종성이 결합하여 음절을 적는 방법을 설명한 합자해, 새 문자로서 낱말을 적는 예를 보인 용자례의 6장으로 나뉜다. 끝에는 정인지의 훈민정음해례본 서문이 붙어있다.

훈민정음은 전체 분량이 본문 4장, 주석과 정인지의 서문 29장으로 된 33장에 지나지 않으나, 이론 전체의 논리가 정연하고 서술이 과학적이다. 앞에서 언급한 바와 같이 문자를 만든 원리와 문자 사용 설명에 나타나는 이론은 현대의 세계 언어학자들이 높이 평가하고 있다.

한글의 이름 유래

'한글'은 우리나라에서 모든 국민이 함께 쓰는 우리나라 고유의 글자 이름이다.

'한글'을 세종 임금이 처음 만들어 반포한 때의 이름은 '훈민정음'이 었다. 이것이 그 때부터 시간이 흐르면서 정음(正音)·언문(諺文)·언서 (諺書)·반절(反切)·암클·중글·아햇글·상말글·배달글·가갸글· 국서(國書)·국문(國文)·한자(韓字)·조선글 등 다양한 이름으로 불리어졌다. 특히 언문이라는 명칭은 세종 당대부터 쓰였는데, 한글이라는 이름이 일반화되기 전까지는 그 이름이 널리 쓰였다.

이응호 님(개화기의 한글운동사 : 1975)에 따르면 한글의 별칭은 훈민정음을 포함하여 무려 17가지나 된다.

그 중에서 대표적인 것 몇 가지를 골라 그 뜻을 살펴보기로 한다.

① 정음(正音) : 정인지의 서문에서 사용하였으며, '훈민정음'을 줄여쓴 말로 '바른 소리'라는 뜻이니 글자의 이름으로는 부족한 점이 있다.

② 반절(反切) : 한글의 쓰임새를 가지고 일컫는 말이다. 한자로써 한자의 음을 나타내는 방법으로 한자(漢字) 둘을 가지고 한자의 음

을 나타내는데 앞글자의 첫 소리만 따고, 뒷글자에서는 첫소리를
뺀 나머지만 따서 음을 나타내는 방법이다.

〈보기〉學 ···· 胡覺反 또는 胡覺切 ···ㅎ + ㅏ   ⇒ 학

③ 언문(諺文) : 언문은 '상말글자'란 뜻으로 한글을 낮추어 일컫는 말
　이다. 이에 대해 한자는 '진서(眞書)'라 하여 높이는 말로 쓰기도
　하였다.
④ 암클 : '암'은 여성을 낮추어서 일컫는 말이다. 남자들은 한자[진
　서]를 배우고, 아이들과 여자들은 쉬운 글자나 배우고 쓴다는 남
　존여비의 사고방식에서 나온 말이다.
⑤ 중글 : 한글이 천대받고 박해를 받을 때, 절에서 스님들이 한글을
　가르치고 불경도 번역하며 신도들에게 교리도 가르쳤다. 이에 '중
　들의 글자'란 뜻에서 비롯된 이름이다.
⑥ 국문(國文) : '국가문자'란 말의 준말로 고종황제가 종묘에서 자주
　독립을 맹세하고 법적으로 붙인 이름인데, 개화기의 법령에 '본
　국문' 또는 '국문'으로 쓰였다.
⑦ 배달글 : '배달민족의 글자'란 뜻에서 일컫는 글자의 이름이다.

　특히 위 ③에서와 같이 언문은 최근까지도 한글을 낮추어 일컫는 말
로 알려져 왔으며 보통 그렇게 가르치고 또 배웠다. 물론 업신여김의
뜻을 가지고 있는 것도 사실이나 이런 고정 관념을 버리고 그 실체를
들여다보아야 한다는 의견도 있다.

　　최근 ≪조선시대 언문의 제도적 사용 연구≫(한국문화사)란 책에

서 저자 김슬옹은 '조선왕조실록'(27대 1967권 948책)에서 947건의 '언문' 기사를 찾아내 쓰임의 실태를 짚은 바 있다. 여기서 '언문'이 나라에서 만든 공용문자인 훈민정음을 일컫는 말이었으며, 한문이 공용문자로서의 비중이 높았지만 교화·실용 정책 쪽에서는 언문이 더 떳떳하고 널리 쓰였음을 밝혀냈다. 임금의 행정·발표·외교문서 에서도 언문을 쓴 바 있고, 왕실·사대부 집안 여성한테는 언문이 주류 문자였으며, 백성들도 언문으로 된 상언·서장·소장으로 의사표 시를 했고, '언문'이란 이름 역시 '비칭'이 아니라 '통칭'이었음도 짚어 낸다.(최인호, 2005. 12. 30. 한겨레)

이러한 근거나 정황으로 보아 이제는 '언문'을 한글을 속되게 부르던 말로 단정하는 풀이는 재고돼야 할 것으로 보인다.

한글은 근대화 과정에서 민족의식의 각성과 더불어 '국문'이라고 주로 부르다가 '한글'이라는 이름으로 통일되었는데, 이 이름은 주시경(周時經) 선생이 처음 사용하기 시작했다는 것이 정설로 되어 있다.

이 한글이라는 이름이 일반화되기는 조선어학회(지금의 한글학회)가 중심이 되어 훈민정음 반포 8회갑(回甲)이 되는 해인 1926년(병인년 : 丙寅年) 음력 9월 29일을 반포기념일로 정하여 '가갸날'로 이름지어 부르다가, 1928년 가갸날을 한글날로 고쳐 부르게 되면서부터이다. '한글'이라는 말은 '한(韓) 나라의 글', '큰 글', '세상에서 첫째 가는 글', '이 세상에 하나밖에 없는 글'이란 뜻을 지니고 있다.

한글 맞춤법의 원리

어느 교장선생님이 우리말을 화제로 얘기하는 중에 한글 맞춤법을 너무 까다롭게 만들어서 우리말 쓰기가 어렵다고 했다.

내가 어떤 부분이 어려운가 물었더니 그 분의 생각은 이러했다. 우리말을 대부분 발음대로 쓰면 간단한 것들이 있는데 받침을 까다롭게 적도록 규정해서 어려운 부분이 많다는 것이다. 그 예로 '-합니다', '-입니다' 따위는 '-함니다', '-임니다'로 소리나는데 구태여 'ㅂ' 받침으로 적어야 할 필요가 있느냐는 것이었다.

이 분뿐만이 아니라 지식인들 가운데 발음 위주의 맞춤법을 만들면 편리할 것이라는 생각을 하는 이들이 적지 않은 것 같다.

우선 위에서 예로 든 '-합니다', '-입니다'의 적기에 대하여 살펴보자.

'운동하다'라는 말의 어미에 변화를 주어보면 '운동합니다, 운동합시다, 운동합지요' 따위는 공통적으로 '-ㅂ니다'라는 어미를 규칙적으로 취하게 된다. 만일 '운동합니다'라고 소리 난다고 해서 이런 계통의 어미들을 '-ㅁ니다'를 써서 '운동함니다, 운동함시다, 운동함지요'처럼 쓸 수는 없는 일이다.

다음과 같은 보기를 보면 이들을 금방 이해하게 될 것이다.

· 먹습니다, 먹읍시다, 먹읍지요(○)

  먹슴니다, 먹음시다, 먹음지요(×)

· 제가 갑니다. 같이 갑시다. 제가 갑지요.(○)

  제가 감니다. 같이 감시다. 제가 감지요.(×)

위 '먹습니다'에서 '습'이 '슴'으로 소리 난다고 해서 다른 형태는 받침에 'ㅂ'을 쓰고 '슴'만 'ㅁ'을 쓴다면 맞춤법의 통일성과 규칙성이 파괴된다. 결국 이런 맞춤법은 예외가 더 많이 생기는 복잡한 맞춤법이 되고 만다.

어미에 'ㅁ'을 쓰는 경우는 '운동함, 먹음, 사람임' 따위와 같은 명사형 어미(ㅁ/음)가 있다.

한글 맞춤법은 표준어를 소리대로 적되 기본 형태를 밝혀 적는 것을 원칙으로 하고 있다. 그래야 우리의 말글 생활이 간편하고 통일성을 지닐 수 있기 때문이다. 언뜻 생각하면 우리말을 소리나는 대로 적으면 편리할 것 같지만, 그렇게 하면 한 낱말이 여러 가지의 형태로 실현되어 소리나는 경우가 무수히 많아서 더욱 혼란스러워진다.

'먹다'라는 말은 '먹꼬, 멍는, 먹짜, 머거서, 머그니, 먹찌' 등으로 소리 난다. 이들을 소리대로 적으면 이처럼 그 형태가 다양하게 나타난다. 그래서 '먹다'를 기본형으로 어간 '먹-'을 적고 그 뒤에 규칙적으로 활용하는 어미를 붙여서 '먹고, 먹는, 먹자, 먹어서, 먹으니, 먹지'처럼 적도록 한 것이다. 용언의 경우는 이렇게 기본형을 정하고 한 가지 형태로 적도록 규정하여 이를 간결하게 쓰고자 사회적 약속을 한 것이다.

한글 맞춤법은 일부 까다로운 부분도 있지만 그 원리만 터득하면 그렇게 어려울 것이 없다.

한글 맞춤법은 본문 6장과 '부록'으로 되어 있다. 제1장 총칙 제1항을 보며 맞춤법의 윤곽과 그 원리를 알아보도록 한다.

> **제1항** 한글 맞춤법은 표준어를 소리대로 적되, 어법에 맞도록 함을 원칙으로 한다.

한글 맞춤법은 표준어를 올바르게 적는 법이란 뜻이다. 여기서 '표준 어'란 '교양 있는 사람들이 두루 쓰는 현대 서울말'을 가리킨다. 이것은 '표준어 규정' 제1장 제1항에 명시해 놓았다.

표준어를 적는 원리는 두 가지로 설명할 수 있다.

우선 '소리대로 적되'에 해당하는 말들은 소리나는 그대로 적으면 된 다. 예를 들어 [하나], [김치]로 소리나는 말들은 소리 그대로 '하나', '김치'로 적으면 된다.

그러나 뒤에 '어법에 맞도록 함을 원칙으로 한다'라는 말을 지켜 쓰 는 부분들은 조금 복잡하다고 느낄 수도 있다. 여기서 알아두어야 할 두 번째 원리는 여러 가지로 소리나는 말은 그 기본 어형을 알고 그 형 태를 밝혀 적어야 하는 경우가 많다는 것이다.

'값'이라는 낱말은 그 뒤에 어떤 조사가 붙느냐에 따라 [갑씨], [갑 또], [감만], [갑쓸], [갑쎄] 등으로 소리나게 되며, '꽃'은 [꼬치], [꼬 츨], [꼰또], [꼰만] 따위로 소리 난다. 이것을 소리나는 대로 적으면 한 낱말의 형태가 여러 가지로 변형되어 나타나게 된다. 곧 '값'은 '갑, 감' 등으로, '꽃'은 '꼬, 꼰, 꼰'과 같이 혼란스러운 형태를 보이게 되는 것이다.

그래서 그 기본 어형을 밝혀 '값이, 값도, 값만, 값을, 값에' 또는 '꽃이, 꽃을, 꽃도, 꽃만'으로 적으면 표기의 혼란을 줄이고 약속된 글자 생활을 하기에 편리한 것이다.

맞춤법이 간혹 까다로운 부분도 있지만 그 원리를 알고 익혀 쓰면 그렇게 어려운 것이 아니다. 우리 말글을 바르게 쓰겠다는 생각으로 조금만 더 관심을 가지면 우리 모두가 편리한 말글 생활을 하게 될 것이다.

초등학교 어린이들이 오히려 어른들보다 기본적인 맞춤법에 익숙하고 더 바르게 쓰고 있지 않은가?

우리말 가꾸기 운동의 역사

글쓴이는 국어 순화라는 말을 되도록 쓰지 않으려고 한다. 왜냐하면 이 말이 너무 어렵기 때문이다. '국어 순화(醇化)'의 뜻은 '정성 어린 가르침으로 감화함'이란 뜻도 있지만 여기서는 '우리말에 섞인 잡스러운 것들을 걸러 내어 체계 있고 순수한 것으로 만드는 것'을 뜻한다.

그러면 '잡스러운 것들'이란 무엇인가? 이것은 우리 말글을 오염시켜 한마디로 우리의 올바른 말글 생활을 해치는 것들이다. 우리가 흔히 섞어 쓰는 외국어, 불필요한 외래어, 은어, 비속어, 인터넷에서 쓰는 어법을 무시한 통신 언어, 어려운 한자말 등이 여기에 속할 것이다.

엄밀히 따지자면 '국어 순화'의 '순화'란 말 자체가 너무 어려운 한자말이라서 '국어 순화'의 대상이 된다는 말이다. 그래서 이런 운동을 '국어 순화'라 하지 않고 '우리 말글 바르게 가꾸기'라고 부르고 싶다. 줄여서 '우리말 가꾸기'라고 불러도 좋을 것이다.

요즘은 다행히 '국어 순화 운동'과 비슷한 일들을 '우리 말글 바로 쓰기(한겨레)', 우리말 바루기(중앙일보)', '우리말 바로 쓰기(스포츠 한국)' 등 쉬운 말로 고쳐 쓰고 있다.

이른바 국어 순화라고 하는 '우리 말글 곱고 바르게 쓰기 운동'은 최근에 생겨난 일이 아니라 멀리 거슬러 올라가 주시경 선생으로부터 시작되었다고 볼 수 있다(허웅, 1990). 주시경 선생은 그의 문장에서 되도록이면 토박이말을 살려 쓰려 했고, 학술용어마저도 순수한 토박이말로 지어내었다. 그 뒤를 이은 분은 최현배 선생이다.

독립신문이 이 이념을 실천에 옮긴 것도 국어 순화에 큰 몫을 하였다. 이러한 이념은 한때 중단된 느낌이 있었으나 광복 이후 일본말 몰아내기 운동으로 이어지면서 국어 순화 운동에 새로운 불을 지폈다.

1945년은 우리 민족이 나라를 되찾은 해로서 우리말을 비로소 국어라고 말할 수 있던 때이므로 국어를 되찾은 기쁨에 학자와 교육자들이 발벗고 나서서 국어 순화에 힘을 모을 수 있었다. 여기에 미군정이 이를 뒷받침하여 '우리말 도로 찾기'를 발간하여 퍼뜨렸고, 한글학회는 기구를 정비하여 한글 강습회, 단기 국어 교사 양성, 국어 교본 편찬, 중등 국어교사 양성소 개설, ≪우리말 큰사전≫을 발간하는 등 눈부신 활동을 펼쳤으며, 드디어 대한민국 국회에서 1948년 9월 '한글 전용법'을 공포하게 되었다.

현대에 와서도 국어 순화 운동이 정부가 중심이 되어 범국민 운동으로 한때 유행처럼 번진 일이 있었다. 1976년 6월 3일 고 박정희 대통령이 국어순화 운동에 대하여 정부의 적절한 대책이 필요하다는 지시가 있은 후 관계 부처의 시안이 발표되고 공공기관과 학교에 전파되어 활발한 움직임을 보이는 듯하였다. '국어 사랑 나라 사랑'이라는 표어가 큰 건물에 나붙고 실제로 언론계나 출판계, 학계, 교육계 등에서는 전문 용어를 다듬고 대중 계몽을 위한 노력도 많이 하였다.

그러나 역시 정부 차원에서 이끄는 국어 순화 운동은 일반 대중의 실천이 뒤따르지 못해 지속적으로 이루어지지 못한 채, 그리 큰 성과를 거두지 못하고 슬그머니 중단되었다.

이러한 운동이 요즘에도 아주 멈춘 건 아니다. 위에서 들었던 몇몇 신문사나 한글학회 누리집(홈페이지)을 통해 운영되는 '우리말 바로 쓰기 운동', 국립국어원의 '우리말 다듬기', 일부 방송사의 '바른 말 고운 말', '우리말 겨루기', '사랑해요! 우리말', '우리말 나들이' 시간 운영 등 여러 가지 방법의 바람직한 우리 말글 사랑 운동이 지속되고 있다.

이제는 좀더 우리가 적극적으로 나설 때이다. 우리 말글에 관심이 있는 사람이면 누구나 요즘의 우리 말글 생활에 대하여 걱정하고 있다. 우리 말글이 잘못된 길로 빠져드는 것을 방치하는 것 같아 안타깝다.

나날이 오염되어 가는 우리 말글을 곱고 바르게 가꾸어 가는 일은 우리 배달겨레의 사명이요, 의무이다. 이 책에서 다루는 짤막한 이야기들이 우리 말글을 곱고 바르게 다듬어 가는 작은 디딤돌의 역할을 해주었으면 하는 바람이다.

한글 사랑, 평소의 말과 글부터

다른 기념일이나 국경일도 그렇지만 한글날이 되면 각 언론은 특집을 꾸며 우리말 오염 실태를 고발하고 대책을 마련하자는 토론도 한다. 그런데 문제는 언론사들이 평소 우리말과 글을 오염시키는 사례가 적지 않다는 데 있다.

외래어나 외국어의 남용 실태만 봐도 그렇다. '코드'나 '님비', '로드맵', '웰빙'이란 말을 누가 먼저 퍼뜨렸는가. 방송 프로그램의 제목을 보자. '모닝와이드', '피플 세상 속으로', '○○ 토크쇼', '올라불라 블루짱', '라이브러리 인물 탐구', '시사 투나잇', '뉴스 퍼레이드', '나이트라인' 등 영어 일색이다. 그뿐만이 아니다. '꾸러기'와 같은 접사가 버젓이 방송 제목으로 쓰이고 '얼짱, 왕따, 떴다방, 끼'들과 같은 품위 없는 말들이 신문의 표제어로 쓰이고 있다.

한편 청소년들은 인터넷 공간에서 자기들끼리만 통하는 통신언어를 만들어 씀으로 해서 한글 파괴 현상이 날로 심각해지고 있다. 그들이 사이버 공간에서 쓰는 용어는 '어솨요(어서 오세요)', '샘(선생님)'들과 같은 줄여 쓰기는 기본이고, '마니(많이)', '추카(축하)'들처럼 소리나는 대로 쓰기, '후다', '얼굴 까' 등의 상스러운 은어, 이른바 '외계어'라고까지 부르는 특수문자를 사용한 자기들만의 언어 등 우리말을 어지럽히는 일은 무수히 많다.

우리 말글의 오용과 파괴 현상은 우리의 노력에 의해 고쳐질 수 있는 것들도 있지만 인터넷 통신언어 분야는 그 특성상 고치자고 강요하기보다는 일상생활 언어와 구별해 쓸 수 있도록 지도하고 계몽하는 일이 필요하다.

한글학회는 이미 인터넷이란 말을 '누리그물'로, 홈페이지는 '누리집'으로 바꿔 쓰고 있다. 또 국립국어원은 외래어를 우리말로 바꿔 나가기 위한 작업으로 누리꾼(네티즌)들에게 순화 대상 용어를 투표로 물어 우리말로 바꾸는 운동을 전개하기도 한다.

한글날을 계기로 우리말과 한글을 사랑하고 바로 쓰자고 떠들기보다 평소 우리가 늘 쓰는 말과 글에 대해 관심을 갖는 것이 중요하다. 영어를 잘못 쓸까봐 영한사전은 책상머리에 늘 비치하면서도 국어사전은 준비해 놓지 않은 지식인들도 없지 않다.

이런 기회에 영어 공용을 주장하거나 우리 말글에 한자를 섞어 쓰자는 한자 사대주의자들도 우리 말글의 장래를 위해 깊이 생각해 보아야 한다. 한자 교육과 한자 병용은 아주 다른 것이다. 우리말의 특성상 한자 교육의 필요성은 누구나 인정한다. 그러나 문자 생활을 한자와 병행하고 초등학교 교과서부터 한자를 섞어 쓰자는 주장은 시대착오적 발상이다. 중·고등학교에서 가르치는 상용한자 1,800자만 잘 공부해도 취직 시험이나 국어 공부에 아무런 문제가 없다.

이제 우리는 세종대왕의 뜻을 기리는 의미에서도 해묵은 한자 교육 논쟁을 거두고 오염돼 가는 우리 말글을 곱고 바르게 가꾸어 가는 일에 매진해야 한다. 우리 민족이 세계에 자랑할 만한, 검증된 자랑거리 1호라면 '한글'밖에 더 있는가?

— 《동아일보》 여론마당 2004. 10. 8.

둘째
마디

정겨운 우리말 산책

저잣거리와 난장판

저자는 시장의 토박이말이다. 지금은 시장에서 물건을 파는 가게 또는 큰 길거리에 아침, 저녁으로 반찬거리를 사고팔기 위해 서는 장을 뜻하는 말로 쓰인다.

15세기 국어에서는 '져자, 져재'가 쓰였고 그밖에 옛말로 '저직, 저재, 져제' 등이 있다. 《훈몽자회》에 저자의 뜻으로 새긴 한자말을 보면 시(市), 점(店), 부(埠), 전(廛) 등이 있다. 여기서 점은 고정 점포를 가리키며, 부는 배가 닿는 부둣가에 있는 시장, 전은 시장 가운데의 빈 터로서 저자방이라고도 했다. 허(墟)라는 한자어도 시장이라는 뜻이어서 허시(墟市)라고 하면 장시라는 말과 같은 뜻이다.

시와 장은 같은 뜻의 말이지만, 문헌상으로 보면 시대가 내려올수록 시보다는 장이라는 말을 더 많이 썼다. 저자에 가는 것을 한자말로 행시(行市)라 하며, 장이란 말을 써서 '장보러 간다'고 할 때에는 간장(看場), 또는 간지[看集]라고도 했다. 여기서 지[集]는 장과 마찬가지로 저자를 뜻하고, 주로 외방 각처에 돌아가며 서는 정기 시장을 말한다.(한국문화상징사전 : 동아출판사 참조)

그러니까 저잣거리는 시장의 가게가 죽 늘어서 있는 거리를 가리킨다. 요즘 쓰는 한자말 '상가(商街)'가 '저잣거리'에 해당되는데, 한자말이 토박이말을 몰아낸 형국이다.

요즘은 '저잣거리'라는 말이 텔레비전 사극에 나오는 옛날 장터를 가리켜 말할 때나 쓰이는 정도다.

그러면 난장판이란 무엇인가?

본디 난장판은 장이 새로 형성되거나 장소를 옮기게 될 때, 그 사실을 주민들에게 알리기 위해 며칠 동안 벌이는 장판이다. 난장판을 벌일 때에는 한편에서는 장이 서고 다른 한편에서는 씨름, 줄다리기, 윷놀이, 남사당패 놀이, 보부상 놀이 등을 펼쳤다고 한다. 그러면 주민들은 장도 보고 구경도 하기 위해 장터로 모여들어 시끌벅적해진다.

요새는 이 말의 뜻이 변하여 여러 사람이 어지러이 뒤섞여 떠들어대거나 뒤엉켜 뒤죽박죽이 된 곳이나 그런 상태를 가리킨다.

'오늘 회의가 난장판이 되었다.', '온 집안을 난장판으로 만들어 놓았구나.'처럼 쓰인다. 이와 비슷한 뜻으로 '깍두기판'이란 말을 쓰기도 한다.

개나리

이른 봄에 우리나라에 봄소식을 전해주는 대표적인 꽃을 들라고 하면 개나리와 진달래를 꼽을 수 있을 것이다.

개나리는 다른 이름으로 신리화, 연요, 연교, 어리자나무 등으로도 불리며, 우리나라의 어디에서나 3, 4월에 노란 꽃을 볼 수 있다. 화사하고 귀여운 노랑꽃이 다 지고 나면 파릇파릇한 새싹이 돋아 왕성한 생장 활동을 시작하여 봄을 알리고 온 누리에 따뜻한 봄기운을 전하는 것으로는 개나리만한 것이 없을 것이다.

도심에서는 학교 울타리나 공공기관의 울타리로 축대 위에서 흐드러지게 늘어져 활짝 핀 개나리 꽃길을 걷다보면 봄을 흠뻑 느낄 수가 있다. 그런데 간혹 공원 인도 변으로 낮은 지대에 심은 개나리들을 전정 가위로 중간을 일정하게 잘라 그 키를 맞추어 다듬어 놓은 것을 볼 수 있다. 흔히 쥐똥나무를 그렇게 잘라 모양을 내는데 모든 식물이 다 그렇겠지만 개나리는 그 나무의 특성상 그렇게 자르면 꽃도 제대로 피지 못하고 나무에게 심한 고문을 하는 것 같아 안타깝다.

어떤 공공 기관에는 국기게양대 밑에 무궁화나무를 촘촘히 심어놓고 나무 중간의 키를 맞추어 일정하게 잘라놓은 모습을 볼 수 있다. 이것도 한 그루씩 띄어 심어야 은은한 꽃을 피우며, 피고 지고 또 피는 무궁화의 특성을 발휘할 수 있다.

'개나리'라는 낱말은 이미 15세기 국어에서 찾아 볼 수 있지만 '개나리 뿌리'가 한약재로 쓰였기 때문에 개나리의 말밑은 훈민정음 이전으로 거슬러 올라간다.

> '개나리'는 15세기 문헌에서부터 등장한다. 그 형태도 오늘날과 동일한 형태다.
>
> 개나릿 불휘 디허 즙을 므레 프러 머그며 〈구급간이방(1489년)〉

'개나리'는 향약명이 나타나는 여러 문헌에 등장한다. 모두 한자를 빌려 쓴 차자표기 형태로 보인다. ≪향약구급방(1417년)≫에 '犬伊那里根, 犬乃里花'란 말이 나오는데 이것은 차용한 글자로 표기한 한자어이며, 음과 훈을 따서 읽으면 각각 '가히나리불휘', '가히나리곶'이 된다.(홍윤표, '개나리의 어원' 참조)

15세기에 '개'의 뜻인 '가히'는 홀로 쓰일 때에는 '가히'였지만, '가히+나리'의 파생 과정을 거치면서 '개나리'로 변화하여 '개'가 '가히'로 쓰이던 시기에 '가히나리'는 이미 '개나리'로 변화하여 쓰인 것으로 보인다. 접두사인 '가히-'나 '개-'는 말뿌리인 '나리'에 그 의미를 첨가하여 '야생 상태의' 또는 '참 것이 아닌', '질이 떨어지는' 따위의 의미를 더해 준다.

접두사 '개-'는 현대국어에서도 '개살구, 개복숭아, 개비름, 개떡, 개죽음' 따위와 같이 쓰인다. 결국 '개나리'는 '참나리'에 대응되는 말로 '참 것이 아닌, 질이 떨어지는 나리'를 말하는 셈이다. 뜻은 그렇지만 개나리는 우리의 정서를 대변하는 봄의 전령사로 손꼽히는 아름다운 꽃이다. 어근 '나리'는 오늘날의 '참나리'인 '백합'을 가리킨다.

꽃 잠

　잠은 눈이 감긴 채 의식 활동이 쉬는 상태를 가리킨다. 잠을 푹 자고 나면 몸과 마음이 가볍고 상쾌하나 잠이 부족하면 몸이 찌뿌드드하고 정신도 맑지 못하다.

　잠은 깨어 있는 상태와 대조를 이루는데 그 이름도 다양하다.

　갓난아기가 두 팔을 머리 위로 벌리고 귀엽게 자는 잠은 나비잠이고, 달게 잘 잤을 때는 단잠 또는 꿀잠이라고도 한다. 이보다 더 아름다운 잠의 이름을 대라면 꽃잠을 꼽을 수 있을 것이다. 결혼한 첫날밤 신랑, 신부가 자는 잠이 꽃잠이다. 일생에서 가장 아름다우며 기억될 그 잠자리를 우리 옛말로 꽃잠이라 했으니 옛말이 요즘 말보다 소박하고 아름다움을 더해주는 느낌이 든다.

　잠의 종류는 이렇게 아름답고 기분 좋은 잠만 있는 것이 아니다. 우리 세대가 아주 어렸을 적, 6·25 전쟁 당시 피난살이를 하면서 잤던 잠은 발치잠이나 새우잠, 등걸잠 또는 토끼잠 같은 것들이었다.

　피난살이 때의 잠은 보통 작은 방에서 남의 집 식구들과 뒤엉켜 여러 사람이 서로 다리도 제대로 뻗지 못하고 함께 잤다. 이런 실정이다 보니 남의 발치에서 간신히 눈을 붙이는 발치잠을 자거나 새우처럼 옹크리고 자는 새우잠을 잘 수밖에 없었다. 등걸잠은 옷을 입은 채 이불과 같은 덮개도 없이 아무 데서나 쓰러져 자는 잠이다. 토끼잠도 이와 비슷하게 토끼처럼, 깊이 들지 못하고 아무 데서나 잠깐 자는 잠이다. 이처럼 깊이 잠이 들지 않아 자주 깨는 불편한 잠은 다른 말로 괭이잠, 노루잠, 개잠 등으로 불리며 동물이름에 빗대어 붙인 이름들이다.

이런 잠은 다른 말로 선잠, 풋잠, 겉잠, 여원잠이라고도 한다. 반대로 밤중에 누가 끌어가도 모를 정도로 깊이 든 잠은 굳잠 또는 속잠, 귀잠이라고도 한다. 불안 때문에 깊이 들지 못하는 잠은 사로잠이라 하고, 사정에 따라 꼿꼿이 앉은 채로 잠을 자는 수도 있는데 이런 잠은 말뚝잠이라 한다.

이처럼 잠자는 모습이나 정도에 따라 지은 이름이 있는가 하면 말의 의미에 따라 나타내는 잠의 종류도 있다.

이른 아침에 깨었다가 다시 자는 잠은 두벌잠 또는 한자말로 개잠(改—)이라 하고 매우 깊이 든 잠은 귀잠, 거짓으로 자는 체하는 잠은 꾀잠, 낮에 자는 잠은 낮잠이다. 밤에 자는 잠은 물론 밤잠이고 날이 샐 무렵 깊이 자는 잠은 새벽잠이다. 새벽잠이 많은 사람은 늦잠을 자기 일쑤여서 학교나 직장에 지각하기 쉽다.

우리말에 이처럼 잠의 종류가 많은 것은 사람이나 동물은 생리적으로 필요한 시간에 잠을 꼭 자야하기 때문일 것이다. 총성이 울리는 전쟁 중에도 잠은 자야 하고 홍수가 나서 집이 떠내려가도 잠은 자야 한다. 어떠한 상황에서도 꼭 필요한 것이 잠이니 잠의 종류도 다양할 수밖에 없다.

이런 여러 종류의 잠 가운데에서 가장 아름다운 잠은 꽃잠이 아닐까?

한가위

음력 8월 15일은 우리 고유의 명절로 보통 추석(秋夕) 또는 한가위라 부른다.

추석 때가 되면 농사일도 거의 끝나 갈 무렵이고 남쪽에서는 햇곡식을 먹을 수 있다. 풍년을 넉넉하게 즐길 수 있으며 과일도 풍성하고 덥거나 춥지도 않아 우리의 민속 명절 중 가장 좋은 계절이기도하다.

객지에 나가 있던 식구들이 다 고향에 모여 햇곡식과 햇과일로 차례를 지내고 성묘를 한다. 이웃들과 차린 음식을 서로 나눠 먹으며 즐겁게 하루를 지낸다. 아무리 가난한 사람도 떡을 빚어 나눠 먹었다고 해서 속담 중에 "일 년 열두 달 3백 65일 더도 말고 덜도 말고 한가위만 같아라."라는 말도 생겼다. 떨어져 살다가 다시 만나서 막혔던 이야기를 할 수 있는 시간이고, 아이들은 가족 전체를 만나서 함께 놀며 가풍을 익히는 계기이기도 하다.

추석은 다른 말로 한가위, 가윗날, 중추절(仲秋節), 가배(嘉俳)날, 가배절(嘉俳節)이라고도 한다. 이런 여러 가지 이름 중에서 좋은 이름을 두고 왜 하필이면 '가을 저녁'을 뜻하는 '추석'이란 말이 명절 이름으로 정착되었는지 좀 아쉬움이 있다. 추석은 그 유래나 어원으로 보아 '한가위'라 부르는 것이 훨씬 타당하다.

추석이라는 말은 ≪예기≫의 '조춘일(朝春日) 추석월(秋夕月)'에서 나온 것이다. 또한 중추절(仲秋節)이라 하는 것도 가을을 초추 · 중추 · 종추 이렇게 석 달로 나누어 음력 8월이 중간에 들었으므로 붙여진 이름이다.

추석은 다른 말로 '한가위'라고도 부르는데 '한'이라는 말은 '크다'라는 뜻이고 '가위'라는 말은 '가운데'라는 뜻을 가진 옛말로 곧 8월 15일인 한가위는 8월의 한가운데에 있는 큰 날이라는 뜻이 된다. '가위'라는 말은 신라 때 길쌈 놀이인 '가배(嘉俳)'에서 유래한 것으로, '길쌈'이란 실을 짜는 일이다.

김부식이 쓴 ≪삼국사기(三國史記)≫ 유리이사금 조에 다음과 같은 이야기가 나온다.

왕이 신라를 6부로 나누었는데 왕녀 두 사람이 각 부의 여자들을 통솔하여 무리를 만들고 음력 7월 16일부터 매일 일찍 모여서 길쌈, 적마(積麻)를 늦도록 하였다. 8월 15일에 이르러서는 그 성과의 많고 적음을 살펴 진 쪽에서 술과 음식을 내놓아 이긴 편을 축하하고 가무를 하며 각종 놀이를 하였는데 이것을 '가배'라 하였다. 이 행사가 바로 오늘날의 '한가위'이다.

이때 진 편에서 부르는 노래가 슬프고 아름다워 회소곡(會蘇曲)이라 했는데, 이 행사를 '가배'라 부른 것은 여러 의미가 있다.

'가배'의 말밑은 보통 '가운데'라는 뜻을 지닌 것으로 본다. 음력 8월 15일은 대표적인 우리의 보름 명절이므로 가운데라 할 수 있으며, 다음은 진 편에서 이긴 편에게 잔치를 베풀게 되므로 '갚는다'는 뜻에서 나왔을 것으로도 해석한다.

'가배'라는 말이 신라 시대에 그치지 않고 고려까지 이어져 내려온 것은 그 흔적을 쉽게 찾을 수 있다.

팔월 보름은 아으 가배(嘉俳)날이언만 님을 뫼셔 녀곤 오늘날 가배샷다.
아으 동동(動動) 다리.

위는 널리 알려진 고려가요 '동동(動動)'이라는 제목의 달거리 노래[月
令體歌]이다. 이 노래는 '팔월 보름에 아아 임을 모시고 함께 지낼 수만
있다면 오늘이 한가위 명절다울 텐데.'라고 해석할 수 있는 구절이다.
여기에서 고려 때에도 '추석'을 '가배날'이라 한 것을 볼 수 있다.

위에서 밝혔듯이 '가배'는 '가운데'를 뜻하며 뒤에 '가위'라는 말로 변
했다. 그러니까 '한가위'는 '한가운데[正中央]'를 나타내는 말이 된다. 여
기서는 가을 계절의 '한가운데'를 가리킨다. 가을철은 음력 7월, 8월,
9월 석 달이 되는데, 그 중의 가운데인 8월 하고도 보름날이니 '한가위'
이다. 한자말의 '중추절'이란 말과도 같은 뜻이며, 토박이말 명절 이름
은 '한가위'가 되는 것이다.

이처럼 '추석'이란 명절 이름은 그 의미나 역사적 사실로 보아 '한가
위'로 부르는 것이 훨씬 우리말답고 타당하다.

곁두리

농촌에서 농사일을 하며 끼니 이외에 참참이 먹는 음식을 곁두리라 한다. 글쓴이는 초·중·고등학교 시절 경기도 김포의 농촌에서 살았다. 어릴 적에 밭이나 논에 나가 어른들의 일손을 도울 때면 점심도 들에서 먹지만 점심을 전후로 반드시 곁두리를 먹었다. 새 때마다 먹는 참이라 하여 새참이라고도 불렀다.

일은 얼마 하지도 않고서도 곁두리 때가 되면 우리 집 방향의 논두렁을 쳐다보게 마련이다. 배가 고파지면서 곁두리 생각이 나기 때문이다.

모내기철 같은 중요한 농사일에는 점심도 반찬이 많고 푸짐하지만 곁두리도 음식이 먹을 만하다. 국수나 밥이 나오기도 하지만 떡을 하는 경우도 있고 반드시 일꾼들을 위한 막걸리가 곁들여진다.

그러나 가족끼리 텃밭이나 건넛밭에서 감자나 캐고 콩이나 심는 정도의 일에도 곁두리가 나오긴 하지만 비교적 간단하다. 잘 나오면 국수, 거기에 말아 먹을 수 있는 밥이 나오면 속이 든든하다. 이보다 좀 부실한 경우는 찐 고구마나 감자, 계절에 따라 다르지만 옥수수, 찐 단호박 따위가 나온다. 먹을 것이 넉넉하지 못했던 시절, 그래도 곁두리는 농촌에서 일하면서 기다려지는 향수어린 음식이다.

또 곁두리라고 부르지는 않지만 밤에 먹는 '밤참'이라는 것이 있다.

요즘에 한자말을 써서 '야식(夜食)'이라고 하는 것과 같은 것이다.

　농촌에서 농한기인 겨울철에는 가마니를 짜거나 새끼를 꼬았다. 가마니는 다음해에 농사를 지어서 넣을 벼와 쌀을 담을 것이고, 새끼는 가마니를 짜는데 쓰거나 초가지붕을 잇는 등 여러 용도로 쓰였다. 전기도 없는 등잔불 밑에서 할머니의 구수한 옛날 이야기를 들으며 어린 나도 가느다란 새끼(가마니 짜기용)를 꼬았다. 저녁 10시 정도가 되면 배가 고파 오는데 이때 나오는 것이 밤참이다. 주로 김치를 함께 넣어서 끓인 국수를 먹었는데 김포 지역에서는 이것을 '털랭이국수'라 했다. 이때도 사정에 따라 밤참이 달라지는데 시원한 동치미와 함께 나오는 찐 감자나 고구마도 별미였다. 라면은 훨씬 뒤 1960년대 후반에 나온 듯하다.

　곁두리나 새참, 밤참 모두가 농촌에서 필요한 것이었으며, 향수어린 음식 중의 하나다.

사 리

음식점에서 냉면이나 메밀국수와 같은 음식을 먹을 때 국수를 더 먹고 싶으면 "아주머니, 여기 냉면 한 사리 더 주세요."라고 말한다. 이때 '사리'는 우리말인가, 일본말인가?

'사리'를 일본말로 잘못 알고 있는 사람들이 의외로 많은 것 같다. 그러나 '사리'는 순수한 우리 토박이말이다.

사리는 국수나 새끼, 실 따위를 흩어지지 않도록 동그랗게 포개어 감은 뭉치를 가리킨다. 이 말은 동사 '사리다'에서 왔는데 '사리'는 명사로, '사리다'는 동사로 함께 쓰이고 있다.

(1) 나는 국수를 두 <u>사리</u>나 더 먹었어.
(2) 새끼 두 <u>사리</u>만 더 가져 오너라.

위 (1)은 우리가 음식점에서 쓰는 말이고 (2)의 '사리'는 농촌에서 새끼를 꼬아 사려 둔 뭉치의 단위이다.

동사 '사리다'는 다음과 같이 쓰인다.

(3) 다음에 쓸 수 있도록 줄을 잘 <u>사려</u> 두어라.

(4) 독사가 둥글게 몸을 <u>사리고</u> 노려보고 있었다.

(5) 진돗개가 꼬리를 <u>사리고</u> 숨었다.

(6) 저 선수는 몸을 <u>사리지</u> 않고 뛴다.

(7) 그는 새삼 마음을 굳게 <u>사려</u> 먹었다.

위 (3)에서처럼 '사리다'의 중심의미는 줄처럼 생긴 어떤 물건을 동 그랗게 포개어 감는다는 뜻이지만 의미가 확대되면서 (4), (5)처럼 동 물들이 꼬리를 사리 모양으로 감거나 움츠리는 것을 나타내기도 한다. 또 (6)에서는 몸을 아낀다는 뜻으로, (7)에서는 정신을 바짝 가다듬는 다는 뜻으로 의미가 확대되어 쓰임을 알 수 있다.

이 '사리'는 '사리다'라는 말에서 나온 것인데 실 같은 것을 흩어지지 않게 동그랗게 포개어 감은 것을 가리킨다. '몸을 사린다'는 말로 쓰일 때는 '어렵거나 지저분한 일은 살살 피하며 몸을 아낀다'는 뜻도 가지고 있다.

❖ **사리의 여러 가지 뜻**

사리① 국수, 새끼, 실 따위를 동그랗게 포개어 감은 뭉치.

사리② 윷놀이에서, '모'나 '윷'을 이르는 말.

사리③ 음력 보름과 그믐 무렵에 밀물이 가장 높은 때.(= 한사리)

사리(邪理)④ 그릇된 이치나 생각.

사리(私利)⑤ 사사로운 이익.

사리(事理)⑥ 사물의 이치.

사리(舍利/奢利)⑦ 석가모니나 성자의 유골. 후세에는 화장한 뒤에 나오 는 구슬 모양의 것만 이른다.

장 승

옛날에 돌이나 나무에 사람의 얼굴을 새겨서 마을이나 절 어귀, 또는 길가에 세운 푯말을 장승이라 한다. 현대에 와서도 옛 정취를 살리기 위하여 민속 마을이나 관광지에 세운 장승을 볼 수 있다.

장승의 말밑은 신라와 고려 시대에는 목방장생표(木榜長生標), 석적장생표, 국장생석표, 황장생(皇長生)이라는 기록이 있다.

고려 후기와 조선시대에는 승[椔], 장승[長椔, 長丞, 長承], 장승우[長生偶], 후(堠), 장성(長性·長城), 장성주(長先柱), 장선(長先·長仙) 등의 명칭이 보인다. 15세기어로는 댱승이었으며, 16세기에 장승으로 변했다. 1933년 《한글 맞춤법 통일안》에 의하여 '장승'이 표준말로 되었다. 장승은 긴 나무 푯말이라는 뜻이다.(이종철)

위에서 보여준 장승의 원래 이름이 많았던 것처럼 '장승'이 지닌 의미와 상징성도 매우 다양하다.

우선 장승은 마을을 지키는 수호신이며 수문신(守門神)이었다. 장승은 마을 제사[洞祭]를 지낼 때 솟대, 신목(神木), 서낭당, 입석, 돌무더기 등과 함께 신역의 대상이 되어왔다. 장승은 나무나 돌로 깎아 세워 만든 형태로 이정표의 구실을 하며 10리나 5리 간격으로 세워 거리를 가늠하게 하기도 하였다. 나무기둥이나 돌기둥의 윗 부분에 사람의 얼굴 형태를 소박하게 그리거나 조각하고, 아랫부분에는 '천하대장군(天下大將軍)', '지하여장군(地下女將軍)'이라 새긴다.

절의 일주문 앞이나 사찰 주위에 호법선신(護法善神), 금귀대장(禁鬼大將), 국장생표(國長生標) 등의 장승을 세운다. 사찰의 재앙과 잡귀의 침입을 막고 사찰을 수호하며 사원 전답의 경계를 표시하는 역할도 한다. 이는 불교와 민속 신앙이 어우러진 일면을 볼 수 있는 부분이다.

장승은 지역에 따라 여러 가지로 불렸는데 장생(長生), 장신, 벅시, 벅수(법수), 수살이, 수살막이, 돌미륵, 당산할아버지, 돌하루방 등 그 이름이 다양했다.

장승에 관련된 속담과 비유도 많이 생겨났는데 멍청하게 서 있는 사람을 "벅수같이 멍하게 서 있다."고 하며 멋없이 키 큰 사람을 "9척 장승 같다."고 말하기도 한다. 또 "벅수같이 자빠진다.", "개가 장승 무서운 줄 알면 오줌 눌까."란 말도 있다. 이런 속담은 대개 장승의 모양과 특성에 따라 대개 '멍청이'에 비유한 말이 많다.

신채효의 '변강쇠전'에도 장승에 관한 이야기가 등장한다.

전라도 잡놈인 변강쇠와 평안도 음녀(陰女)인 옹녀는 각기 음란한 경력이 있다. 남남북녀라 하여 변강쇠는 북으로, 옹녀는 남으로 가다가 개성에서 서로 만나 곧장 연애를 한다. 둘이서 지리산으로 들어가 살던 중, 지나친 음행으로 나태해진 변강쇠가 장승을 뽑아다 패어 불을 땐다.

그로 인해 변강쇠는 조선 8도 장승들의 보복으로 지독한 병에 걸려 앓다가 장승처럼 뻣뻣이 서서 죽는다. 옹녀가 변강쇠의 장사를 지내주면 그 사람과 살겠다고 하자, 중과 초라니, 풍각쟁이들이 나섰으나, 시체에 손을 대는 사람마다 죽어 버린다. 이에 구종(驅從) 뎁뚝이의 지혜로 변강쇠의 시체를 넘어뜨리고, 각설이패와 함께 송장 여덟을 나누어지고 북망산으로 가서 온갖 고생 끝에 장사를 지내게 된다.

'변강쇠전'에 나오는 장승의 위력을 보아도 장승은 막강한 힘을 지닌 우리 민족 민속 신앙이기도 하였다. 이 이야기는 금기의 타파가 가져오는 권선징악(勸善懲惡)의 신벌(神罰)이 얼마나 무서운가를 보여주는 인과응보 사상이 깔린 해학적 작품이라 하겠다.

지금도 제주도 하루방을 비롯하여 서울 노량진의 '장승백이'란 마을이름이 살아있으며 장승백이의 장승은 팔도 장승의 왕으로 불리고 있다.

바 람

'바람'이란 쉬운 말의 뜻을 풀이하라고 하면 더 어려운 풀이말이 나온다.

'바람'의 풀이를 보면 1차적 중심의미로 '기압의 변화 또는 사람이나 기계에 의하여 일어나는 공기의 움직임' ≪표준국어대사전≫이라고 되어 있다. 기압의 차이에 의해서 공기의 흐름이 천천히 또는 빠르게 이동하는 현상을 바람이라고 한다. '바람'이라는 낱말은 '불다'와 가장 밀접하게 호응하며 그 말밑도 '불다'와 관련되어 있다.

중세국어의 표기는 ᄇᆞᄅᆞᆷ[風]이다. 어근 '볼-'에 명사형 접미사 '-음'이 붙어서 된 것으로 학자들은 추정하고 있다. 그런데 '불다'의 '불-'은 '불-'과 어원이 같다. 또 바람소리를 나타내는 의성어 'ᄇᆞᄅᆞᆨ/브르'에 명사형 어미 '암'이 붙어서 '바람'이 되었다고 설명하기도 한다.

결국 '바람'의 어형은 'ᄇᆞᄅᆞᆨ/브르 + 암/다〉ᄇᆞᄅᆞᆷ/불다〉바람/불다' 등의 과정을 거쳐 분화 발달된 낱말로 보인다.

이러한 뿌리를 가지고 생겨난 바람이란 말이 요즘은 종류도 많고 사람에게 꼭 필요한 것이기도 하며 때로는 큰 피해를 주기도 한다.

우선 바람의 종류를 불어오는 방향에 따라 살펴보자. 우리 선조들이 부르던 토박이말 이름들이다.

- 샛바람 : 동풍. 이른 아침 동틀 무렵 가볍게 불어오는 바람.
- 하늬바람 : 서풍. 중국 쪽에서 불어오는 바람으로 갈바람(가을 바람)이라고도 한다.
- 마파람 : 남풍. 대체로 남풍은 더운 날 시원하게 불어주어 기분 좋게 해주지만 마파람이 불면 빨래를 걷고 장독을 닫아야 할 때도 많다.
- 높새바람 : 북동풍. 주로 봄부터 초여름에 걸쳐 태백산맥을 넘어 영서 지방으로 부는 고온 건조한 바람으로 농작물에 피해를 준다.

기상학에서는 바람의 이름을 속도와 그 특성에 따라 번호를 매기고 다음과 같이 분류한다.

```
 0 평온함 → 고요(calm)
 1 미  풍 → 실바람(light air)
 2 경  풍 → 남실바람(light breeze)
 3 연  풍 → 산들바람(gentle breeze)
 4 화  풍 → 건들바람(moderate breeze)
 5 질  풍 → 흔들바람(flesh breeze)
 6 강  풍 → 된바람(strong breeze)
 7 연강풍 → 센바람(moderate gale)
 8 질강풍 → 큰바람(flesh gale)
 9 대강풍 → 큰센바람(strong gale)
10 전강풍 → 노대바람(whole gale)
11 폭  풍 → 왕바람(storm)
12 태  풍 → 싹쓸바람(hurricane, taiphoon)
```

위와 같이 기상학에서는 풍력 계급을 0-12까지 13가지로 나누고 있다. 그런데 여기에 쓰이는 용어가 →표 오른쪽의 쉬운 우리말로 된 용어도 국어사전에 올라 있으나 대개는 왼쪽의 한자말을 쓰고 있다.

위에서 11번 '폭풍'을 '왕(王)바람'이라고 한 것을 빼고는 오른쪽에 쓴 이름이 모두 토박이말로 되어 있다. 한자말에 비해서 토박이말이 음절 수가 대체로 길어지는 경향이 있다. '태풍'이라는 한자말에 익숙해 있는 우리에게 '싹쓸바람'이라고 바꿔 쓰자고 하면 그리 쉽게 고쳐지지는 않을 것이다. 그러나 '허리케인(hurricane)'이라면 알아들어도 '싹쓸바람'은 전혀 모르겠다가 아니라, 그 뜻이라도 같다는 것쯤은 알아두어야 할 것이다.

군불과 밑불

불은 인간이 원시생활을 하면서부터 사용해 왔다. 불의 종류도 문화의 발달과 그 쓰임새에 따라 등잔불, 촛불, 향불, 남폿불, 전깃불, 연탄불, 화롯불, 난롯불, 화톳불, 모닥불, 횃불, 성화(聖火), 봉화(烽火) 등등 다양하다.

불은 생명력과 복을 상징한다. 옛날 양반가에서는 불씨를 꺼뜨리지 않도록 조심하였고, 대를 이어 후손에게 전하였다. 집안의 아낙네들이 불씨를 인계인수함으로써 가통(家統)이 계승되었다.

이런 관습은 오늘날에도 이어지고 있다. 이사할 때, 그전 집에서 쓰던 연탄 불씨를 꺼뜨리지 않고 짐과 함께 실어 나르는 풍습도 이와 같은 맥락이다. 불을 버리고 떠나면 복을 버리는 것이라고 믿었기 때문이다. 또 이사하는 집에 성냥이나 양초를 선물하는 것도 불처럼 집안이 일어나라는 뜻이 담겨 있다. 요즘은 비누 거품처럼 부글부글 일어나라고 합성세제를 선물하기도 하지만…….

불나는 꿈을 꾸는 것도 가운이 융성해진다고 하여 상서로운 일로 믿었고, 정월 대보름 전날 밤에 쥐불놀이나 횃불놀이를 하는 것도 같은 뜻을 지녔다. 제사 때에 초와 향불을 피우고 소지(燒紙)를 올리는 것도 불이 지닌 생명력이 하늘과 땅, 이승과 저승, 조상과 후손을 이어준다고 믿기 때문이다.

요즘 도시에서는 들어보기 힘든 말이지만 '군불 땐다'는 말이 있다. 군불[군 : 불]의 '군'은 길게 발음한다. 우리의 전통가옥 온돌방을 따뜻하게 하기 위해 때는 불을 가리킨다. 방에 불을 때는 일은 주로 밥솥, 국솥이 걸려 있는 안방 부엌에서 하게 된다. 매일 세 차례 끼니때마다 불을 때게 되면 식사 해결과 함께 방도 늘 따뜻하여 저녁 잠자리에 별 문제가 없다.

대가족 제도에서 여러 식구가 한 집안에 살던 옛날에 안방 이외의 건넌방(건넛방이라고도 함)이나 사랑방에는 날씨가 선선해지면 군불을 때야 식구들이 따뜻하게 잠을 잘 수 있었다.

행랑채의 사랑방에는 군불을 경제적으로 이용하기 위하여 가마솥을 걸어놓고 소죽을 끓이기도 하고, 세숫물도 데운다. 군불 때는 일은 어른들의 바쁜 일손을 돕는 뜻에서 아이들이 주로 맡아 한다. 이때 군불을 때면서 아궁이 속에 감자나 고구마를 구워서 형제들끼리 나눠 먹는 일도 또 다른 즐거움이며 시골에서 느끼는 정겨운 맛이다. 속된 말로 담배를 피우는 일도 '군불 땐다'고 한다.

'군불'과는 다르지만 '밑불'이란 말도 있다. '밑불'은 불을 피울 때에 불씨가 되는 불이며 본래 살아 있는 불을 가리킨다.

'군불'을 땔 때에는 대개 '밑불'이 없기 때문에 성냥이나 라이터가 필요하다. 장작불을 붙이자면 바로 불이 붙지 않으므로 '불쏘시개'라는 것이 필요하다. '불쏘시개'로는 성냥불에 바로 잘 붙일 수 있는 부드러운 지푸라기나 못 쓰는 종이, 마른 낙엽, 솔가리 등이 쓰인다.

연탄불을 땔 때에도 처음에 반드시 '밑불'이 필요한데 중간에 연탄불이 꺼지면 옆집에서 빌려오기도 한다. 학교에서는 석탄 난로를 때던 시절이 있었는데 이때도 '밑불'과 '불쏘시개'는 필수적이다. 추운 겨울에 이들을 챙기는 것은 담임선생님의 몫이었다. 호호 불고 연기를 마셔가며 난롯불을 피워 놓고 난로 위에 학급 학생들의 도시락을 데워 즐거운 점심시간을 맞이하는 것도 나이 든 어른들의 학창 시절 추억으로 남아 있다.

❖ **참고**

소지(燒紙) : 부정을 없애고 신에게 소원을 빌기 위하여 흰 종이를 태워 공중으로 올리는 일 또는 그런 종이.

도깨비

　우리나라의 민담과 전설에는 도깨비 이야기가 많이 나온다. 사람을 잡아먹는 무서운 도깨비도 있지만, 대개는 무서우면서도 어리석어서 사람이 잘 다루면 이로움을 주는 존재로 묘사된다. 금은보화가 원하는 대로 쏟아지는 '도깨비 방망이'도 있고, 쓰면 보이지 않는 '도깨비 감투'를 인간에게 주기도 하여 인간과 잘 어울리는 자연귀신이기도 하다.

　흔히 사람이 생각지도 못한 엉뚱한 일을 당했을 때, 도깨비 장난이라는 말을 하기도 한다.

　가령 솥 안에 있던 떡시루가 뒷간에 가 있다든지, 끓여 놓은 국수가 뒷동산 나뭇가지에 걸려 있다는 식의 이야기다. 이것은 도깨비가 장난기가 많아서 인간이 상상할 수 없는 일을 저지른다고 사람들은 믿는다.

　많이 알려진 도깨비 이야기 하나를 소개한다. 벼가 누렇게 익은 가을철에 가을비가 부슬부슬 내리면 사람들은 저녁에 논바닥 옆으로 흐르는 개울가에 발을 쳐 놓고 호롱불 밑에서 게를 잡는다. 밤이 이슥하면 게가 강으로 가려고 내려오면서 장애물인 게발을 지나기 위해 발을 따라 밑으로 엉금엉금 기어간다. 그러면 사람은 그저 그 게를 잡아 망태기나 자루에 집어넣기만 하면 된다.

　그런데 어떤 사람이 신기하게도 게가 잘 잡혀서 좋아하며 밤새워 게를 잡고 있는데, 새벽녘에 누가 "박 서방, 게 많이 잡았소?"해서 돌아보니, 키가 9척이나 되는 큰 사람이 킬킬거리며 사라졌다고 한다. 동이 트고 날이 밝아 게 잡은 망태기를 보니 물에 떠내려 온 쇠똥과 나무 조각들만 잔뜩 들어 있었다고 한다. 우리는 이런 사람을 보고 도깨비에 홀렸다고 말하고 이런 도깨비는 악귀가 아닌 장난기 어린 선량한 귀신으로 치부된다.

도깨비는 15세기 문헌에 '돗가비'로 표기되었다. '돗가비'는 '돗'과 '아비'의 합성어로 본다. '돗'의 원형은 '돗'이며 이는 곧 '도섭'과 같다. '도섭'이란 현대국어에도 있는 말인데 주책없이 능청맞고 수선스럽게 변덕을 부리는 짓을 뜻한다. '돗아비'에 'ㄱ'이 첨가되어 '돗가비'가 되었고 이것이 '도까비〉도깨비'의 형태로 변해 온 것으로 추정하고 있다.

도깨비는 국어사전에 '동물이나 사람의 형상을 한 잡된 귀신의 하나로 비상한 힘과 재주를 가지고 있어 사람을 홀리기도 하고 짓궂은 장난이나 심술궂은 짓을 많이 한다고 한다.'고 풀이하고 있다.

오늘날처럼 밝은 세상에서도 도깨비를 보았다거나 도깨비에 홀렸었다는 사람이 간혹 있으니 역시 재미있는 귀신이다.

속곳과 고쟁이

'속곳'이나 '고쟁이'는 모두 우리 조상들이 입던 여자의 속옷이다. '속곳'은 다시 '속속곳'과 '단속곳'으로 나뉘며 '고쟁이'는 속속곳 위에, 단속곳은 치마 밑에 입는 아래 속곳이다.

예부터 '동방예의지국'으로 불려 온 우리나라인지라 우리의 전통 의상은 여자들의 옷 입는 법도 까다로웠거니와 속옷도 몇 겹으로 입어 정조 의식을 확고히 하고자 한 의도가 엿보인다.

이렇게 여성들의 옷은 '하후상박'이라는 옷의 구조적 모양을 살려 우리 특유의 고전미를 창출하였다. '하후상박'이란 아래부위는 부풀리고 윗 부분은 달라붙은 모양일 수밖에 없었으니 이에 따라 상의보다는 하의에 속한 속옷들이 많이 발달하였다.

전통적인 우리 옷의 특징은 '중복'에 있다. 저고리도 겉저고리와 안저고리가 있고 치마도 속치마와 겉치마, 속바지 역시 너른바지, 고쟁이 등이 있어 겉과 안을 구별하여 속옷을 입지 않으면 마치 벗은 것처럼 부끄럽게 생각할 정도였다.

또 한 가지 특징은 여밈이다. '여밈'이란 합친다는 뜻을 지니고 있으며, 잠근다는 의미가 폐쇄적인 감각을 지니는 데 반해 덜 무장된 여유로운 느낌을 받는다. 중복이 도덕적 관습에서 온 복식제도라면 여밈은

이 형식을 풀어주는 개방적 성격을 지니고 있다.

여성의 옷은 '하후상박'이 특징이라 위는 작게 보이도록 삼회장 저고리를 입었고, 아래로는 부풀릴 수 있도록 치마 밑의 속옷을 잘 입어야했다.

평상복에 있어서도 치마 밑에는 단속곳을 입었고, 그 밑에는 바지를 입었으며, 또 그 밑으로 속속곳을 입고, 그러고도 모자라서 밑으로 다리속곳을 입었던 것이다. 요즘 우리 생각으로는 참으로 거추장스럽고 거창하다 하겠지만, 우리 조상들의 지혜는 이들의 조화를 잘 살려 온몸을 감싸주고 부풀려줌으로써 자연미를 추구하며 우아한 멋을 풍기게했던 것이다.

그러면 이제부터 ≪춘향전≫에서 이도령이 춘향이를 만난 첫날밤에 등잔불을 끄고 속옷을 하나씩 벗긴다고 생각하며 당시의 속옷 이름들을 자세히 살펴보자.

· 속적삼 : 홑으로 된 안 옷을 가리키며 모양은 저고리와 같다. 옛날에는 아무리 삼복더위라 하더라도 적삼 한 겹만 입는 법은 없었고 반드시 '속적삼'을 받쳐 입었다. 겨울에는 이 속적삼 위에 겹으로 된 속곳 저고리를 입고 그 위에다 웃저고리를 입어 이것을 '삼작 저고리'라 하였다.

· 속치마 : 치마 속에는 속치마를 입었다. 속명으로 '무족군'이라 하여 속치마를 여러 겹으로 포개 입기도 하였다. 이것은 그 사치성이 심하고 비활동적이었다. 그런데 그 이름이 '무족군'이듯이 아무리 많이 끼어 입어도 오히려 부족하다는 뜻을 나타내고 있는 듯하다. 입는 방식은 가장 짧은 치마를 속에 입고 차례대로 길게 해서 허리에 거듭 둘렀다. 이때 그것들

을 다 갓풀로 힘껏 굳게 붙여서 불룩하게 보이도록 하였다.

· 단속곳 : 여성의 속치마 다음에는 '단속곳'을 입게 된다. 사투리로 '겉 속곳'이라고도 하며 고장바지 위에 덧입는 속곳이다. 이것은 일종의 속치마로 겉치마 밑에 입는 것이기 때문에 부드러운 옷감을 사용했다. 속에 입는 바지보다는 길고 허리부분에 말기가 달려 왼편 끝에서 끈으로 묶게 되어 있다.

· 고쟁이 : 한복에 입는 여자 속옷으로 속속곳 위에, 단속곳 밑에 입는 아래 속곳이다. 위는 통이 넓지만 발목 부분으로 내려가면서 좁아지고 밑을 여미도록 되어 있다. 여름에 많이 입으며 무명, 베, 모시 따위를 홑으로 박아 옷을 짓는다.

· 고장바지 : 속담에 "고쟁이를 열두 벌 입어도 보일 것은 다 보인다." 라는 말이 있다. 이때 '고쟁이'란 단속곳의 속에 입었던 옷이다. 고장바지는 '꼬장바지', '꼬장주'라 부르는 것으로 밑을 가리기 위해 입었던 옷이다. 이것은 속속곳 위에 입는 옷으로 속곳에 비하면 훨씬 웃옷 같은 맛을 주는 바지이다.

· 속속곳 : "속곳바람"이라는 말은 맨몸으로 겨우 가린 상태를 말하는 것이다. 이때 가장 속에 입는 것이 '속속곳'이다. 이것이 여자의 맨 속에 입는 옷으로 다리통이 넓고 밑이 막히게 되었다. 홑으로 지은 속속곳은 '단여의'라고도 부른다.

· 다리속곳 : 속속곳이 크기 때문에 자주 빨 수 없어서 이러한 조그만 것을 입고 자주 빨기 위해서 입었던 것으로 보인다. 또한, 속속곳이 없어지면서 이 '다리속곳'을 흔히 입게 되어 바지의 더러워짐을 막았던 것으로 생각된다.

둘째 마당_ 맞춤법과 표준어

첫째
마디

맞춤법에 맞는 표현

나의 살던 고향

나의 살던 고향은 꽃피는 산골
복숭아꽃 살구꽃 아기 진달래
울긋불긋 꽃대궐 차리인 동네
그 속에서 놀던 때가 그립습니다.

'고향의 봄'이란 동요의 노랫말이다. 언제 들어도 정겹고, 어릴 적 고향을 그리게 하는 향수 어린 노래다. 이 노래의 제목이 얼른 생각이 나지 않으면 우리는 그저 '나의 살던 고향'이라고 해도 무슨 노래인지 알아듣는다.

이 노랫말에서 '나의 살던 고향'이 우리 말본에 맞지 않는다는 사실은 관심 있는 사람들이 이미 지적한 적이 있다. 그런데 최근 다시 '나의 살던 고향'이 우리 조상들이 쓰던 어법이므로 틀리지 않다는 주장이 있어서 이 말을 되짚어 보고자 한다.

25세기 우리말을 보여주는 문헌 중 『월인석보』 11권 120장에 보면 "罪福이 내의 짓논 배라 ᄒᆞ고 ……."가 나온다. 이 말을 현대어로 바꾸면 "죄와 복이 내가 만드는 것이라 하고 ……."와 같다. 또 『석보상

절』21권 39장을 보면 "어마니미 즉자히 닐호듸 네의 出家호믈 듣노라 엇뎨어뇨 호란대 부텨 맛나미 어려븐 젼치라"와 같은 말이 나온다. 이 말은 "어머님이 즉시 이르기를 네가 출가하는 것을 허락하노라. 왜냐고 한다면 부처를 만나는 것이 어렵기 때문이다."라는 뜻이다.

위에서 '이'와 '의'는 현대어의 '의'에 해당하는 형태다. 500년 전의 우리말에서도 주어를 표시하는데 '의'가 사용된 예가 발견되는 것이다.

(박유희 외, ≪우리말 오류사전≫ 100–101쪽)

위 내용으로 보면 중세 국어에서 '이', '의'가 현대 국어 '의'에 해당하기 때문에 '나의 살던 고향'이 어법상 문제가 없다는 것이다. 또 우리말에서도 주어를 표시하는데 '의'가 사용된 예가 발견된다는 이유를 들어 현대 국어에서도 '의'를 쓸 수 있다는 주장이다.

글쓴이의 견해로는 이 새로운 주장이 잘못되었음을 지적하고자 하는 것이다.

중세 국어에서 쓰였다고 해서 현대 국어에서 쓰이지 않는 어법을 옳다고 말하는 것은 모순이다. 중세 국어에서 주격 조사로 'ㅣ(이)'를 썼지만 현대 국어에서는 '이/가'를 쓴다. '의'는 관형격 조사로만 쓰인다.

'고향의 봄'은 우리나라가 일본에게 나라를 빼앗겨 일제 치하에 살던 1926년에 홍난파 선생이 작곡을 하고 이원수 선생이 노랫말을 지었다. 이 노래는 한국의 대표적인 동요일 뿐 아니라 옛날 나라 잃은 겨레, 고향을 잃은 사람들의 심금을 울려 주는 명작으로 남아 지금도 어린이와 어른이 애창하는 노래다.

이 노래를 지은 때가 1926년이라는 점만 보아도 '나의 살던 고향'이란 표현은 일본식 표현에서 왔다고 보는 게 타당하다. 일본말은 우리가 쓰지 않아도 되는 곳에 '의'를 꼬박꼬박 넣고 있다. 이것이 그들의 말본

체계이다. '나의 학교의 국어의 선생님(わががっこうのこくごのせんせい)과 같은 표현을 봐도 이를 알 수 있다. 이런 말은 우리 말투로 쓰면 '우리 학교 국어 선생님'이다.

노랫말을 지은 이원수 선생이 옛날 어법에 따라 썼건, 일본 말투의 영향으로 썼건 틀린 것은 바로잡아야 한다. 음악적인 느낌이나 원래의 노랫말을 중시하는 뜻에서 그대로 부른다면 몰라도 이 말이 어법에 맞는다는 주장은 옳지 않다.

'나의 살던 고향'은 당연히 '내가 살던 고향'으로 써야 현대 국어 문법에 맞는 말이 된다. 요즘에 '나의 먹던 밥'이란 말을 쓴다면 누가 이것을 올바른 우리말이라고 인정하겠는가?

육개장과 김치찌개

　음식점에서 차림표를 보면 아직도 맞춤법이 틀린 말들을 흔히 발견
할 수 있다.

　육계장, 김치찌게, 된장찌게, 복음밥(뽁음밥, 복금밥), 짜장면 …….
이런 낱말들은 모두 맞춤법에 어긋난 것들이다. 이들은 육개장, 김치찌
개, 된장찌개, 볶음밥, 자장면 등으로 고쳐 써야 맞는다.

　'육개장'은 쇠고기를 삶아서 알맞게 뜯어 갖은양념을 한 뒤에 파를
넣고 고춧가루를 많이 타서 얼큰하게 다시 끓인 국을 가리킨다.

　그런데 육개장이란 음식을 만들 때 요즘엔 쇠고기 대신 닭고기를 넣
기도 한다. '고기 육(肉)'에 '닭 계(鷄)'자를 쓴다고 생각해서 그런지 '육
계장'으로 잘못 쓰는 경우가 흔하다.

　육개장이란 낱말은 '육(肉) + 개장국'으로 이루어진 말이라 할 수 있
다. '개장국'은 개고기를 고아 끓인 국으로 요즘은 보편적으로 '보신탕'
이란 말을 쓴다. 동물 애호가들에 의해 시빗거리가 되고 있는 '보신탕
(영양탕)'은 원래 개장국이라 불리던 우리의 전통 음식이다.

　이 개장국 대신에 개고기를 쓰지 않고 쇠고기를 넣은 것이 육개장이
라 할 수 있다. 이 두 가지 음식이 요리 방법은 다르지만 낱말의 생성은
서로 관련성이 있는 것으로 본다. 육개장이란 말의 뿌리를 개장국이란

말에서 찾을 수 있기 때문이다.

　육개장에 쇠고기 대신 닭고기를 넣었다고 해서 '육계장'이라고 부를 수는 없다. 이렇게 닭고기를 넣어 끓인 국을 다른 이름으로 지어 부른다면 이것도 '육계장'이 아니라 '닭개장'이라고 불러야 마땅하다. 결국은 '육개장국'의 준말이 '육개장'이며 '육계장'은 어떤 경우에도 맞지 않는 말이다.

　'김치찌게'의 '-게'도 '-개'로 고쳐서 '김치찌개'라야 한다.

　우리말에는 '병따개', 덮개, 베개, 지우개, 가리개, 마개 따위와 같이 동사의 줄기에 접미사 '-개'를 붙여서 명사로 쓰이는 낱말들이 많다. '찌개'의 경우도 동사 '찌다'의 어간 '찌-'에 '-개'가 붙어서 만들어진 복합어이다. 한편 지게, 집게, 족집게 등과 같이 '-게'가 붙어서 된 명사도 간혹 있지만 '찌개'는 앞에서 밝힌 대로 '-게'를 쓰지 아니하고 '-개'를 써야 한다.

　'-개'를 쓰느냐 '-게'를 쓰느냐 하는 문제는 일정한 규칙이 있는 것이 아니고, 관습에 의해 표준어를 정한 것이므로 유의해야 한다.

떡볶이와 손톱깎이

요즘 어린이와 청소년들이 즐겨 먹는 '떡볶이'는 잘못 표기하는 경우가 흔하다. 분식점이나 포장마차에 써 붙인 것을 보면 떡볶기, 떡복기, 심지어는 떡뽁이, 떡뽁기, 떡뽁기 등 다양하다.

가래떡을 떡국처럼 잘게 썰지 않고 토막을 내어 쇠고기와 여러 가지 채소를 넣고 고추장과 양념을 하여 볶은 음식이 '떡볶이'다.

이 낱말은 옷걸이, 목걸이, 먹이, 풀이, 시집살이 따위와 같이 어근이 되는 말 뒤에 어떤 사물이나 일의 뜻을 더해 주는 접미사 '-이'가 붙어서 된 파생어다. '-이'가 명사를 만드는 접미사이므로 당연히 '떡볶이'로 적어야 맞다.

그런데 위에 든 틀린 예 가운데 '떡볶기'란 말은 '떡 볶기'로 띄어 쓰면 뜻은 다르지만 바르게 사용될 수 있다. '떡을 볶는 일'을 가리킬 때는 '떡 볶기'라고 쓴다. 가령 음식 만드는 일을 열거할 때, 국 끓이기, 밥 짓기, 나물 무치기, 떡 볶기, 찌개 끓이기처럼 쓰일 수 있다는 말이다.

그러니까 '-기'도 따지고 보면 '-이'와 같이 명사를 만드는 접미사 구실을 한다. 다른 점은 '-이'가 어떤 뜻을 더해주는 반면에 '-기'는 행위를 나타낸다.

달리기, 줄타기, 모내기, 앉기, 줄서기 따위는 모두 '-기'를 붙여서 만든 같은 부류의 말들이라 할 수 있다. 그러나 자세히 살피면 '달리기, 줄타기, 모내기'는 명사로 굳어진 것들이지만 '앉기, 줄서기'는 동사의 명사형이다. '떡 볶기'의 '볶기'와 같은 유형이다.(80쪽 파생명사 참조)

'손톱깎이와 손톱 깎기' 또는 '연필깎이와 연필 깎기' 역시 모두 바르게 쓰일 수 있으나 '-이'를 쓰느냐, '-기'를 쓰느냐에 따라 그 뜻이 달라진다. '손톱깎이'는 손톱을 깎는 기구이며, '손톱 깎기'는 손톱을 깎는 행위를 가리킨다. '연필깎이와 '연필 깎기'도 마찬가지다. 주의할 것은 여기서도 '손톱 깎기'와 '연필 깎기'는 합성어나 파생어가 아니므로 반드시 띄어 써야 한다.

간혹 '마개'나 '따개'처럼 접미사 '-개'를 붙여 '손톱깎개', '연필깎개'로 써야 맞지 않느냐는 질문도 있는데 이런 기구의 이름은 '-이'를 붙여 손톱깎이', '연필깎이'로 쓴다.

'돼요'와 '봬요'

"하지만 나도 모르게 한 번씩 명보 형이라고 말하게 <u>되요</u>."

(2006. 5. 13. 스포츠칸)

위 내용은 2006 독일 월드컵 축구 대표팀 코치로 홍명보가 발탁된 뒤 국가 대표로 오랫동안 한솥밥을 먹던 최진철 선수가 함께 훈련하면서 기자에게 털어놓은 말의 일부이다.

선수 시절 동료였던 홍명보는 최진철보다 두 살 위의 인생 선배다. 이제 대표팀에서는 엄연히 선수와 코치의 관계이기 때문에 꼬박꼬박 코치님이라고 불러야 하지만 그렇게 하다가도 늘 하던 말버릇대로 종종 '명보 형'이라고 부르는 실수를 하게 된다는 것이다.

이 기사에서 최진철 선수의 말 끝 부분에, 그가 '되요'라고 말했더라도 기사로 옮길 때는 맞춤법에 맞게 '돼요'라고 써야 한다.

흔히 하는 인사말에서 "다음에 뵈요."의 경우도 이와 마찬가지다. '뵈요'가 아니라 '봬요'라고 말하고 적을 때에도 '봬요'로 써야 한다.

위에 예로 든 '돼요', '봬요'는 각각 '되어요', '뵈어요'가 줄어든 말이다. 그래서 '되요, 뵈요'는 맞춤법에 맞지 않는다. 용언의 어간에 어미 '-아요/어요'의 결합이 가능하지만 원칙적으로 어간에 직접 '-요'가 붙을 수는 없다.

    (1) 먹어요, 잡아요, 뛰어요, 보아요, 되어요, 뵈어요

    (1)' *먹요, 잡요, 뛰요, 보요, 되요, 뵈요

    (2) 가요(가다), 자요(자다), 서요(서다), 사요(사다)

    (2)' *가아요, 자아요, 서어요(사아요)

  위 (1)에 보인 것과 같이 '먹-, 잡-, 뛰-, 보- ……' 따위의 어간 뒤에 '요'를 붙이려면 어미는 반드시 '아요/-어요'의 형태를 취하게 된다. 모음 '아/어'가 빠진 (1)'과 같은 형태는 잘못된 것이다. 특히 줄여 쓸 수 있는 '보아요, 되어요, 뵈어요'는 '봐요, 돼요, 봬요'로 써야 바르게 줄인 것이다.

  또 이들 동사가 '-아(어)서, -어도, -어야, -았(었)다' 등의 어미를 취할 때에도 '-아/어'를 생략해서는 안 된다.

  다만 (2)에 보인 '가다, 자다, 서다, 사다'와 같은 동사류는 '아/어'를 생략해야 바른 말이 된다. (2)'처럼 오히려 '아/어'를 쓰면 어색하며 바른 말이 아니다. 이처럼 같은 형태의 모음 '아/어'가 연속으로 이어지는 경우는 생략해 쓰는 것이 더 자연스럽기 때문이다.

'오랜만에'와 '오랫만에'

'오랜만에'와 '오랫만에'는 발음이 똑같아서 그런지 표기에서 틀리는 경우가 많다.

(1) 얼마 전 저의 동기이자 친구였던 사람을 아주 <u>오랫만</u>에 만났습니다.

위 문장에서 '오랫만에'는 '오랜만에'로 고쳐 써야 맞는다. '오랜만'은 '오래간만'의 준말이다. 이 낱말은 '어떤 일이 있은 때로부터 긴 시간이 지난 뒤'라는 뜻이다.

'오랫만'으로 잘못 쓰는 사람은 이 말을 '오래 + 만'의 형태로 오해하고 그렇게 적는지도 모르겠다. 즉 '오래'와 '만' 사이에 '사이시옷'을 붙여 '오랫만에'로 쓰지 않았나 하는 추측이다.

그러나 '사이시옷'은 자립성이 있는 말끼리 합쳐진 합성어에만 붙이도록 되어 있다. 여기서 '오래'는 자립성이 있는 낱말(부사)이지만 '만'은 자립성이 없는 조사로 쓰이거나 의존명사로 쓰인다.

(2) 이건 아무도 주지 말고 너만 먹어라.
(3) 고등학교 동기동창생을 10년 만에 만났다.

위 (2)에 쓰인 '만'은 조사이기 때문에 앞말 '너'에 붙여 썼으나 '오랜만'에 쓰인 '만'과는 뜻이 다르다.

(3)에 쓰인 '만'이 (1)과 같은 뜻의 '만'인데 의존명사이므로 앞말과 띄어 쓴다. 이렇게 '만'의 경우는 앞 낱말과 띄어 써야 하는데 우리가 '오래 만에'라고 써 놓고 '오랜만에'라고 읽지는 않는다.

글쓴이의 조사에 따르면 우리g말의 조어법에서 '부사 + 의존명사'의 결합으로 합성어를 만드는 경우를 찾지 못했다. 그러니까 '오래 + 만'의 형태로는 합성어를 만들 수 없다는 결론이다. 이 낱말은 '오래간만'의 '간'에서 '간'이 생략되어 '오랜만'으로 줄어진 형태로 보기 때문에 '오랫만' 또는 '오랫만에'라고 적는 것은 잘못이다.

반대로 '오랫동안'은 '사이시옷'을 붙여야 맞는데 이것을 '오랜동안'으로 잘못 쓰는 경우가 있다. 이 낱말은 '오래 + (사이)ㅅ + 동안'의 형태로 이루어진 합성어로 뒷말의 첫소리 '동'이 '똥'으로 된소리가 나기 때문에 사이시옷을 붙인 것이다.

여기서 '오래'는 '시간이 지나가는 동안이 길게'라는 뜻의 부사이며, '동안'은 '어느 한때에서 다른 한때까지 시간의 길이'를 뜻하는 명사다. 위에서 '만'은 의존명사지만 '동안'은 보통명사라는 점에도 유의할 필요가 있다.

'오랜 시간, 오랜 세월, 오랜 역사'처럼 쓰이지만 '오랜 동안'이란 말은 잘 쓰이지 않는다. 그 대신 '오래'와 '동안'의 합성어인 '오랫동안'이란 말이 관용화되어 널리 쓰인다. "오랫동안 기다렸지?", "그는 오랫동안 망설였다."처럼 쓰인다.

'웬일'과 '왠지'

'왠 한문 공부?'

이것은 중국에서 근무하고 있는 우리나라 40대 남성이 어느 인터넷 신문에 올린 글의 제목이다. 이 글을 쓴 사람은 어렸을 때 천자문도 공부했고, 집에서 논어, 맹자도 원문으로 공부했다고 한다. 그는 이 글에서 우리나라 말에 한자어가 많아 기존 한자 단어를 이해하기 위해서 기본적인 한자 공부는 교양으로서 장려할 만하나 필요 이상으로 한자 교육에 시간 투자를 해서는 안 된다고 주장하고 있다.

글의 내용과 취지는 좋은데 '왠 한문 공부'라는 제목에서 '왠'이라고 쓴 것은 맞춤법에 맞지 않는다. '왠'과 '웬'은 그 쓰임에서 많은 사람들이 혼선을 빚는 듯하다. 우선 '왠'은 독립적으로 쓰일 수 없는 말이다. '왠지 오늘은 학교에 가기가 싫어!'와 같이 쓰일 수 있는데 이때 '왠지'는 '왜인지'의 준말이므로 '웬지'로 써서는 안 된다. '왠지'의 말 뿌리가 이유를 나타내는 '왜'에서 출발했다고 생각하면 이해가 빠를 것이다.

한편 '웬'이란 낱말은 근원이 다르므로 혼동해서는 안 된다. '웬'은 '어찌 된'이란 뜻의 관형사이다. '이게 웬 떡이야.', '거기 웬 놈이냐?'처럼 쓰인다. '웬'은 '어찌'의 예스러운 말 '어인'과 관련이 있다. "어인 일로 여기까지 오셨소?"에서 '어인'은 '웬' 또는 '어찌 된'이란 말로 대치될 수 있다.

한편 '이게 웬일이니?'라고 할 때 '웬일'은 어찌 된 일이란 뜻으로 뜻밖의 일이란 의미를 갖는 합성어이므로 '웬일'을 붙여 써야 함도 유의해야 한다.

❖ **혼동하기 쉬운 사례**

- 왠지 모르게 불길한 예감이 들었다.(○)
- 그는 웬지 표정부터 굳어 있었다.(×) ⇒ 왠지(○)
- 네가 이렇게 일찍 학교에 오다니, 웬일이니?(○)
- 이게 왠 날벼락이냐?(×) ⇒ 웬(○)
- 웬 낯선 남자 둘이 찾아 왔다.(○)
- 왠만큼 먹었으면 물러나야지.(×) ⇒ 웬만큼(○)
- 동지가 가까워 오는데 웬 비가 이렇게 내리나?(○)

나눔과 베풂

지방신문 ○일보(2005. 3. 5.)에 어느 대학 겸임교수가 쓴 경제 칼럼의 제목을 '나눔과 베품'이라고 표기한 것을 보았다. '나눔'은 한글 맞춤법에 맞게 썼는데 '베품'은 잘못 쓴 것이다. '베품'이 아니라 '베풂'으로 써야 맞는다. 이렇게 큰 글씨의 신문표제는 글쓴이가 잘못 썼더라도 편집 과정에서 치밀한 교정을 거쳐 독자들에게 바르게 전달돼야 한다.

이와 비슷한 경우로 국내 뉴스 전문 유선 방송인 ○(Y)방송이 서울대학교 조사위원회가 발표한 황우석 교수팀의 줄기세포 연구 재검증 결과 최종 보고서를 보도하면서 요약 내용 자막에 다음과 같이 썼다.(2006. 1. 10. 아침 뉴스)

> 우연히 일어난 처녀생식의 산물로 보이는 '정체불명'의 1번 줄기세포는 원래 실험에 부적합한 미성숙 난자를 이용해 핵치환 연습을 시키는 과정에서 만듦.

'베풀다, 만들다'와 같은 동사의 명사형은 '베풂, 만듦'으로 적어야 하는데 이처럼 신문이나 방송에서도 잘못 적는 경우가 자주 나타난다. 특히 글쓴이는 '만듦'이 맞느냐, '만듬'이 맞느냐에 대한 전화 질문을 받은 적이 있다.

'베풀다'의 어미는 '베풀다, 베풀지, 베풀고, 베풀며, <u>베푸는</u>, <u>베푼</u>'과 같이 활용하며, '만들다'는 '만들다, 만들지, 만들고, 만들며, <u>만드는</u>, <u>만든</u>'처럼 활용한다. 이런 낱말은 '베푸는, 베푼' 또는 '만드는, 만든'처럼 어떤 특정한 음운 환경에서 'ㄹ'이 규칙적으로 탈락하기 때문에 '베풂'이나 '만듦'에서 'ㄹ'을 임의로 탈락시켜 잘못 쓰지 않나 하는 추측을 하게 된다.

이밖에도 '흔들다, 둥글다, 줄다, 졸다, 갈다(밭을), 울다, 알다, 얼다, 살다' 따위와 같이 동사나 형용사의 어간의 끝이 'ㄹ'인 말들의 명사형은 다음 (1)과 같은 형태로 적는다.

(1) 흔듦, 베풂, 만듦, 둥긂, 줆, 졺, 갎, 욺, 앎, 얾, 삶

이와 같이 동사나 형용사의 자격을 유지하면서 명사 구실을 할 경우에 우리는 '동사의 명사형', '형용사의 명사형'이라 부른다.

위에서 '흔듦'은 동사의 명사형이고 '둥긂'은 형용사의 명사형이다. 이들의 명사형은 'ㄹ'을 탈락시켜 '흔듬, 만듬, 베품, 둥금, 줌'처럼 적으면 안되고, '흔들음, 만들음, 베풀음, 둥글음, 줄음'과 같이 적어도 틀린 표기가 된다.

또 이들이 명사로 굳어져 쓰이면 품사는 명사가 되고 국어사전에 명사로 오르게 된다. 그러니까 '흔듦'은 동사이므로 사전을 찾을 때 그 기본형인 '흔들다'를 찾아야 하지만 '앎', '삶'처럼 명사로 굳어져 쓰이기도 하면 사전에 동사 '알다, 살다'와 명사 '앎, 삶'이 모두 올려져 있다. 그 쓰임은 다음과 같이 동사의 명사형으로도 쓰이고, 명사로도 쓰이게 된다.

(2) 나는 그 사실을 앎으로써 깜짝 놀라지 않을 수 없었다.(동사의 명사형)

(2)' 나의 믿음이 너의 앎이 되었으리니 이제는 행함이 있어라. ≪장용학, 역성 서설≫(명사로 쓰임)

(3) 그는 정직하게 삶으로써 모든 이의 귀감이 되었다.(동사의 명사형)

(3)' 그의 정직한 삶은 모든 이의 귀감이 되었다.(명사로 쓰임)

위에서 '앎, 삶'은 같은 형태이지만 (2), (3)에서는 동사의 명사형으로, (2)', (3)'에서는 명사로 쓰인 것이다.

또 이런 종류의 동사나 형용사들이 파생명사로 쓰일 때 접미사 '-음'을 취하는 경우도 있어서 유의해야 한다.

(4) 졸다→졸음, 얼다→얼음, 울다→울음

위 (4)는 '앎, 삶'과 달리 동사가 명사로 바뀌면서 접미사로 '-ㅁ'을 취하지 않고 '-음'을 취하였다. 이처럼 동사나 형용사가 명사화할 때 접미사 '-ㅁ'을 취하느냐, '-음'을 취하느냐에 대해서는 특별한 기준이 있는 것이 아니므로 유의해야 한다.

이처럼 그 표기나 쓰임이 까다로운 경우에는 위 설명을 참조하여 국어사전을 찾아보는 것이 좋다.

❖ 용언의 명사형과 파생명사

용언의 뒤에 붙어 명사 구실을 하도록 하는 어미들이 있는데 위에서 다룬 '-ㅁ/-음' 이외에 '-기', '-이'가 있다. 용언의 어간에 이들 어미를 붙여 명사로 굳어진 것은 명사, 곧 파생명사이고 그렇지 않은 것은 품사는 그대로 동사, 또는 형용사이며 이들은 동사의 명사형, 형용사의 명사형이라 부른다.

· 파생명사 : 얼음(얼다), 걸음(걷다), 졸음(졸다), 삶(살다), 보기(보다), 말하기(말하다), 달리기(달리다), 먹이(먹다), 풀이(풀다), 지킴이(지키다), 구이(굽다)

· 동사(형용사의 명사형) : 얾(얼다), 잡음(잡다), 먹음(먹다), 좁(졸다), 살기(살다), 잡기(잡다), 움직이기(움직이다)

이러한 파생명사나 용언의 명사형은 낱말로 구분이 어려운 경우도 있다. 문장이나 발화 속에서 같은 말이 명사로 쓰이기도 하고 명사형으로 쓰이기도 한다. 다만 명사로 굳어진 파생어들은 국어사전에 명사의 형태로 올라 있으나, 용언의 명사형으로만 쓰이는 것들은 동사나 형용사의 기본형을 찾아야 한다.

예를 들어 명사로 굳어진 '얼음'은 국어사전에 올라 있지만, '먹음'은 동사의 명사형이므로 사전을 찾을 때 그 기본형인 '먹다'를 찾아야 한다.

'어떻게'와 '어떡해'

  어느 날 우리말에 관심이 많은, 잘 아는 분한테서 전화가 왔다. 그는 국회의원 사무실에 근무하는 나이 60대 중반의 어른인데 신문이나 방송에서 어법에 어긋나는 말이 나오면 가끔 문의 전화를 하는 분이다. 이번에는 ㅈ신문에 '어떡해'라고 쓴 것을 발견하고 '어떠'에 'ㅎ' 받침을 써서 '어떻해'라고 써야 맞을 것 같은데 왜 'ㄱ' 받침을 썼느냐 하는 내용이었다.

  나도 같은 신문을 찾아서 보니 '드라마 미사가 끝나면 어떡해!' 라는 표제가 있었다. 내용은 텔레비전 연속극 '미안하다 사랑한다'가 마지막 두 회를 남겨 놓고 있는데, 주인공이 죽는 것을 보아야 하는 안타까움을 시청자들이 방송사 누리집 게시판에 40만 건 이상의 글을 올렸다는 기사였다. 여기서 '미사'는 극제목 '미안하다 사랑한다'를 줄여 쓴 말이다. 주인공 무혁의 죽음과 함께 이 드라마가 모두 끝나게 되는 것을 아쉬워하는 글들이 쏟아져 나온다는 연예 기사이다.

  그러면 여기서 '어떡해'는 맞춤법이 틀린 것인가? 답부터 말하면 이것은 바로 쓴 것이다. 그런데 부사어로 쓰이는 '어떻게'와 혼동하여 '어떡해'가 맞춤법이 틀렸다고 생각하는 사람들이 의외로 많은 듯하다. '어떻게'는 '어떠하다'가 줄어든 '어떻다'에 어미 '-게'가 결합하여 부사형으로 쓰이는 말로 다양한 용언을 꾸며 준다.

(1) 너 어떻게 여기까지 왔니?
(2) 이 일을 어떻게 처리할까?

위 (1), (2)의 '어떻게'는 각각 서술어 '왔니'와 '처리할까'를 꾸며주는 부사어이다. 그러나 '어떡해'는 '어떻게 해'라는 구(句)가 줄어든 말로 그 자체가 완결된 구이므로 서술어로 쓰일 수는 있어도 다른 용언을 수식하지는 못한다.

(3) 그러면 난 어떡해.
(4) 돈이 없으니 어떡하지?

위 (3)의 '어떡해'는 '어떻게 해'의 준말이고, (4)의 '어떡하지'는 '어떻게 하지'의 준말이며 서술어로 쓰인 것이다. '어떻게'는 서술어를 꾸미는 부사어로 쓰이지만, '어떡해'는 서술어이기 때문에 어떤 용언을 꾸미는 역할을 할 수 없다는 기능을 생각하면 이들을 구별하는데 도움이 될 것이다. 글쓴이의 손전화에 어느 날 다음과 같은 문자가 들어왔는데 맞춤법이 틀린 부분을 쉽게 발견할 수 있을 것이다.

어떻하지요? 약속 시간을 지키지 못할 것 같아서요. 죄송합니다.(2004. 11. 1. 문자 전송 내용) → 어떡하지요?

님(?)의 침묵

님은 갔습니다. 아아, 사랑하는 나의 님은 갔습니다.

푸른 산빛을 깨치고 단풍나무 숲을 향하여 난 작은 길을 걸어서, 차마 떨치고 갔습니다.

황금의 꽃같이 굳고 빛나던 옛 맹세는 차디찬 티끌이 되어서 한숨의 미풍에 날아갔습니다.

위는 한용운의 시 '임의 침묵'의 앞부분이다. 원본에는 제목도 '님의 침묵'으로 되어 있다. 위에서 밑줄 친 '님'은 모두 '임'으로 고쳐 써야 올바른 표기이다. 사모하는 사람을 뜻하는 낱말은 '임'이다.

중세 국어에서는 '님'을 썼지만 현대국어에서는 두음법칙에 따라 '임'으로 적는다. 만해 한용운이 이 시를 쓸 당시 원문에는 맞춤법의 혼란기여서 '님의 침묵'으로 적혀 있다. 그러나 원문을 밝힐 필요가 있는 경우를 제외하고는 현재의 한글 맞춤법에 따라 '임'으로 써야 옳다. (한글 맞춤법 제10항)

저 푸른 초원 위에 /그림 같은 집을 짓고
사랑하는 우리 님과 /한 백년 살고 싶소.

이것은 가수 남진이 부른 대중가요 노랫말의 앞부분이다. 흘러간 노래지만 요즘도 ㅎ방송의 '가요 무대'를 통해 가끔 들을 수 있다. 그런데 예나 지금이나 '임'을 '님'으로 계속 잘못 적고 있다.

방송 자막뿐만 아니라 가수의 노래도 '임'이 아닌 '님'으로 발음한다. 옛날 대중가요 제목이나 가사에는 '임'이 들어가는 말이 많은데 대부분 '님'으로 잘못 쓰고 있다.

표기를 '님'으로 하는 경우는 의존명사로 쓰이는 다음 두 가지가 있는데 그 뜻도 '임'과는 다르다.

(1) 이광수 님, 이 님, 광수 님
(2) 바느질 실 한 님

위 (1)의 '님'은 사람의 성이나 이름 다음에 쓰여 그 사람을 높여 이르는 말로 '씨'보다 높임의 뜻을 나타낸다. 보기처럼 성명 뒤에 '님'을 붙이거나, 성(姓) 뒤에 또는 이름 뒤에 쓸 수 있다.

(2)의 '님'은 아주 다른 뜻을 가진 말이다. 바느질에 쓰는 토막 친 실을 세는 단위로 '한 님, 두 님, 세 님'과 같이 나타낸다.

한편 다음과 같이 접미사로 쓰일 때는 '-님'이 낱말의 첫소리에 오지 않으므로 두음 법칙이 적용되지 않아 마땅히 '님'으로 적는다.

(3) 임금님, 부장님, 사장님, 선생님, 누님, 형님, 영감님, 서방님

위 (3)의 '님'은 직위나 신분을 나타내는 일부 명사 뒤에 붙어서 '높임'의 뜻을 더하는 접미사이다. '해님', '달님', '토끼님'처럼 사람이 아닌 명사 뒤에도 붙어 그 대상을 의인화하여 높임의 뜻을 더해 주는 경우도 있다. 이들은 모두 접미사이므로 '님'을 앞말에 붙여 쓴다.

출석률과 백분율

　'양심(良心), 역사(歷史), 용궁(龍宮), 예의(禮儀), 이발(理髮)' 따위와 같이 한자어에서 첫소리에 'ㄹ'이 오는 것은 두음 법칙에 따라 'ㅇ'으로 적는다. 그러나 단어의 첫머리 이외의 경우에는 아래 (1)과 같이 본음대로 적도록 되어 있다.(한글 맞춤법 제21항 붙임 1)

　　(1) 개량(改良), 선량(善良), 수력(水力), 협력(協力), 사례(謝禮), 혼례(婚禮), 와룡(臥龍), 쌍룡(雙龍), 하류(下流)

　회사이름 '쌍용자동차'는 규정에 따라 적으면 '쌍룡자동차'로 써야 맞는다. 다만, 모음이나 'ㄴ' 받침 뒤에 이어지는 '렬, 률'은 '열, 율'로 적도록 되어 있다.
　'그 학급은 출석률이 높다.'고 할 때는 '출석율'로 쓰지 않고 '출석률'이라고 적어야 한다. 이것은 위 (1)처럼 '률'이 둘째 음절 이하에 오기 때문이다. 그러나 '백분율'의 경우는 '백분률'로 적으면 안 된다. '백분율'이 맞는다. 이것은 '다만 모음이나 'ㄴ' 받침 뒤에 이어지는 '렬', 률'은 '열, 율'로 적는다.'는 예외 조항 때문이다. 아래에 보인 (2)의 한자어들은 모두 여기에 해당되는 낱말들이다.

(2) 규율, 비율, 나열, 분열, 선열, 선율, 백분율

다음 (3)에 보인 한자어 이외의 외래어나 외국어 표기에도 두음법칙을 적용하지 않으며, (4)와 같은 의존 명사도 두음 법칙에 따르지 않고 원음대로 적는다.

(3) 라디오, 러시아, 로버트, 렌즈
(4) 여기서 강화도까지는 몇 리나 되나? 그럴 리가 없지.

위 (3)에서는 '나디오, 너시아, 노버트'로 쓰지 않으며, (4)에서는 '리(里), 리(理)'를 모두 '이'로 쓰지 않는다. 이들은 모두 예외에 속하는 것들이므로 주의해서 써야 한다.

노인과 경로석

누리그물(인터넷)에 들어가 보면 전동차나 버스 안의 경로석에서 겪은 이야기나 생각들을 적어놓기도 하고 댓글을 달기도 한다. 어떤 학생은 경로석이 법으로 지정된 것이냐는 질문을 하기도 하고 심지어는 경로석을 없애자는 의견도 있다.

글쓴이도 회갑이 넘었지만 요즘 같은 고령화 사회에서는 아직 경로석을 넘볼 수가 없는 나이이다. 그런데 운동을 하다 발목을 다친 것이 도져서 서 있기가 불편해 경로석에 앉았다가 70대 정도의 노인에게 주의를 들은 적이 있다. 발목을 다쳐서 좀 앉았다고 했더니 너그러이 이해해 주었다.

노인을 우대하고자 하는 우리나라의 경로사상에서 비롯된 경로석이 시비가 자주 일어서인지는 몰라도 요즘은 이 자리가 '노약자·임산부·장애인 보호석'으로 바뀌었다.

또 어떤 이는 표기에서 '경로석'이 맞느냐, '경노석'이 맞느냐는 질문을 올리기도 했다. 이것은 상식적으로 대부분 아는 사실이지만 '노인'은 원음이 '로(老)'이지만 두음법칙에 의해 '노인'이라 쓰고, '경로석'에서는 '로'가 둘째 음절에 오므로 원음대로 '로'를 쓴다.

이렇게 'ㄹ' 소리가 나는 한자음 '라, 래, 로, 뢰, 루, 르'가 단어의 첫

머리에 올 때에는 두음 법칙에 따라 '나, 내, 노, 뇌, 누, 느'로 적도록 되어 있다.(한글 맞춤법 제12항)

    (1) 노인(老人), 낙원(樂園), 노동자(勞動者), 누각(樓閣), 능묘(陵墓)
    (2) 경로당(敬老堂), 쾌락(快樂), 근로자(勤勞者), 경회루(慶會樓),
        강릉(江陵)

위 (1)에서는 모든 낱말의 첫 글자(한자)의 원음이 'ㄹ'이지만 두음법칙에 의해 'ㄴ'으로 적었다. 그러나 (2)의 낱말들에서 둘째 음절 이하에 오는 'ㄹ'은 두음법칙의 적용을 받지 않아 원음대로 'ㄹ'로 적은 것이다.

    (3) 상노인(上老人), 중노인(中老人), 중노동(重勞動), 비논리적(非
        論理的)

위 (3)의 경우는 위 (2)와는 다른 형태로 두음법칙의 적용을 받아 모두 'ㄴ'을 써야 하므로 주의해야 한다. (3)의 보기들과 같이 '노인, 노동, 논리적'이란 독립성이 있는 낱말 앞에 접두사처럼 쓰이는 한자가 붙어서 된 낱말은 본래의 형태를 밝히어 적도록 되어 있다. 그래서 이들은 'ㄹ'이 음절의 첫소리에 오지 않지만 'ㄴ'으로 적는 것이다.(한글 맞춤법 제12항 붙임2.)

'예부터'와 '옛 동산'

'예'는 명사이고 '옛'은 관형사이므로 구별해 써야 한다. '옛 동산, 옛 친구'처럼 '옛'의 쓰임새에서는 그리 틀리는 경우가 적으나 '예'를 '옛'으로 잘못 쓰는 경우가 자주 보인다.

(1) 옛부터 그는 이 마을에 살았다. ⇒ 예부터
(2) 옛스러운 모습이 100년이 지난 오늘도 변함이 없다. ⇒ 예스러운

위 (1)에서는 '-부터'라는 조사가 붙어 있어서 그 앞에는 반드시 체언 곧 명사류가 와야 하므로 관형사 '옛'이 아닌 명사 '예'를 써야 한다.

(2)의 경우도 '옛'이 아닌 명사 '예'를 붙여 '예스러운'이라고 써야 맞는 말이다. '사랑스럽다', '자연스럽다', '자랑스럽다', '충성스럽다'처럼 '-스럽다'라는 접미사는 앞 명사와 결합하여 형용사를 만든다.

명사 '예'를 바로 쓴 보기를 들면 다음 (3), (4)와 같은 것들이다.

(3) 그 풍속은 예나 지금이나 변함이 없다.
(4) 이곳은 예로부터 '삼 년 고개'라는 전설이 전해 내려오고 있다.

한편 명사 '예'와 달리 '옛'은 관형사이므로 체언 앞에 쓰이며 뒤에 오
는 체언을 꾸미는 구실을 한다.

(5) 옛 모습, 옛 추억, 옛 사람, 옛 노래, 옛날

위 (5)의 '옛'은 모두 바르게 쓰인 보기이다. 그런데 맨 끝의 '옛날'을
붙여 쓴 것은 '옛 + 날'의 형태로 두 개의 낱말이 결합하여 하나의 합성
어로 쓰이기 때문이다.

뇌졸중과 뇌졸증

'뇌졸중(腦卒中)'을 많은 사람들이 '뇌졸증'으로 잘못 알고 잘못 쓰는 사례가 있다. 그러나 '뇌졸중'이 맞는 말이다.

뇌졸중은 뇌에 혈액 공급이 제대로 되지 않아 손발의 마비, 언어 장애, 호흡 곤란 따위를 일으키는 증상이다. 뇌동맥이 막히거나, 갑자기 터져 출혈한 혈액이 굳어져 혈관을 막고 주위 신경을 압박하여 여러 가지 신경 증상이 나타나게 된다.

주로 노인들의 질환으로 여겨왔던 뇌졸중이 근래에는 30~40대 젊은층에까지 위협하고 있다. 특히 기온이 낮아지는 겨울철에는 그 위험도가 더욱 높아진다.

뇌졸중은 본인이 직접 느낄 수 있는 몇 가지 전조증상이 있다고 한다. 일반적으로 손발의 감각이 둔해지거나 사지의 힘이 빠지는 증상, 그리고 말이 어눌해지거나 다른 사람의 말을 잘 알아듣지 못하는 경우 등이다.

또 한쪽 눈이 잘 보이지 않거나 사물이 겹쳐 보이는 경우, 혹은 무언가에 얻어맞은 것 같은 두통을 느끼는 경우에도 뇌졸중을 의심해 보아야 한다. 심할 경우 일어설 때 한쪽으로 몸이 자꾸 기울거나 걸을 때 중심을 잡기 힘들 정도로 어지러운 증세가 올 수도 있는데, 이 경우 일반적으로 위에서 언급한 증상들 중 하나가 함께 나타난다고 한다.

그런데 뇌졸중은 본인이 자각증세를 느꼈다고 하더라도, 집에서 취할 수 있는 대처 방법이 거의 없는 것으로 알려져 있다. 이때는 곧바로 병원을 찾아 신경과 전문의와 상담한 후 정확한 진단을 받아야 한다. 특히 실제 뇌졸중 증세로 환자가 갑자기 쓰러졌을 때는 가정에서 할 수 있는 응급처치법이 없기 때문에 최대한 빨리 종합병원의 응급실로 환자를 이송해야 한다. 뇌졸중을 예방하는 요령은 일반적으로 알려진 '건강관리법'의 범주에 속한다.

그러면 다시 본론으로 돌아와서 '뇌졸중'이란 말에 대해 논의해 보기로 한다.

'졸중'이라는 말은 무엇에 얻어맞아서 나가떨어진 상태라는 뜻으로 졸중풍(卒中風)의 준말이다. 대체로 이 증상이 뇌출혈에서 많이 나타나기 때문에 뇌졸중과 뇌출혈을 동일하게 보는 일이 있는데, '졸중'이라는 말에는 출혈의 뜻은 포함되어 있지 않다. 그러니까 뇌졸중이란 말에서 '중'은 '중풍(中風)'의 '중'과 같은 뜻으로 쓰이는 것이라고 생각하면 된다.

많은 사람들이 뇌졸중을 뇌졸증으로 잘못 쓰는 것은 대개의 병명이나 병 증세를 나타내는 말들이 '우울증, 건망증, 협심증, 합병증, 강박증' 따위와 같이 '-증(症)'자를 붙이는 경우가 많기 때문인 것으로 보인다.

한편 북한에서는 '뇌졸중'을 표준어(문화어)로 삼고 있다는 사실도 참고로 알아둘 필요가 있다.

'사이시옷' 바로 적기

　한글 맞춤법에서 '사이ㅅ' 적기는 한글을 쓰는 모든 이들이 까다롭게 여기는 규정에 속한다. '사이ㅅ'이란 두 개의 낱말이 합쳐져서 하나의 낱말로 합성어를 만들 때 뒤에 오는 낱말의 첫소리가 된소리(경음)로 나는 일이 있는데, 이러한 발음 현실을 반영하여 'ㅅ'을 적는 것을 가리킨다. 예를 들어 '나무'라는 낱말과 '가지'라는 낱말이 합쳐서 '나무가지'라는 새로운 낱말이 만들어진다. 이 과정에서 발음이 [나무가지]로 발음되지 아니하고 [나무까지/나묻까지]로 발음 된다. 그래서 이런 경우에 '나뭇가지'라고 '사이ㅅ'을 붙여 '나뭇가지'라고 적음으로써 된소리를 반영하는 것이다.

　한글 맞춤법에서 '사이ㅅ'을 붙이는 경우를 크게 세 가지로 나누어 설명할 수 있다.

　첫째는 '토박이말 + 토박이말'의 합성어 구조에서 앞말이 모음으로 끝나고 뒷말의 첫소리가 된소리로 나는 경우이다.(한글 맞춤법 제30항)

　　⑴ 나룻배, 냇가, 바닷가, 귓밥, 선짓국, 아랫집, 뒷집, 찻집, 햇볕, 모깃불, 못자리
　　⑵ 잔디밭, 종이돈, 나무그릇, 소리굽쇠, 종이배, 나무잔

(3) 나루터, 배터

위 (1)의 보기에 있는 말들은 모두 '토박이말 + 토박이말'의 구조로 이루어진 합성어로서 앞말의 끝소리가 모두 모음(받침 없는 말)이고, 뒷말의 첫소리가 모두 된소리가 나므로 '사이ㅅ'을 붙인다. '나룻배'는 '나루 + 배'의 구조이고 [나루빼/나룯빼]로 소리 난다.

그러나 (2)의 경우는 같은 결합 구조이지만 뒷말의 첫소리를 된소리로 발음하지 않는 것들이다. '잔디밭'은 [잔디빧/잔딛빧]이라고 소리 내지 않으며 그냥 예사소리로 [잔디받]이라고 발음한다. 그래서 이런 낱말들은 '사이ㅅ'을 붙이지 않는다.

(3)의 '나루터'나 '배터'는 뒷말 '터'의 'ㅌ'이 된소리가 아니고 거센소리(격음)로 나기 때문에 이미 소리나는 대로 표기했으므로 '사이ㅅ'을 붙일 필요가 없다.

그런데 바닷가의 어느 음식점 간판을 '나룻터 횟집'으로 적어 '나루터'에 '사이ㅅ'을 붙인 것을 본 적이 있다. 이것은 맞춤법에 어긋난 예이다.

토박이말로 된 합성어에서 뒷말의 첫소리에 'ㄴ' 소리가 덧나는 경우도 '사이ㅅ'을 붙인다.

(4) 아랫니, 잇몸, 빗물, 아랫마을, 뒷마당, 냇물, 뒷머리, 진딧물
(5) 뒷윷, 깻잎, 뒷일, 나뭇잎, 베갯잇

위 (4), (5)는 모두 합성어가 되면서 'ㄴ' 소리가 덧나는 보기들인데 그 음운 환경이 조금씩 다른 부류이다. (4)의 경우는 뒷말의 첫소리 'ㄴ, ㅁ' 앞에서 'ㄴ' 소리가 덧나는 것들이고, (5)는 뒷말의 첫소리 모음 앞에서 'ㄴㄴ' 소리가 덧나는 것들이다. (4)의 '아랫니, 잇몸'은 각각 [아

랜니], [인몸]으로 발음되고, (5)의 '뒷윷', '깻잎'은 [뒨눋], [깬닙]으로 소리 난다.

  둘째로 '토박이말 + 한자말' 또는 '한자말 + 토박이말'의 구조에서도 앞말의 끝소리가 모음으로 끝나고, 뒷말의 첫소리가 된소리가 나면 '사이ㅅ'을 붙인다.

    (6) 자릿세, 귓병, 핏기, 찻잔, 샛강, 아랫방, 텃세
    (7) 진돗개, 전셋집, 횟배, 세뱃돈, 횟가루, 탯줄
    (8) 수돗물, 제삿날, 예삿일, 툇마루, 양칫물

  위 (6)은 '토박이말 + 한자말'의 구조로 된 합성어로 '사이ㅅ'을 붙이는 것들이고, (7)은 '한자말 + 토박이말'의 구조로 된 합성어로 '사이ㅅ'을 붙여야 되는 낱말들이다. 한편 (8)의 경우는 위와 같은 합성어 구조에서 위 (4), (5)처럼 'ㄴ' 소리가 덧나는 것들이다.

  셋째는 두 음절로 된 다음 한자어에 붙인다.

    (9) 곳간(庫間), 셋방(貰房), 숫자(數字), 찻간(車間), 툇간(退間), 횟수(回數)

  비슷한 음운 환경에서 모든 한자어는 그 원음을 적어 '사이ㅅ'을 붙이지 않도록 되어 있는데 위 (9)에 있는 6개의 한자어만 예외 조항처럼 되어 있어서 불편하다. 우리가 '사이ㅅ'을 바로 적기 위해서는 이 여섯 낱말을 외워두어야 하는 어려움이 있다.

(10) 문제점, 요점, 총무과, 내과, 외과, 치과, 이과(理科), 호수(戶數)

위 (10)에서처럼 한자어로 된 합성어는 같은 음운 환경이라 하더라도 한자의 본디 음을 살려 '사이ㅅ'을 붙이지 않는다. '문제점'은 [문제쩜/문젣쩜]으로 소리나더라도 '문젯점'이라 적지 아니하고, '내과'는 [내꽈/낻꽈]로 소리나더라도 '냇과'로 적지 않는다.

위 셋째 조항에서 '사이ㅅ'을 붙이는 '횟수(回數)'와 음운 환경이 같은 '호수(戶數), 개수(個數)' 따위에 '사이ㅅ'을 붙이지 않는 것도 모순이다. '호수, 개수'도 [호쑤/혼쑤, 개쑤/갣쑤]로 발음되기 때문이다.

이처럼 '사이ㅅ' 규정을 까다롭게 해 놓아서 모국어를 쓰는 우리가 불편함을 겪기도 한다. 좀 번거롭지만 악법도 법이니까 지금은 이 규정에 따라야 한다.

1988년 새 ≪한글 맞춤법≫ 시안을 만들 때 글쓴이는 이 '사이ㅅ' 규정의 불합리한 점을 지적하고 우리의 말글 생활이 한글전용으로 나아감에 따라 합성어에서 토박이말, 한자말을 가리지 않고 위와 같은 음운 환경에서 모두 '사이ㅅ'을 붙이자고 제안한 적이 있다.(한글 새소식 197호 참조)

해님과 햇님

'해님'인가 '햇님'인가? 이 말은 사람이 아닌 해를 의인화해서 '−님'을
붙여서 높여 부르는 말이다. 표기도 '해님', 발음도 [해님]이라고 해야
맞는다.

> <u>해님</u>이 방끗 웃는 이른 아침에
> 나팔꽃 아가씨 나팔 불어요.
> 잠꾸러기 그만 자고 일어나라고
> 아기 방에 또또따따 나팔불어요.

이것은 우리 세대가 어렸을 적에 초등학교 2, 3학년 때쯤 배워 즐겨
부르던 동요의 노랫말이다. 여기서 '해님'은 노래로 부를 때나 말하기
에서 보통 [핸님]으로 발음하기 때문에 '햇님'으로 잘못 표기하여 사이
'ㅅ'을 붙이는 사례가 있다.

대전의 둔산동에 있는 어느 아파트의 이름은 '햇님 아파트'라 짓고
또 그렇게 써 붙였다고 한다(유동삼, 한글 새소식 397호).

사실 생활 언어에서 실제 발음을 살펴보면 어린이나 어른이나 할 것
없이 대다수의 사람들이 [핸님]으로 발음하기 때문에 '해님'으로 쓰는

것이 오히려 어색할 정도다.

그러면 '해님'의 경우는 왜 '사이ㅅ'을 안 붙이는가?

그 이유는 두 가지로 설명할 수 있다. 첫째, '바닷물'은 '바다의 물'로 분석이 가능하지만 '햇님'이라고 쓴다면 '해의 님'으로 풀이할 수 없다. 이런 예를 보면 쉽게 이해할 수 있을 것이다.

둘째, 한글 맞춤법에 '사이ㅅ'은 합성어일 경우에만 붙이도록 되어 있다. 합성어란 자립성이 있는 낱말끼리 합쳐져 만들어진 말을 가리킨다.

사이 'ㅅ' 규정을 보면 크게 세 가지로 나누어져 있는데 '해님'은 그 중 제30항 1.(2)와 관련이 있다. 여기에 '멧나물', '아랫니'처럼 두 낱말이 합쳐지면서 'ㄴ' 소리가 덧나게 되면 사이 'ㅅ'을 붙이게 되어 있다. '멧나물'은 '메 + 나물', '아랫니'는 '아래 + 이'의 구조로 합성어라 할 수 있다. 그러나 '해 + 님'의 구조는 '해'는 자립성이 있으나 '-님'은 어떤 체언(명사류)에 붙어서 높임을 나타내는 접사다. '선생님', '형님'에 쓰이는 '-님'과 같은 기능을 지닌 말이다. 결국 '해님'은 합성어가 아니므로 규정에 의해 중간에 '사이ㅅ'을 적을 수 없다는 말이다.

[핸님]이라는 현실 발음을 고려할 때 '햇님'으로 적어야 타당해 보이나 한글 맞춤법 규정대로 '해님'으로 적고 [해님]으로 발음해야 옳다. 좀 특수한 경우에 속하므로 유의해야 한다.

'아니오'와 '아니요'

'아니오'와 '아니요'의 표기법은 질문도 많고 잘못 쓰이는 경우도 자주 나타난다. 이들은 모두 쓰일 수 있는 말이므로 무조건 '아니오'와 '아니요'에서 어느 말이 맞는다고 말할 수 없다. 그러니까 '아니오'와 '아니요'는 우리말에서 둘 다 쓰일 수 있으나 그 쓰임새와 쓰이는 상황이 다르다고 설명해야 할 것이다.

우선 '아니오'는 '아니다'가 기본형으로 쓰이는 말의 서술형 종결어미 '-오'가 붙은 활용형의 한 형태이다.

그런데 ≪표준국어대사전≫에 '아니오'에 대한 풀이와 안내가 잘못되어 있어서 이를 지적하지 않을 수 없다. 여기에는 다음과 같이 나와 있다.

> ·아니-오
> 「감」 '아니요'의 잘못. '아니오'는 '이것은 책이 아니오', '나는 홍길동이 아니오'와 같이 한 문장의 서술어로만 쓴다. "다음 물음에 '예', '아니요'로 답하시오"와 같이 '예'에 상대되는 말은 '아니요'이다.

위에서 「감」은 품사가 감탄사라는 표시이다. 그 다음에 '아니요의

잘못.'이라고 했는데, 여기서 사전을 찾는 사람들에게 오해를 불러일으
킬 염려가 있다. 뒤에 적어 놓은 풀이가 있다 하더라도 그 부분만을 끊
어서 생각하면 '아니오'라는 말은 어떤 경우에도 쓰일 수 없는 말로 착
각할 수 있다는 것이다.

그래서 감탄사 '아니오'의 잘못이란 말은 뒷부분으로 돌리고 이 사전
의 일러두기에 안내한 대로 '주표주제어 뜻풀이 참고' 표시 ⇒를 하고
그 기본형인 '아니다'를 찾도록 해야 한다. 그러면 거기에 '아니오'의 용
례가 나오므로 위에서 말한 오해는 없게 될 것이다.

'이것은 책이 <u>아니다</u>.'와 같은 문장을 위 사전 풀이에서 나온 것처럼
'아니다'를 예사높임으로 바꾸어 '이것은 책이 <u>아니오</u>.'로 쓸 수 있다.
이와 같이 '아니다'를 높임법의 정도에 따라 '아니오(하오체)', '아니에요
(해요체)', 아닙니다(합쇼체) 따위로 쓸 수 있는 것이다.

다음은 '아니오'로 쓰면 안 되고 '아니요'로 써야 하는 경우를 살펴 보자.

여기에도 두 가지 경우가 있는데, 하나는 윗사람이 묻는 말에 부정
하여 대답할 때 '아니요'를 쓴다. '아뇨'라고 줄여서 쓰기도 한다.

이것을 높임법으로 설명하자면 "너 밥 먹었니?"라는 물음에 '아니'라
고 대답하면 반말이고, '아니요'라고 하면 '해요체' 정도에 해당하는 높
임말이다. 물론 이보다 더 정중한 높임말은 '아닙니다', '안 먹었습니다'
이다.

'아니요'를 써야 하는 또 다른 경우는 다음과 같이 '아니다'가 연결형
어미로 쓰일 때이다.

　　　　이것은 책이 <u>아니요</u>, 종이일 뿐이다.

위 문장에서 '아니요'는 '아니다'를 기본형으로 하는 말의 활용형으

로, 이때 '요'는 한 문장 안에서 말을 이어주는 연결형 어미이다.

바로 앞에서 '예', '아니요'라고 대답할 때 쓰는 감탄사 '아니요'와는
아주 다른 것이다.

❖ 참고
· 아니오 : ① 그는 군인이 <u>아니오</u>.('오'는 서술형 어미의 '하오체')
· 아니요 : ② 예, <u>아니요</u>.(대답할 때 쓰는 감탄사)
　　　　　③ 참외는 과일이 <u>아니요</u>, 채소이다.('-요'는 '아니다'의 연결형
　　　　　　　어미)

-하겠사오니

입말에서는 거의 쓰이지 않지만 글말에서 공손하게 낮추는 말로 '-하겠사오니'나 '있사오니'와 같은 말이 있다. 그런데 이런 말을 '-하겠아오니', '있아오니'로 잘못 쓰는 경우가 있다.

　　(1) 축구대회를 열겠<u>사오</u>니 …….
　　(1)' 축구대회를 *열겠<u>아오</u>니 …….
　　(2) 등산모임이 있<u>사오</u>니 …….
　　(2)' 등산모임이 *있<u>아오</u>니 …….

위 (1), (2)에서 '-사오-'는 용언의 어간과 어말어미 사이에 끼어들어간 어미로서 선어말어미라고 한다. '열겠사오니'는 '열겠으니'라고 할 예사말에 공손함을 나타내는 선어말어미 '사오'를 넣어서 더욱 공손한 말로 표현한 것이다.

그런데 이 말을 (1)', (2)'처럼 '열겠아오니', '있아오니'로 잘못 적는 사례가 있다. 이것은 발음상으로 보면 '사오' 앞의 '겠'이나 '있'에 쌍시옷 받침이 있어서 '열겠아오니', '있아오니'로 적어도 같은 소리가 나기 때문에 이렇게 적는 것이 옳다고 생각하는 사람들이 있는 듯하다. 그래서 실제로 그렇게 적는 오류를 범하는 경우를 자주 본다.

그러나 앞에서 설명한 것처럼 '사오'는 낮춤이나 공손을 나타내는 하나의 형태소이므로 이를 '아오'로 적을 수는 없다.

(3) 저는 먼저 *죽<u>아</u>오니 불효를 용서하소서.

좋은 예는 아니지만 만일 자살을 하는 사람이 부모에게 위와 같은 유서를 남겼다면 위 문장이 맞춤법에 맞는다고 볼 수 있겠는가? 위 예문을 보면 '-하겠아오니', '있아오니'와 같은 표기가 잘못되었음을 금방 깨닫게 될 것이다.

신문에서 잘못 쓰는 '-에'와 '-에게'

부사격조사 '-에'와 '-에게'는 그 쓰임이 분명히 구별되어야 한다. 이 두 조사는 모두 체언 뒤에 붙어 부사어를 만드는 부사격 조사이지만 혼용될 수 없으며, '-에게'의 줄임말로 '-에'를 써서도 안 된다.

그런데 신문에서는 표제어에서 '-에게'를 쓸 자리에 '-에'를 쓰는 오류를 범하고 있다. 글자 수를 줄여 쓴다하더라도 줄일 수 있는 것이 있고 그렇지 못한 경우가 있는 것이다.

먼저 '-에'는 다음과 같이 쓸 수 있다.

(1) 아영이는 청학동에 산다. (앞말이 장소를 나타냄)
(2) 오늘 저녁 여섯 시에 만나자. (앞말이 시간을 나타냄)
(3) 동생은 학교에 갔다. (앞말이 진행 방향을 나타냄)
(4) 자동차 소리에 잠을 깼다. (앞말이 원인을 나타냄)
(5) 옛날에는 등잔불에 책을 읽었다. (앞말이 수단, 방법을 나타냄)

위 (1)-(5)의 예문과 같이 '-에'는 앞에 붙은 체언이 부사어가 되게 하는 다양한 구실을 한다.

한편 '-에게'는 같은 부사격 조사이지만 사람이나 동물 따위를 나타내는 체언 뒤에 붙어서 일정하게 제한된 범위를 나타내거나 어떤 행동을 일으키는 대상 또는 행동이 미치는 대상을 나타낸다.

> (6) 수현이에게 무슨 일이 생겼니? (어떤 물건의 소속이나 위치를 나타냄)
> (7) 닭에게 모이를 주어라.(어떤 행동이 미치는 대상을 나타냄)
> (8) 개에게 물렸다. (행동을 일으키는 대상임을 나타냄)

얼핏 보면 위 예문들을 보아도 '-에'와 '-에게'의 쓰임이 확연히 구별되지 않는 듯하다.

이 두 조사의 쓰임새를 구별하는 기준은 앞에 붙는 체언이 [+동물성]의 자질을 가질 때에만 '-에게'를 쓸 수 있다는 사실이다.

조사 '-에게'가 붙은 위 예문 (6)-(8)에서 '수현이', '닭', '개'는 모두 [+동물성]이다. 그러나 위 (1)-(5)에서 '-에' 앞에 붙은 체언들은 모두 [-동물성] 자질을 가졌다.

"공과금을 은행에 낸다."라는 문장에서는 '은행'이 [-동물성]이기 때문에 조사 '-에'를 쓰게 되고, "공과금을 은행원에게 낸다."에서는 '은행원'이 사람 즉 [+동물성]이기 때문에 '-에게'를 쓰는 것이다.

군사정부 시절에 학생들에게 애국심과 효심을 키우자는 목적으로 각급 학교 건물에 큰 글씨로 '나라에 충성, 부모에 효도'라는 표어를 써 붙인 일이 있었다. 여기에서 '나라'는 [-동물성]이고 '부모'는 사람, [+동물성]이기 때문에 '나라' 뒤에는 '-에'를 쓰지만, '부모에'는 '부모에게'로 고쳐야 하고 이것은 다시 대우법에 맞추어 '부모께'로 고쳐 써야 올바른 말이 된다.

요즘도 일간 신문에서는 표제의 글자 수를 줄이기 위해 그러는지 몰라도 "장기 근속 공무원에 수당 지급"과 같이 '– 에게'를 써야 할 자리에 모두 '– 에'를 쓰고 있다. '– 에'는 '– 에게'의 준말로 쓰이는 것이 아니라, 위에서처럼 그 기능이 문법적으로 다르기 때문에 이것은 마땅히 "장기 근속 공무원에게 수당 지급"으로 바로잡아야 한다.

❖ '–에'가 잘못 쓰인 사례

· 가난한 <u>학생들에</u> 장학금이 더 많이 돌아가려면(ㅈ일보 2005. 3. 24.) → 학생들에게

· <u>中동포에</u> 여대생 등 위장결혼 알선…5억 가로챈 5명 영장(ㄷ일보 2005. 3. 17.) → 中동포에게

· 힘있는 <u>의원에</u> 돈 몰렸다(ㅎ일보 2005. 3. 22.) → 의원에게

· 돈받고 <u>의사에</u> 학위 … 교수 5명 사전영장(ㅎ일보 2005. 3. 23.) → 의사에게

· 美 <u>대학생들에</u> 위안부 알린다(ㄱ신문 2005. 3. 20.) → 대학생들에게

· 사이버독도에 무궁화심기 100만 그루 <u>네티즌에</u> 분양(ㅁ일보 2005. 3. 24.) → 네티즌에게

둘째
마디

표준어와 발음

표준어에 대한 이해

표준어에 대한 올바른 이해를 위해서는 먼저 한글 맞춤법의 역사를 간단히 살펴 볼 필요가 있다.

우리가 지금 쓰고 있는 ≪한글 맞춤법≫은 정부가 1988년 1월에 문교부 고시 제88-1호로 정한 것이며, '표준어 규정'은 고시 88-2호로 나온 것에 따르는 것이다. '외래어 표기법'은 문교부 고시(제85-11호:1986. 1. 7)를 그대로 쓰고 있으며 '국어의 로마자 표기법'은 문화관광부 고시 제2000-8호에 의해 개정된 것을 사용하고 있다.

그 이전까지는 일제 강점기인 1933년 조선어학회(지금의 한글학회)의 여러 학자들이 협의하여 만들었던 ≪한글 맞춤법 통일안≫에 따라 우리의 말글살이를 해 왔다. 정부가 ≪한글 맞춤법 통일안≫ 이후 55년 만에 그 통일안이 지녔던 문제점들을 정리하여 발표한 것이므로 당시까지 써왔던 것과 다른 부분이 많아 혼란이 우려되기도 하였다. 각 조항별로 지적되는 문제점도 많이 있었지만 부분적 수정을 거쳐 확정된 ≪한글 맞춤법≫은 우여곡절 끝에 새로운 탄생을 보게 된 것이다.

이때 고시한 ≪한글 맞춤법≫은 1년 동안의 유예 기간을 거쳐 1989년 3월 1일부터 시행되어 오늘에 이르고 있다.

그동안 정부가 고시한 ① 한글 맞춤법 ② 표준어 규정 ③ 외래어 표기법 ④ 국어의 로마자 표기법 등을 묶어 '어문규정'이라 한다.

위에서 밝힌 대로 현재의 '표준어 규정'은 한글 맞춤법과 함께 1988년에 고시하여 만들어 1989년부터 시행된 것이다. 이 규정에서 표준어란 '교양 있는 사람들이 두루 쓰는 현대 서울말'을 원칙으로 한다고 제1항에 나와 있다. 제2항에 외래어는 '따로 사정한다'고 되어 있다.

여기서 '교양 있는 사람들'이란 좀 막연하긴 하지만 학력에 관계없이 '국어 교육을 제대로 받은 사람'이나 '우리말을 제대로 구사하는 사람' 등으로 좁혀 말할 수 있을 것이다.

'현대'라는 말은 '현대 국어'에 준하여 20세기 이후부터 지금까지 쓰고 있는 국어를 가리키는 것으로 보면 무난하다. 그러나 '현대'라는 말이 1세기, 곧 100년을 넘지 않는다는 상식에 비추어 보면 우리말에서도 '현대 국어'의 시기에 대한 개념을 재정립해야 할 때가 되었다고도 할 수 있다.

또 '서울말'을 표준으로 한 것은 우리나라의 중심인 수도권의 말을 표준으로 삼아 각 지방의 사투리(방언) 사용으로 인한 의사소통의 혼란을 예방하기 위한 것으로 이해하면 될 것이다.

현행 '표준어 규정'에서 두드러진 것은 복수 표준어를 인정한 점과 표준 발음법을 규정에 넣었다는 점이다. 복수 표준어는 과거에 사투리로 취급되던 '멍게, 강냉이'와 같은 말들을 '우렁쉥이, 옥수수'와 함께 복수 표준어로 인정한 것이다. 단수 표준어 위주로 되어있던 표준어를 복수 표준어로 다수 인정함으로써 낱말 쓰임의 폭을 넓혔다는 장점도 있지만 종래의 표준어와 비표준어의 구분에 혼선을 가져오는 불편함도 당분간 지속될 것으로 보인다.

과거 ≪한글 맞춤법 통일안≫에 없었던 '표준 발음법'은 국어사전마다 조금씩 다르게 나타나던 우리말 발음의 표준을 정했다는 점에서 매우 가치 있는 일이다.

미장이와 멋쟁이

접미사 '-장이'와 '-쟁이'를 구분해서 쓰는 방법은 비교적 간단하다.

   (1) 우리 공사장에 <u>미장이</u>가 한 사람 필요하다.
   (2) <u>멋쟁이</u> 높은 빌딩 으스대지만······.

위 (1)의 '미장이'처럼 어떤 분야의 기능이나 기술을 가진 사람을 가리킬 때에는 '-장이'를 붙인다. 한편 (2)의 '멋쟁이'처럼 특별한 기술과 관계 없이 어떤 속성을 지닌 사람, 그런 부류에 속하는 사람을 가리키는 말에는 '-쟁이'를 붙인다.

   (1)' 미장이, 대장장이, 유기장이, 석수장이, 간판장이, 땜장이
   (2)' 욕심쟁이, 개구쟁이, 겁쟁이, 거짓말쟁이, 빚쟁이, 변덕쟁이

위 (1)'과 (2)'의 예를 보면 '-장이'와 '-쟁이'를 구별해 쓰는데 별 어려움이 없을 것이다.

이와 비슷한 현상으로 'ㅣ' 모음 역행동화에 의한 발음은 원칙적으로 인정하지 않으나 다음 (3)의 낱말들은 그러한 동화현상을 적용한 형태

를 표준어로 삼고 있다.

    (3) 서울내기(○) 신출내기(○) 풋내기(○) 냄비(○) 동댕이치다(○)

        서울나기(×) 신출나기(×) 풋나기(×) 남비(×) 동당이치다(×)

    (4) 아지랑이(○)

        아지랭이(×)

  위 (3)에서는 'ㅣ' 모음 역행동화에 의한 발음을 표준어로 하고 있지만, (4)에서는 '아지랑이'를 표준어로 삼고 있어서 혼란스러운 점이 없지 않다. 이러한 기준은 실제로 우리나라 사람들의 발음 경향을 참작하여 표준으로 삼았기 때문에 일관성이 결여된 면이 없지 않다. 그러나 일반적으로 표준어를 제대로 써 온 사람들은 보통 자기가 발음하는 말이 표준어로 채택된 셈이다.

웃옷과 윗옷

'웃옷'과 '윗옷'은 어느 것이 맞는 말일까? 이것은 둘 다 쓰일 수 있는 말이다. 다만 그 뜻이 다르기 때문에 헷갈리기 쉬운 낱말들이다.

'웃옷'은 두루마기처럼 겉에 덧입는 옷이고, '윗옷'은 위에 입는 옷으로 '윗도리'라고도 한다.

그러면 우리말에서 어느 경우에 '웃–'을 쓰고, 어느 때는 '윗–'을 쓰는가?

'웃–'과 '윗–'의 선택은 명사 '위'에 형태를 맞추어 '윗–'으로 통일해서 쓰도록 되어있다.(표준어 규정 제12항)

(1) 윗니, 윗자리, 윗목, 윗변, 윗입술
(2) 아랫니, 아랫자리, 아랫목, 아랫변, 아랫입술

그런데 위 (1)에 보인 말들은 모두 (2)와 같은 대립어를 가지고 있다. 이렇게 대립되는 말이 있으면 '웃–'을 쓰지 않고 '윗–'을 쓴다고 생각하면 이해하기 쉽다.

(3) 웃돈, 웃어른, 웃거름, 웃국

한편 위 (3)의 경우 '＊아랫돈, ＊아래어른'과 같은 말들이 존재하지 않는다. 이처럼 아래, 위의 대립되는 말이 없는 낱말은 '웃–'으로 발음되는 형태를 표준어로 삼는다.

      (4) 위쪽, 위채, 위층, 위통, 위팔

위 (4)의 낱말들도 예외 조항에 해당된다. 된소리나 거센소리 앞에서는 사이시옷을 쓰지 않고 '위–'를 쓰는 것을 표준어로 한다.(표준어 규정 제12항 다만2.)

❖ 참고

웃국 : ① 간장이나 술 따위를 담가서 익힌 뒤에 맨 처음에 떠낸 진한 국.
      ② 솥이나 그릇에 담긴 국의 웃물.

수꿩과 숫꿩, 수퀑

표준어 규정에 보면 '수컷을 이르는 접두사는 '수-'로 통일한다.'로 되어 있다(제7항). 그러니까 위 제목들 중에서는 '수꿩'이 맞는다. '장끼'라는 같은 말이 있는데 이것도 표준어이다. 이 규정 하나만 놓고 보면 수컷을 이르는 모든 명사류에 대해서는 앞에 '수-'만 붙이면 되지만 그리 간단치만은 않다.

    (1) 수나사, 수놈, 수무지개, 수벌, 수소, 수사슴, 수잉어

위 (1)과 같이 수컷을 뜻하는 접두사는 어떤 음운 환경에서도 '수-'를 쓰는 것을 원칙으로 한다. '숫놈', '숫소', '수펄'과 같이 현실 발음과 일치하지 않는 낱말들이 꽤 있지만 규정으로 정해 놓았으니 그대로 지킬 수밖에 없다.

    (2) 수꿩, 수딱따구리, 수뻐꾸기, 수캐, 수키와, 수탉, 수평아리

위 (2)의 보기처럼 된소리(경음)나 거센소리(격음) 앞에서도 '수-'를 쓴다. 그런데 '수꿩'의 표준말을 '수퀑'으로 오해할 경우도 있어서 틀리

지 않도록 해야 한다. 또 '수캐, 수캉아지'는 접두사 '수-' 다음에 오는 'ㄱ'을 거센소리 'ㅋ'으로 쓰지만 '수고양이'는 '수코양이'라고 쓰지 않으므로 까다로운 면이 있다.

이렇게 어느 것이 표준어인지 알쏭달쏭한 경우는 국어사전을 찾아서 정확하게 알아두는 수밖에 없다. 그러나 모든 동물이나 곤충류들을 수놈과 암놈을 구별해서 사전에 다 올리지 않으므로 '수메뚜기, '수다람쥐', '수오리'처럼 사전에 없는 말은 모두 '수-'를 쓴다고 생각하면 된다.

(3) 숫양, 숫염소, 숫쥐 (표준어 규정 제7항 다만.2)

다만 위 (3)은 예외로 '숫-'을 쓰도록 규정해 놓았다. 이와 같은 예를 보면 'ㅣ 선행모음'이 들어간 '숫여우'나 'ㅈ' 앞의 '숫잠자리'같은 경우도 '수-'가 아닌 '숫-'을 써야 할 것 같지만 위 세 낱말만 예외라는 단서 조항이므로 같은 음운 환경이라도 이들은 '수여우', '수잠자리'로 써야 한다.

그밖에 접두사 '수-'나 '숫-'과 관련하여 '숫처녀', '숫총각'의 '숫-'은 순수하다는 뜻의 다른 접두사이므로 구별해서 써야 하며, '수처녀', '수총각'이라고 쓰면 안 된다.

❖ 참고
수무지개 : 쌍무지개가 섰을 때에, 빛이 곱고 맑게 보이는 쪽의 무지개

복수표준어

복수표준어에 관한 규정은 '표준어 규정' 제18항과 제26항에 명시되어 있다.

먼저 제18항에서는 비슷한 발음을 가진 두 형태를, 그 발음 차이가 국어의 일반 음운 현상으로 설명되면서 두 형태가 다 널리 쓰이는 것들이라는 이유로 모두 표준어로 삼은 규정이다. 표준어 규정을 새로 만들 당시 큰 특징 중 하나는 복수 표준어를 많이 허용하여 국어의 폭을 넓히려 한 것인데, 제18항에 해당되는 예는 많지 않지만, 이 조항도 그러한 정신의 일부를 반영한 규정이라 할 수 있다.

대답하는 말 '네/예'에서 과거에 '예'만을 표준어로 인정하였으나, 서울말에서는 오히려 '네'가 더 보편적으로 쓰여 왔고 또 지금도 쓰이고 있으므로, '네'를 원칙으로 하고 '예'와 함께 쓰도록 한 것이다.

'쇠고기/소고기'의 '쇠-/소-'에서 '쇠-'가 전통적 표현이었으나, '소-'도 그 쓰임새가 우세해 짐에 따라 두 가지를 다 쓰게 하여 복수 표준어가 되었다.

제26항도 제18항과 같은 취지로 복수 표준어를 규정한 것이다. 여기서는 '한 가지 의미를 나타내는 형태 몇 가지가 널리 쓰이며, 표준어 규정에 맞으면 그 모두를 표준어로 삼는다.'고 하여 한 낱말에 대한 복

수표준어를 2개 이상이 가능하도록 정했다.

종래에 '출렁거리다/출렁대다'의 '-거리다/-대다'가 널리 쓰임에도 불구하고 '-거리다'만을 표준어로 삼았었는데, 이번에는 둘을 다 표준어로 삼아 국어를 풍부하게 하는 데 기여했다고 볼 수 있다.

'가뭄/가물' 중에서는 '가뭄'이 점점 더 큰 세력을 얻어 가고 있으나 '가물에 콩 나듯 한다'와 같은 말이 현재 쓰이고 있기 때문에 '가물'도 아직 명맥을 유지하고 있다고 보아 복수 표준어로 처리했다고 한다.

'가엾다/가엽다'는 활용형에서 '아이, 가엾어라'와 '아이, 가여워'가 다 쓰이므로 복수 표준어로 삼았으며 '서럽다/섧다'나 '여쭙다/여쭈다'가 복수 표준어로 인정된 것이 다 같은 근거에 의해서다. '서럽게 운다'와 '섧게 운다', '여쭤 보아라'와 '여쭈어 보아라'가 다 쓰이고 있는 것이다.

이런 복수표준어에 대하여 글쓴이는 앞에서 지적한 대로 우리말 어휘의 수를 늘려 우리말 사용의 폭을 넓히는 취지는 바람직하다고 생각하나 필요 이상의 복수 표준어를 양산함으로써 언중을 혼란시키는 바가 없지 않다.

위에 든 '가엾다, 여쭙다' 따위는 단수 표준어로 해도 한정된 음운 환경에서 'ㅅ' 음운 탈락이나 'ㅂ' 불규칙 용언으로 다루면 복수표준어로 인정하여 '여쭈어'도 맞고, '여쭤워'도 맞는다는 이상한 표기 현상이 나타나지는 않을 것이다.

'옥수수'와 '강냉이'를 복수표준어로 한 것은 오히려 변별성을 무시하여 두 별개의 낱말이 하나로 묶여 '강냉이'의미를 사장시킨 결과를 가져왔다. 서울이나 경기 지방 등 수도권에서는 옥수수나 쌀 등의 곡식을 고열에 튀긴 것을 '강냉이'라 불렀다. 그런데 이것이 강원도 지방 등에서 옥수수를 강냉이라고 부른다고 해서 함께 쓰자고 했으니 옥수수를 튀긴 강냉이 이름은 다시 지어야 할 판이다.

어쨌든 표준어 재 사정이 이루어질 때까지 우리는 이 규정을 따라야 한다.

❖ **주요 복수 표준어들**

- 가는-허리/잔-허리
- 개수-통/설거지-통
- 고깃-간/푸줏-간
- 관계-없다/상관-없다
- 까까-중/중-대가리
- 꼬리-별/살-별
- 꽃-도미/붉-돔
- 나귀/당-나귀
- 눈-대중/눈-어림/눈-짐작
- 다달-이/매-달
- 댓-돌/툇-돌
- 되우/된통/되게
- 마-파람/앞-바람

- 가락-엿/가래-엿
- 거위-배/횟-배
- 곰곰/곰곰-이
- 깃-저고리/배내-옷/배냇-저고리
- 꼬까/때때/고까(~신, ~옷)
- 내리-글씨/세로-글씨
- 느리-광이/느림-보/늘-보
- 눈-대중/눈-어림/눈
- 느리-광이/느림-보/늘-보
- -다마다/-고말고
- 돼지-감자/뚱딴지
- -뜨리다/-트리다(깨-, 떨어-, 쏟-)
- 목화-씨/면화-씨

짜깁기와 짜집기

양복을 새로 사 입거나 맞춰 입었는데 담배 불똥이라도 튀어서 구멍이 나면 새 옷을 버릴 수도 없고 그냥 입자니 신사 체면이 말이 아니다. 그래도 돈이 아까우니 그 옷을 기워서라도 입어야겠다고 판단되면 찾는 곳이 세탁소다. 이때 양복의 구멍을 같은 천으로 짜서 깁는 일을 '짜깁기'라고 한다.

그런데 세탁소를 찾으면 세탁소 유리창에는 어김없이 이에 대한 안내 글씨를 '짜깁기'라 하지 않고 '짜집기'라고 써 놓았다. 그나마 안 써붙인 곳이 더 많으며 실제로 시간이 많이 걸리고, 인건비도 잘 나오지 않는다고 하여 이런 일을 맡지 않으려 한다. 서민층 단벌 신사들에겐 그나마 '짜깁기'이건 '짜집기'이건 옷을 기워 준다면 고마울 뿐이다.

이렇게 직물의 찢어진 곳을 그 감의 올을 살려 본디대로 흠집 없이 짜서 깁는 일을 '짜깁기'라고 한다. 또 이 말이 확대되어 기존의 글이나 영화 따위를 다시 편집하여 하나의 완성품으로 만드는 일도 '짜깁기'라고 한다.

'짜깁기'라는 말은 위의 말뜻에서 짐작할 수 있듯이 '짜다 + 깁다 + 기(접미사)'의 형태로 이루어 졌다. '짜깁기'는 옷감을 짜는 일과 깁는 일을 한데 어우르는 일로서 양복을 원래의 모양과 별 차이 없도록 짜서 기워놓는 작업이다.

그런데 '짜집기'라는 말이 표준어인 '짜깁기'보다 훨씬 널리 쓰이고 있는 듯하다. 틀린 말 '짜집기'의 어원은 분명치 않으나 여기에는 보통 두 가지 원인이 있을 것으로 보는 견해가 있다.

하나는 발음을 할 때 '짜집기'에서 '집'의 'ㅈ' 발음이 '짜깁기'의 'ㄱ' 발음보다 쉽다는 점이고, 다른 하나는 지방 사투리에서 연유되었을 것이라는 추측이다.

이른바 근대 국어시기로 일컫는 17세기 초에서 19세기 말경에는 구개음화 현상이 그 어느 때보다 두드러지게 나타났다. 그 예로 '길, 기름, 김치' 따위가 '질, 지름, 짐치' 등으로 구개음화하여 발음되기도 했는데, 이러한 경향은 특히 남부지방에서 심하게 나타났다. 남부지방 방언에서는 이들을 아직도 '질, 지름, 짐치'와 같이 발음하는 곳이 있다. 이런 언어 현실은 '짜집기'가 지방 사투리에서 연유되었을 것이라는 추측을 가능케 한다.

또 다른 예로 강원도, 경상도, 충청도, 함경도에서는 '깁다', '꿰매다'의 뜻으로 '집다'라는 방언을 쓴다.(참고 : 박유희 외. ≪우리말 오류 사전≫)

어떤 연유로 '짜집기'라는 말이 생겨났느냐에 상관없이 현행 표준어는 '짜깁기'이므로 이를 바르게 써야 한다.

'짜깁기'는 접미사 '-하다'를 붙여 '짜깁기하다'란 동사로도 쓰인다.

❖ **바르게 쓴 사례**
· 구멍난 양복바지를 세탁소에서 <u>짜깁기</u>를 했는데 감쪽같이 잘 되었다.
· 박사 학위 논문을 <u>짜깁기했</u>다니 어처구니없는 일이다.
· <u>짜깁기</u>식 대책으론 발전 담보 안돼(2005. 7. 1. 인천일보 사설).

사람들이 궁금해 하는 '거시기'

'거시기'란 말에 대해 궁금해 하는 이들이 많다. '거시기'가 표준말이냐, 사투리냐? 또는 어떤 부류의 사람들끼리만 통하는 은어냐, 상스러운 말이냐 등등, 질문도 많고 궁금증도 많은 말이다.

국어사전에서 인정하는 '거시기'는 두 가지 뜻이 있다. 첫째는 대명사로 이름이 얼른 생각이 나지 않거나 바로 말하기 곤란한 사람, 또는 어떤 사물을 가리켜 말할 때 '거시기'라는 말을 쓴다. '거시키'라고 말하는 사람도 있는데 이것은 잘못된 발음이다. 예를 들면 다음과 같이 쓰인다.

"그 재 너머 살던 <u>거시기</u>가 죽었다잖아."
"헛간에 있는 <u>거시기</u> 좀 내와."
"이 삽이요?" "아니, 그 옆에 쇠스랑 말이야."

둘째는 감탄사로서 말하기 거북하거나 더듬을 때 쓰는 말이다.

"저, 거시기 죄송합니다만 어려운 부탁 말씀 좀 드리러 왔습니다."

이와 비슷하게 생각이 잘 나지 않거나 말을 더듬을 때 쓰이는 감탄사로 '거시기' 이외에 '에, 저, 저기' 등이 있다.

'거시기'가 이처럼 사전적 의미로 제대로 쓰이는 경우도 있지만 지방에 따라 그 쓰임새가 비슷하면서도 특이한 곳도 있다.

학계에 밝혀진 것은 아니지만 어느 지역에서는 남녀의 생식기를 뜻하는 은어로 통용된다고도 한다. 그러니까 이런 곳에서 '거시기'란 말을 잘못 쓰다가는 망신을 당할 수도 있다.

또 이와는 다르게 호남의 어떤 지방에서는 '거시기'가 한 마을 사람끼리나, 대화하는 사람들끼리 서로 이미 알고 있는 사실에 대해서는 두말할 것 없이 '거시기'란 말로 통한다고도 한다.

"자네 거시기네 다녀왔는가?"
"응, 아직 못 갔네. 내일 아침 8시가 거시기라던데 저녁에는 들러야지."

이 대화 내용 보면 전혀 관계없는 사람끼리는 무슨 말인지 서로 통할수가 없다. 이 말은 이 동네 누구네가 초상이 났는데 문상을 다녀왔느냐는 인사말이고 상대는 초상난 일을 이미 알고 있으면서 대답하는 내용이다. 앞의 거시기는 두 사람이 서로 알고 있는 초상집 사람 이름 대신 쓰인 것이고, 뒤에 말한 '거시기'는 역시 서로 알고 있는 내용인 발인(發靷) 시각을 가리킨 말이다.

이것은 위 첫 번째에서 설명한 대명사로 쓰이는 사전적 의미와 비슷하지만 쓰임새가 조금 다른 경우여서 표준어로 보기는 어렵다. 이렇게가까운 한 마을 사람끼리 거시기라는 통용어를 쓰면서 이심전심으로 동네 사람들이 크고 작은 일에 대하여 훤히 알고 상부상조하는 모습도 사투리가 갖는 하나의 장점인지도 모른다.

결국 '거시기'는 국어사전에서 인정하는 말로는 대명사와 감탄사로 쓰이며 일부 지방에서만 통하는 방언으로, 또는 은어로도 사용되는 것으로 정리할 수 있다.

'10자 소감'과 '열 자 소감'

　교육방송(EBS) 누리집 '우리말 우리 글'의 '열린 글터'라는 방에 들어 갔다가 방송자막 '10자 소감'이 틀렸다는 내용의 글과 이에 대한 답변 내용들을 보았다.

　이 글을 올린 시청자는 '10자 소감'은 [십자소감]으로 읽을 수밖에 없 으므로 '열 자 소감'으로 쓰고 [열자소감]으로 읽어야 한다는 주장이 다.(정확한 발음은 [십짜소 : 감], [열짜소 : 감]임.)

　이에 대한 답변에서도 나왔지만 '10자 소감'이란 자막이 틀렸다고 말 할 수는 없다. 물론 '열 자 소감'이라고 쓰는 것이 더 우리말답다. 그러 나 방송 자막의 시각적 효과를 위해서도 그렇고, '10자 소감'이라고 써 도 모든 시청자들이 그 뜻을 바르게 이해할 수 있기 때문이다.

　이와 같이 숫자와 단위명사가 결합하는 과정에서 그 어울림이 규칙 적이지 않기 때문에 혼동을 일으키는 경우가 있다. 아라비아 숫자는 시 각성과 편의성 때문에 세계에서 공용으로 쓰고 있지만 글로 쓸 때와 말 로 할 때가 모두 일치하지는 않는다.

　예를 들어 '1학년, 2학년, 3학년'은 1, 2, 3을 아라비아 숫자로 쓰는 것이 편하지만 '일 학년, 이 학년, 삼 학년'이라고 썼다고 해서 틀린 것 은 아니다. 그러나 이것을 '한 학년, 두 학년, 세 학년'이라고 하면 그 뜻이 달라지기 때문에 바르다고 할 수 없다.

단위명사 앞에 숫자가 쓰이는 경우, 그 숫자를 읽을 때에도 한자말로 읽을 것이냐, 우리말로 읽을 것이냐에 관해서는 관습에 의한 것이어서 그 읽는 표준을 가늠하기 어려운 면이 있다. 더구나 지방 사투리에 따라 맞지 않게 읽는 사람들도 적지 않다.

'55살'이라고 쓸 수는 있으나 읽을 때는 '오십오 살'이라 읽지 않고 '쉰다섯 살'이라고 읽어야 한다. 또 경상도 지방 사투리를 쓰는 사람은 '오십다섯 살'이라고도 한다. 이것은 물론 틀린 것이다.

이런 수 읽기에 대하여 앞에 '10자 소감'에 관한 글을 올린 시청자는 이 말이 맞는다면 그 근거가 되는 한글 맞춤법 조항을 대라고 하는데 한글 맞춤법은 한글 표기에 대한 규정이기 때문에 숫자를 읽는 방법에 대한 자세한 규정은 나와 있지 않다. 다만 숫자와 단위명사를 아울러 쓸 때 띄어쓰기에 관한 규정(제43항)이 있을 뿐이다.

한편 표준어 규정에서는 단수 표준어 조항(제17항)에 수관형사의 예시로 '너 돈, 너 말, 너 발, 너 푼'을 표준으로 하고 '네 돈, 네 말' 따위를 쓰지 않는다는 것과 역시 '넉 냥, 넉 되, 넉 섬, 넉 자'를 표준어로 하고 '네 냥, 너 냥, 너 되, 네 되' 따위는 쓰지 않는다고 되어 있다.

이러한 표준도 일정한 음운 규칙에 따른 것이 아니고 두 가지 이상 비슷한 발음의 형태가 쓰일 경우 더 널리 쓰이는 것을 단수 표준어로 삼았을 뿐이다.

다만 우리말의 쓰임새로 볼 때 일반적으로 우리말 단위명사 앞에는 우리말 수관형사(예: 스무 살)를 쓰고, 한자말 단위명사 앞에는 한자말 수관형사(예: 이십 세)를 쓰는 것이 자연스럽다.

그런데 한자말이라도 자주 쓰는 '개(수량), 번(횟수), 시간' 등의 일부 단위명사 앞에서는 예외로 우리말 수관형사를 쓰는 것이 자연스럽다.

그 예로 '1시간 5분'의 경우, '한 시간 다섯 분'이라고 쓰거나 읽지 않고 '1(한)시간 5(오)분'이라고 해야 자연스러운 표현이다.

　이들에 대한 이해를 돕기 위해 우리말 수 읽기에 대한 예를 몇 개 들어 보이고자 한다.

쓰기	읽기
8개(○), 여덟 개(○)	[팔개](×), [여덜깨](○)
3학년(○), 삼 학년(○)	[삼학년](○)
제7회(○), 제 일곱 회(×)	[제칠회](○)
17살(○), 열일곱 살(○)	[십칠살](×), [열일곱살/여릴곱살](○)
4거리(○), 네거리(○)	[사거리](○), [네거리](○)
부산에 1번(×) 다녀왔다. 한 번(○)	[한번](○)
1번(○) 문제는? 한 번(×) 문제는?	[일번](○)
12째(×), 열두째(○)	[열두째](○)

표정은 밝습니다

　　2005. 12. 10. 새벽 독일 라이프치히 노이에메세 컨벤션센터에서 2006 독일월드컵축구대회 조 추첨 행사가 있었다. 조추첨이 끝나자 우리 언론사들은 우리나라가 이른바 죽음의 조를 피해 해볼 만한 상대를 만났다며 그 결과를 보도했다. 우리나라는 G조에 속해 1998 우승팀 프랑스와 유럽의 또 한 팀 스위스, 그리고 아프리카의 신예 토고와 본선 조별 리그를 치르게 됐다.

　　이 내용을 보도하는 과정에서 조 추첨을 한 독일 노이에메세 컨벤션센터에서 우리 대표단의 표정을 전하는 ㅎ방송 기자가 "우리 쪽의 표정은 밝습니다[발씀니다]."라고 표현했다. 여기서 '밝습니다'는 [박씀니다]로 발음해야 맞는다.

　　'표준 발음법'에 겹받침 'ㄺ, ㄻ, ㄿ'은 어말 또는 자음 앞에서 각각 [ㄱ, ㅁ, ㅂ]으로 발음한다고 되어 있다.(표준 발음법 제11항)

　　이런 겹받침 발음의 예를 보이면 다음과 같다.

　　(1) 'ㄺ, ㄻ, ㄿ'이 어말에 오는 경우
　　　　닭[닥], 흙[흑], 삶[삼ː], 만듦[만듬], 'ㄿ'은 어말에 오는 예가 없음

(2) 'ㄺ, ㄻ, ㄿ'이 자음 앞에 오는 경우

　　닭장[닥짱], 닭과[닥꽈], 밝다[박따], 늙지[늑찌], 긁지[극찌], 흙도
　　[흑또], 젊고[점꼬], 곪다[곰따], 읊고[읍꼬]

위 (2)에서 '밝다'는 '밝아, 밝아서, 밝으니, 밝고, 밝는, 밝지' 등으로
활용한다. 여기서 '밝고'는 '다만' 조항에 의해 [박꼬]가 아닌 [발꼬]로
발음해야 한다.

표준어 규정 제11항에 다음과 같은 예외 조항이 있다.

　・ 다만, 용언의 어간 말음 'ㄺ'은 'ㄱ' 앞에서 [ㄹ]로 발음한다.
　　맑게[말께], 묽고[물꼬], 얽거나[얼꺼나]

따라서 위에서 뉴스 기자가 말한 '밝습니다'는 위 '다만' 조항에 들어
가지 않으므로 [박씀니다]로 발음해야 옳다.

여러 가지 방송 매체에서 아나운서들의 발음은 비교적 정확한 편인
데 기자나 이른바 앵커라고 하는 사람들의 발음은 틀리는 경우가 많다.

방송에 자주 나오는 이들에 대한 표준어와 발음에 대한 교육이 꼭
필요하다. 수많은 사람이 보고 듣는 라디오나 텔레비전 방송의 어휘 사
용이나 발음이 잘못되면 결국 시청자에게 틀린 말, 틀린 발음을 퍼뜨리
는 부작용을 가져올 것이기 때문이다.

결막염과 학여울

　결막염은 눈의 결막에 생기는 병으로 눈이 충혈되고 부으며 눈꼽이
끼고 눈물이 나는 눈병 중의 하나다. 이 병을 흔히 [결마겸]이라고 발음
하는데 [결망념]이 올바른 발음이다. 복막염, 늑막염, 장염 따위도 모
두 [복망념], [늑망념], [장 : 념]으로 발음해야 한다. (표준 발음법 제29항)
　서울의 지하철 3호선을 타고 가다 보면 '학여울'이란 역이 나온다.
이 역의 이름은 '학 + 여울'로 만들어진 합성어이다. 그러면 이 역이름
은 [하겨울]인가, [항녀울]인가?
　이 경우도 [항녀울]이 맞는 발음이다. 이런 낱말은 색연필[생년필]과
같은 형태로 앞 말의 끝소리 ㄱ 다음에 ㄴ이 첨가되면서 자음동화 현상
이 일어나 그렇게 발음되는 것이다.
　이와 같이 합성어와 파생어에서 'ㄴ' 소리가 첨가되어 소리나는 낱말
은 다음과 같은 것들이 있다. (표준어 규정-표준 발음법 제29항)

　　(1) 솜이불[솜니불], 홑이불[혼니불], 막일[망닐], 내복약[내봉냑],
　　　　신여성[신녀성]

　'ㄴ' 첨가 현상이 나타나는 낱말 가운데 'ㄹ' 받침 뒤에 첨가되는 'ㄴ'

소리는 다음 (2)와 같이 [ㄹ]로 발음한다.

(2) 들일[들릴], 솔잎[솔립], 설익다[설릭따], 물약[물략], 서울역[서울력]

위와 같은 낱말은 앞말의 끝소리와 뒷말의 첫소리가 결합할 때 'ㄹ'이 첨가된 것이 아니라, 'ㄴ'이 첨가된 상태에서 다시 앞말의 끝소리 'ㄹ'의 영향으로 동화된 소리 'ㄹ'로 발음되는 것이다.

이러한 'ㄴ' 첨가 현상에 예외가 있다. 다음 낱말들은 'ㄴ(ㄹ)' 소리를 첨가하여 발음하지 않는다.

(3) 6 · 25[유기오], 3 · 1절[사밀쩔], 송별연[송벼련], 등용문[등용문]

위 낱말들은 현실 발음을 인정하여 [융니오], [삼닐쩔], [송별련], [등농문, 등룡문]처럼 발음하지 않고 위의 (3)처럼 발음하도록 예외 규정을 둔 것으로 보인다.

추억의 자장면

　우리 세대의 학창 시절에는 자장면 한 번 먹기가 그리 쉽지 않았다. 자장면 사먹을 돈이 없었기 때문이다.

　나는 지금의 경기도 김포시 하성면 시골집에서 8킬로미터(약 20리)가 넘는 통진면의 ㅌ중·고등학교에 걸어서 6년을 다녔다.

　시험 때가 되면 학교에서 돌아오는 길에 가장 친했던 이아무개라는 친구와 그의 집에서 시험 공부를 함께 했다. 그 친구네 집은 우리 집에서 2킬로미터 쯤 떨어진 시장 동네로 중국 음식점도 있었다.

　친구와 열심히 공부를 하고 있으면 우리들에게 친구 어머니가 으레 자장면을 시켜주셨다. 그 때 먹었던 자장면의 그 맛, 그 특유의 냄새까지도 나는 영원히 잊지 못할 것이다. 그 친구 집에 가는 속내는 아마 시험 공부보다는 그 자장면 때문이었는지도 모른다. 음식 먹는 취향이 다르고 식성도 고급인 요즘 학생들도 자장면만은 즐겨 먹는 것 같다.

　우리가 이렇게 즐겨 먹는 자장면이 올해로 탄생 100주년을 맞았다고 한다. 자장면의 역사는 1905년으로 거슬러 올라간다. 인천 중국촌(차이나타운)에서 한 화교(華僑)가 운영하던 중화요리집 '공화춘(共和春)'이 처음으로 정식 식단으로 자장면을 선보였는데, 그 후 100년의 세월이 흐른 것이다.

자장면은 원래 중국의 사천요리라고도 하고 북경, 천진 등지에서 만들어 먹던 음식이라는 설도 있으며 인천의 중국촌에서 처음 개발한 것이라는 주장도 있다.

'자장'이란 장을 볶았다는 뜻이고 자장면은 삶은 국수에 자장을 얹어서 나오는 서민 음식이다. 이것을 먹을 때에는 고루 비벼서 먹는다. 자장면은 간단히 말하면 고기와 채소를 섞어 볶은 중국식 까만 된장에 비빈 국수다. 운동을 한 후에 먹거나 여럿이 함께 시켜 먹으면 그 맛이 더욱 좋다.

그런데 예나 지금이나 사람들은 자장면의 발음을 '짜장면'이라고 한다. 음식점 차림표에도 대부분 '짜장면'이지 '자장면'으로 쓰는 집이 별로 없다.

자장면은 한자로 '炸醬麵'이라고 쓰고 '차오장멘'이라 읽는다. 우리 발음은 '작장면'이 되겠지만 이에 가까운 소리 '자장면'을 표준어로 정한 것으로 보인다. 우리는 언어 습관상 대부분 '짜장면'으로 발음하고 있지만 표기도 자장면, 발음도 자장면으로 해야 옳다. '간자장면'도 '간짜장면'이라고 쓰거나 발음하는 것은 잘못이다.

또 자장면을 1인분보다 더 많은 양을 시켜 먹을 때는 '곱빼기'라는 말을 쓴다. 이때에도 '곱'을 된소리로 '꼽빼기'라고 발음하는 경향이 있는데 이것도 '곱빼기'라 발음하고 표기도 '곱빼기'로 해야 한다.

원래 '곱빼기'라면 두 그릇의 몫을 한 그릇에 담은 분량을 말하지만 대부분의 음식점이 그렇게 2인분 정도의 많은 양을 주는 것 같지는 않다. 또 곱빼기라는 말은 '계속하여 두 번 거듭하는 일'이나 '갑절, 두 배'와 비슷한 뜻으로 쓰기도 한다. '욕을 곱빼기로 먹었다.', '곱빼기로 고생했다.'처럼 쓰일 수 있다.(2005. 10. 1.)

셋째
마디

띄어쓰기와 문장 부호

띄어쓰기의 기본

띄어쓰기는 우리의 문자생활을 편리하게 하기 위하여 만든 하나의 약속이다. 간단한 문장 몇 개 정도는 띄어쓰기를 하지 않아도 그 뜻이 통할 수도 있다. 그러나 문장이 길고 글이 복잡할수록 띄어쓰기나 문장 부호 사용의 필요성을 갖게 된다. 어떤 이는 우리 한글의 띄어쓰기가 너무 까다롭다고 말한다. 그러나 띄어쓰기의 기본 원칙을 터득하면 그렇게 어려울 것이 없다.

띄어쓰기의 근본 뼈대가 되는 규칙은 ≪한글 맞춤법≫의 다음 2개 조항이다.

> 제2항 문장의 각 단어는 띄어 씀을 원칙으로 한다.
> 제41항 조사는 그 앞말에 붙여 쓴다.

위 두 조항을 염두에 두고 띄어쓰기를 한다면 크게 어려울 것이 없다. 글을 쓸 때 한 문장에서 단어마다 띄어 쓰고, 조사만 그 앞말에 붙여 쓰면 되기 때문이다.

그러나 실제로는 어디부터 어디까지가 한 단어인지 구별이 어려운 경우가 꽤 있으며, 조사는 의존명사로도 쓰이는 특수한 조사도 있어서, 국어에 익숙지 않은 사람은 어렵다고 하소연 할만하다.

1. 단어 : 분리하여 자립적으로 쓸 수 있는 말이나 이에 준하는 말. 또는 그 말의 뒤에 붙여서 문법적 기능을 나타내는 말이다. 단어는 한 낱말이며 품사별로 나누면 한 단어가 되고 그 중 조사만 따로 분류하여 앞말에 붙여 쓰면 된다.(조사도 하나의 단어임)

2. 조사 : 주로 체언에 붙어 다른 말에 대한 관계를 나타내거나(격조사), 다른 말끼리 이어주거나(접속조사), 앞에 붙은 체언의 의미를 덧보태는 구실(보조사)을 한다. 이런 기능을 갖는 모든 조사는 앞말에 붙여 쓴다.

먼저 띄어쓰기의 기본을 알기 위해 단어의 개념과 조사를 간단히 익히기로 한다.

(1) 꽃/이 피니까 나비/가 날아든다.
(2) 못/에 걸려 찢어진 양복바지/를 세탁소/에 맡겼다.

위 예문 (1), (2)는 띄어쓰기 규정대로 각 단어를 띄고 조사만 앞 체언에 붙여 쓴 것이다. 체언과 조사 사이에는 ' / '표를 하였다. 여기서 우리 한글에 좀 약한 사람이라면 (1)의 '날아든다'를 한 단어로 볼 것이냐, 두 단어로 볼 것이냐를 망설이게 될 것이다. 이 말은 '날다'와 '들다'의 합성어로 한 단어이므로 붙여 쓴 것이다. (2)의 '양복바지'도 문맥상으로 보아 양복의 아랫도리를 뜻하므로 합성어로 보아야 한다. 그러나 이런 경우 사전에 따라 작은 사전에는 '양복'과 '바지'만 따로 올라 있고 합성어 '양복바지'는 올려지지 않은 경우도 있어서 판단에 어려움이 있을 수 있다. 또 사전에 올라 있지 않은 합성어를 만들어 쓰는 경우도 있으므로 일단 어휘에 대한 소양을 넓힐 필요가 있다.

많은 단어 중에 체언으로 쓰는 명사는 일반명사, 고유명사, 전문 용어 등의 띄어쓰기가 서로 달라서 조금 까다롭긴 하지만 허용 조항이 있어서 그리 부담스럽지 않다.

> (3) 김보람, 충무공 이순신 장군, 남궁억/남궁 억, 황보지봉(皇甫芝峰)/황보 지봉

사람의 이름은 위 (3)과 같이 성과 이름, 성과 호는 붙여 쓰고, 이에 덧붙는 호칭어, 관직명 등은 띄어 쓴다. 다만, 성과 이름, 성과 호를 분명히 구분할 필요가 있을 경우에는 띄어 쓸 수 있다.(제48항)

> (4) 대한 중학교/ 대한중학교, 인하 대학교 사범 대학/ 인하대학교 사범대학
> (5) 만성 골수성 백혈병/ 만성골수성백혈병

위 (4), (5)에서와 같이 성명 이외의 고유 명사나 전문 용어는 단어별로 띄어 씀을 원칙으로 하되, 단위별로 붙여 쓸 수 있도록 허용하였다. (제49항, 제50항) 붙여 써야 할 조사를 구별하기 어려운 경우의 예를 좀 들어 보자.

> (6) 교실에서만이라도 좀 조용히 해라. 꽃처럼 아름다운 당신이여!

위 (6)의 두 문장에서 밑줄 친 부분은 모두 조사이기 때문에 앞말에 붙여 쓴 것이다.(제41항) 글을 쓸 때 띄어쓰기에서 또 많이 망설이게 되

는 경우가 보조 용언이다. 이것도 보조 용언은 본용언과 띄어 씀을 원칙으로 하되 경우에 따라 붙여 씀을 허용하므로 그리 걱정할 일이 아니다.

(7) 나는 여름 방학에 바다에 <u>가고 싶다</u>. / <u>가고싶다</u>
(8) 그 일은 내가 <u>할 만하다</u>. / <u>할만하다</u>

위 (7), (8)의 문장에서 밑줄 친 본용언과 보조용언은 띄어 씀을 원칙으로 하고, 오른쪽처럼 붙여 쓸 수 있도록 허용하였다.(제47항)

단위를 나타내는 의존 명사는 그 앞의 수관형사와 띄어 쓴다. 다만 수관형사 뒤에 의존 명사가 붙어서 차례를 나타내는 경우나, 의존 명사가 아라비아 숫자 뒤에 붙는 경우는 붙여 쓸 수 있다.

(9) 쇠고기 <u>한∨근</u>, 논 <u>열∨마지기</u>.
(10) 제삼∨장(○) ⇒ 제3장(○), 157∨쪽(○) ⇒ 157쪽(○)

위 (9)에서와 같이 수관형사 '한', '열'은 단위명사 '근', '마지기'와 띄어 쓴다. 그러나 (10)에서와 같이 차례를 나타내는 경우나 아라비아 숫자가 의존명사 앞에 오면 붙여 씀을 허용한다는 것이다.

거듭 강조하건대 띄어쓰기의 몇 가지 기본 원칙만 공부하면 띄어쓰기가 어렵지 않다는 것을 터득하게 될 것이다.

'안, 못, 잘'의 띄어쓰기

'안'은 '아니'의 준말이다. '안'과 '못'은 뜻이 조금씩 다르지만 용언 앞에서 부정을 나타내는 부사로 쓰인다. 이들이 독립된 낱말로 쓰일 때는 아래 (1), (2)처럼 당연히 앞뒤의 성분 사이를 띄어 쓴다.

    (1) 너 아직 학교에 안 갔니?
    (2) 학교에는 왜 못 갔어?

그러나 이들이 접미사 '-하다, -되다' 따위가 붙어서 파생어가 되면 이들을 새로운 낱말로 보아 붙여 써야 한다.

    (3) 얼굴이 예쁘지 <u>아니하다</u>.
    (4) 며칠을 앓더니 얼굴이 <u>안됐구나</u>.
    (5) 수진이는 노래를 <u>못한다</u>.
    (6) <u>못되면</u> 조상 탓.

위 (3)의 '아니하다'는 '안'의 본디말 '아니'에 접미사 '-하다'가 붙어서 된 한 낱말이기 때문에 붙여 쓴다. 그러나 준말인 '안'에 '하다'를 붙여 '안하다'로 쓰이지는 않는다. (4)-(6)의 경우도 '안'이나 '못'에 '-하다, -되다'가 붙어서 된 낱말들이므로 붙여 쓴다.

아래 '잘'의 경우도 '안', '못'의 띄어쓰기와 비슷하다.

(7) 오늘 저녁 아주 잘 먹었습니다.
(8) 민호는 공부를 <u>잘한다</u>.
(9) 대학에 합격했다니 참 <u>잘됐구나</u>.

위 (7)에서 부사로 쓰인 '잘'은 독립된 낱말이므로 앞뒤의 문장성분과 띄어 쓴다. 문장 (8), (9)의 '잘한다', '잘됐구나'는 '잘'에 접미사 '-하다, -되다'가 붙어서 된 한 낱말이므로 붙여 써야 하는 것들이다.

이와 같이 '안', '못', '잘'의 띄어쓰기는 독립적인 부사로 쓰이느냐, 뒤에 접미사가 붙은 파생어로 쓰이느냐에 따라 달라진다. 그러나 그 쓰임에 따라 구별하기가 까다로운 경우가 있다.

(10) 부부가 금실 좋게 잘∨살았다.
(10)' 수현이네는 우리 집보다 <u>잘산다</u>.

위 (10), (10)'의 경우는 모두 '잘 + 살다'의 결합 형태이지만 (10)의 '잘'은 독립된 부사로 쓰였으므로 띄어 썼다. 그러나 (10)'의 '잘살다(기본형)'는 '잘 + 살다'가 결합하여 '부유하게 살다'라는 뜻의 합성어로서 다른 낱말로 취급되므로 붙여 쓴 것이다.

❖ 띄어 쓰는 경우

· 안 : 밥을 안∨먹었다. 숙제를 안∨했다. 안∨춥다. 아니∨땐 굴뚝에
연기 날까.
· 못 : 밥을 못∨먹었다. 아무도 못∨말려. 못∨미덥다. 못∨잊어서 또
왔네.
· 잘 : 잘∨가거라. 잘∨입고 잘∨살아라. 잘∨먹었다. 칼이 잘∨든다.

❖ 붙여 쓰는 경우

· 안(아니) : 그것 참 <u>안됐구나</u>. 그렇지 <u>아니한가</u>.
· 못 : <u>못살게</u> 굴지마라. 철수네가 우리보다 <u>못살아</u>. 이것이 저것만 못하
다. 밥을 먹지 <u>못했다</u>. 어찌 그리 <u>못났을꼬</u>? 인간성이 참 <u>못됐다</u>.
<u>못마땅한</u> 표정.
· 잘 : 공부를 <u>잘한다</u>. <u>잘되면</u> 충신 <u>못되면</u> 역적.

'하다'와 '시키다'

'하다'나 '시키다'와 같은 동사는 단독적으로 동사의 역할을 하기도 하지만 그 앞에 체언이 붙어서 새로운 파생어를 만들어 쓰이기도 한다.

(1) 농부가 밭에서 일을 <u>한다</u>.
(2) 진호에게 심부름을 <u>시켰다</u>.

위 (1), (2)와 같이 '하다'나 '시키다'가 단일어로서 동사 구실을 하면 띄어쓰기에 아무런 혼동을 일으키지 않는다. 그러나 이들 낱말 앞에 어떤 명사류가 붙어서 새로운 파생어로 쓰이면 사람들은 글을 쓸 때, 띄어쓰기에서 약간의 혼선을 빚는 듯하다.

(3) 나도 전국 글짓기 대회에 <u>참가하였다</u>. (○)
(3)' 나도 전국 글짓기 대회에 <u>참가∨하였다</u>. (×)
(4) 길수의 거짓말은 나를 <u>실망시켰다</u>. (○)
(4)' 길수의 거짓말은 나를 <u>실망∨시켰다</u>. (×)

위의 (3), (4)에서 '참가하였다', '실망시켰다'는 각각 하나의 낱말이

기 때문에 붙여 써야 한다. '참가하였다', '실망시켰다'는 기본형이 '참
가하다', '실망시키다'로 이들은 '참가(어근) + 하다(접미사)', '실망(어근)
+ 시키다(접미사)'의 형태로 결합된 파생어이다.

그런데 띄어쓰기에서 이들을 붙여 쓰지 않는 사람들의 생각은 '참가'
와 '하다'를 각각 하나의 독립된 낱말로 파악하기 때문에 그런 실수를
저지르게 되는 것이다. '실망시키다'의 경우도 마찬가지이다.

> (5) 쳐다보다, 내려다보다, 다가오다, 다가서다, 올라서다, 내려가
> 다, 압축되다

위 (5)와 같은 경우의 동사류도 이와 비슷한 합성어이기 때문에 모두
붙여 써야 하는데 자주 띄어 쓰는 실수를 하기도 한다.

❖ **띄어쓰기가 잘못된 비슷한 사례**

· 또한 하나님을 <u>실망∨시켜드린</u> 허물을 자복하오니… (2004. 10. 24 ㅅ
  교회 주보) ⇒ 실망시켜∨드린(원칙), 실망시켜드린(허용) ← (한글 맞
  춤법 제47항)
· '스팸편지함'에 있는 모든 메일이 한메일넷 시스템에서 완전히 <u>삭제∨
  되었습니다.</u> ⇒ 삭제되었습니다(붙여 써야 함).
· 그는 친구가 떠나는 모습을 물끄러미 <u>바라다∨보았다.</u> ⇒ 바라다보았
  다(붙여 써야 함).

'밖에'의 띄어쓰기

'밖에'의 띄어쓰기는 그 쓰임에 따라 품사를 달리하는 경우가 있어서 혼동을 일으키는 경우가 있다. '밖'이란 말은 '바깥'이란 뜻의 명사로 보통 쓰이지만 '밖에'라고 하면 보조사(도움토씨)로도 쓰이기 때문이다.

   (1) 어서 밖에 나가 놀아라.
   (2) 그래도 믿을 놈은 너밖에 없어.

위 (1)의 '밖'은 보통명사로 쓰인 것이다. 따라서 뒤따르는 조사 '에'만 그 앞의 체언 '밖'에 붙였을 뿐 앞뒤의 성분 '어서'나 '나가'와는 당연히 띄어 쓴다.

그러나 (2)의 '밖에'는 앞의 대명사 '너'에 붙여 써야 한다. 이때 '밖에'라는 말은 '그것 말고는', '그것 이외에는'의 뜻을 나타내는 보조사이기 때문이다.(한글 맞춤법 제41항)

   (3) 그밖에 질문이 또 있습니까?
   (3)' 그 밖에 있는 우산 좀 들여오너라.

(3)의 경우도 많은 사람들이 띄어쓰기에서 혼선을 빚는 것 같다. 이
때도 위 (2)와 같은 경우로 '밖에'가 보조사이므로 마땅히 앞의 체언에
붙여 써야 한다. 그러나 (3)'의 '그 밖에'는 '관형사 + 명사 + 조사'의 짜
임이므로 '밖에'만 붙여 쓴다.

❖ **붙여 쓰는 조사의 용례**

· 현주는 공부<u>밖에</u> 모르는 학생이야.
· 내가 가진 돈이라곤 천 원<u>밖에</u> 없어.
· 내게는 하나<u>밖에</u> 없는 외동딸이라오.

'-이다'의 붙여쓰기

초등학교 어린이가 같은 동네 신발 가게 아저씨에게 성추행 당한 뒤 살해된 사건 이후 어린이 성폭행, 학대 등에 대한 관심이 커지고 성범죄자들에 대한 처벌을 강화해야 한다는 목소리가 높아지고 있다.

용산초교 허 양의 장례식이 끝난 다음 날 ㅈ일보(2006. 2. 23.)는 사회면의 두 면 정도를 할애하여 어린 죽음을 애도하며 어린이 성폭행에 관한 기사를 다루었다.

이들 기사에는 '소녀는 가랑비를 맞으며 떠났다', '너를 보내는 이 아빠를 용서하렴', "성추행 전과자가 아이에게 물건 팔아 …… 이렇게 관리 안되는 나라 입니까" 등의 표제와 부제가 붙어있다.

위 부제에서 '안되는'은 '안 되는'으로 띄어 써야 하고 '나라입니까'는 붙여 써야 한다. '나라입니까'에서 '-입니까'는 '-이다'의 변형(활용형)이다.

학교 문법에서 '-이다'는 조사로 분류되지만 용언처럼 '-이다, -이고, -이면, -이오, -이지, -입니다, -입니까' 등으로 활용하기 때문에 띄어쓰기에서도 혼선을 빚는 것 같다.

지면을 아끼기 위해서 되도록이면 붙여 쓰려고 하는 신문 표제에서조차 띄어 쓰는 실수를 하는 걸 보면 조사 중에서도 '-이다'는 영어의 비(be)동사처럼 활용한다는 특징 때문에 자주 틀리는 것 같다. 이러한 특성 때문에 고 이희승 님은 '-이다'를 존재사로 따로 분류하였다. 약간 불합리한 점이 있지만 우리는 학교 문법에서 분류한 9개 품사에 따라 조사의 범주에 넣어 사용할 수밖에 없다.

국내 여행을 하다 큰 도로변에 써 붙인 펼침막(플래카드)에서도 비슷한 실수를 발견하였다.

· 충남도청의 유치 예산군민의 승리∨입니다. → 승리입니다

위에서도 '-입니다'가 조사이므로 앞의 승리와 붙여 '승리입니다'로 써야 한다.

❖ 틀리기 쉬운 보기
· 오이는 채소∨이고, 복숭아는 과일입니다. → 채소이고, 과일입니다
· 깨고 보니 꿈∨이더라. → 꿈이더라

'한번'과 '한 번'

'한번'은 붙여 써야 할 경우와 띄어 써야 할 경우가 있으므로 유의해야 한다.

'한번'이 명사나 부사로 쓰이면 한 개의 낱말로 보아야 하므로 당연히 붙여 쓰지만 '한'이 수관형사로 쓰이고 그 뒤에 '번(番)'이라는 단위명사(의존명사)가 오는 형태라면 '한'과 '번'을 띄어 써야 한다.

    (1) 어디 <u>한번</u> 먹어 볼까?

    (2) 언제 시간이 맞으면 등산이나 <u>한번</u> 갑시다.

    (3) <u>한번</u>은 내가 시장에서 그 친구를 만났어.

(1)-(3)은 '한번'이 명사로 쓰인 예로 그 뜻이 조금씩 다르게 쓰인 것이다. (1)의 '한번'은 어떤 일을 시험 삼아 시도함을 나타내는 말로 주로 '-어(해) 보다'의 꼴로 함께 쓰인다. (2)에서는 기회 있는 어떤 때를 가리키는 말로 쓰이며, (3)의 경우는 지난 어느 때나 기회를 뜻하며 '한번은'의 꼴로 조사 '-은'이 붙는다.

    (4) 그놈 춤 <u>한번</u> 잘 추네.

(5) 너, 말 <u>한번</u> 잘했다.

위 (4), (5)에서 '한번'은 모두 부사로 명사 바로 뒤에 쓰여 어떤 행동이나 상태를 강조하는 뜻이 있으며 뒤에 나오는 서술부를 꾸며주는 역할을 한다.

다음엔 '한 번'을 띄어 써야 하는 경우를 보자.

(6) 술을 <u>한 번</u> 마셔봤다고 해서 그 맛을 알기는 어렵다.

(7) 시험에 <u>한 번</u> 실패했다고 실망하지 마라.

위의 (6), (7)에 쓰인 '한 번'의 '한'은 모두 수관형사로 하나의 독립된 낱말로 뒤에 나오는 단위명사 '번'을 꾸며주는 역할을 한다.

위 (1)-(5)까지에 쓰인 명사나 부사로 쓰인 '한번'과 구별하는 방법은 간단하다. 명사나 부사로 굳어진 '한번'이란 말 대신에 '두 번', '세 번'이란 말을 대신 넣어 보면 말이 통하지 않는다.

"어디 <u>두 번</u> 먹어 볼까?" "그놈 춤 <u>두 번</u> 잘 추네."와 같은 말은 쓰이지 않는다.

그러나 (6), (7)과 같은 문장에서는 '두 번', '세 번'이란 말을 바꿔 넣어도 말이 자연스럽다. 이런 경우는 '한, 두, 세 ……'가 수관형사로 독립적인 낱말 역할을 한 것이므로 뒤에 나오는 의존명사(단위명사)와 띄어 쓰는 것이다.

줄임표(……)의 바른 사용

현행 한글 맞춤법에는 할 말을 줄이거나 말이 없음을 나타낼 때 쓰는 줄임표는 '……'와 같이 점을 여섯 개를 찍도록 되어 있다.

그런데 일반적으로 신문이나 소설 잡지, 각종 단행본 서적들을 조사해 보면 이 줄임표를 바르게 사용하는 경우가 드물 정도로 사용법이 다양하다.

우선 신문에서는 대부분의 신문들이 모든 줄임표를 '…'처럼 세 개의 점을 찍고 있다. 이에 대해 관심 있는 어느 독자가 국립국어원에서 시정 권고까지 했다는데 왜 그렇게 틀린 표현을 쓰느냐고 질문을 한 것을 보았다.(2005. 8. 19. ㅈ일보)

이에 대해 신문사측의 답변은 "언론사에선 가능한 한 지면에서 차지하는 양을 줄이기 위해 관행적으로 '…'를 사용해 온 것으로 추측된다. 많은 사람들이 '…'를 줄임표로 사용하고 있어 '……'를 꼭 사용해야 하는지는 의문이다."라고 했다.

일반인에게 많이 읽히는 ≪문화유산 답사기2≫(유홍준)에서 줄임표 부분을 살펴보았다.

(1) "아름다운 여량땅에 옥산장 지어 놓고 … 왜 남들은 고향을 버

릴까"(134쪽)

(2) 강에 나아가서는 호랑이와 삼신산 …… 이런 식으로 이야기가
중간 중간에 매듭을 지어간다.(135쪽)

(3) "꼭 읽고 다시 가볼게요. 그리고…"(158쪽, '꼭' 앞에 몇 개의
문장이 있지만 편의상 생략하고 큰따옴표를 미리 찍었음)

위 (1)의 줄임표(…)는 한 문장이나 한편의 글 안에서 중간 내용을 줄
인 표시로 쓴 것이다. 이것은 할 말을 줄인 경우에 해당하므로 한글 맞
춤법 규정에 따르면 6개의 점을 찍어야 바른 표현이다. (2)는 예시 (1)
과 같은 경우의 예시인데 여기서는 제대로 표기가 되었다.

그러면 (3)에 쓰인 줄임표는 어떠한가? 여기서는 두 가지의 잘못이
있다. 첫째는 점을 6개 찍지 않은 것, 둘째는 한 문장을 끝내야 하는
부분에서 말을 줄일 때는 '…….'와 같이 줄임표 다음에 온점을 찍어야
한다.

학생들이 글을 쓸 때 가장 많이 틀리는 부분도 이것이고 이에 대한
교사들의 지도도 미흡하다. 말을 줄이는 것도 어떤 필요에 의해서 줄이
고 이 때 줄임표를 쓰는 것인데 어떤 학생은 글을 써 가다가 문장의 마
무리가 잘 안되면 줄임표로 점을 톡톡 찍어 놓기도 한다.

이와 같이 일반 글쓰기나 각종 서적, 신문 등에서 줄임표 쓰기에 혼
선이 오는 데에는 그만한 이유가 있다.

1933년 조선어학회가 정한 ≪한글 맞춤법 통일안≫에는 줄임표와
말없음표가 구분되어, 줄임표는 남은 말을 줄일 때 쓰는 문장부호로 서
너 개의 점을 찍는다'고 되어 있고, '말없음표는 말을 하지 않고 침묵할
때 점 6개를 찍는다'고 명시하고 있다.

그런데 1988년 한글 맞춤법이 개정되면서 줄임표와 말없음표를 줄

임표로 통일하고 '……'로 쓰도록 하였다. 아무런 설명이나 이유 없이 줄임표에 반드시 점 6개를 찍어야 한다는 규정은 지면의 양을 되도록 절약해서 써야 하는 신문사들로선 불만이 있을 수밖에 없다.

참고로 영어의 경우는 줄임표에서 점 3개 또는 4개를 찍을 수 있고 일본어는 6개를 찍는다. 모든 규정이나 법률들도 그렇듯이 현행 한글 맞춤법이 완벽할 수는 없다. 그러나 자세히 뜯어보면 모순점들이 여러 군데 드러난다.

과거에 ≪한글 맞춤법 통일안≫(조선어학회, 지금의 한글학회)을 광복 이후 필요에 따라 수정 보완하며 써 왔듯이 현행 맞춤법을 수정 보완해 가면서 쓰는 방안도 생각해 볼 필요가 있다. 단, 쓰는 이들의 혼란이 없도록 자주 바꾸는 일은 삼가야 한다.

어떤 개정이나 허용규정이 없는 한 다소 불편한 점이 있더라도 언론사나 각종 출판물은 현행 ≪한글 맞춤법≫을 따라야 할 것이다.

괄호의 바른 용법

문장 부호에서 괄호는 소괄호( ), 중괄호{ }, 대괄호[ ]의 세 가지가 있다. 한글 맞춤법에는 부록에 그 쓰임에 대해 설명해 놓았다.

이들 세 가지를 함께 부르는 괄호의 정식 명칭은 '묶음표'이다.

그 중에서도 우리가 글을 쓸 때 가장 자주 사용하는 것이 소괄호이다. 자주 사용하다 보니 괄호를 남용하기도 하고 잘못 쓰기도 한다.

여기서는 소괄호의 용법에 관해서만 살펴보기로 한다.

5월에는 어버이날과 스승의 날이 들어있어서 학교에서는 부모님과 선생님에게 편지 쓰기 행사를 한다. 이때 교사들은 편지 쓰는 형식과 내용뿐만 아니라 겉봉 쓰는 요령 등을 지도하게 된다.

편지 쓰기 지도를 할 때 교사들은 겉봉 쓰기에서 어른 이름 뒤에 '귀하'라고 높여 쓰도록 가르친다. 그러면 학생들은 '귀하'를 소괄호로 묶어서 'ㅇㅇㅇ(귀하)'로 쓰는 경우가 있다. 이때 '귀하'에 괄호를 하면 그 어른께 실례가 된다고 가르친 적이 있다. 실례가 된다는 말은 보통 소괄호를 쓰는 경우, 참고로 보여주기 위한 내용이 그 안에 들어가기 때문에 '귀하'라는 높임말이 있어도 그만, 없어도 그만이라고 오해받을 소지가 있다는 점을 가르친 것이다.

괄호 쓰기에서 자주 틀리는 또 한 가지는 소괄호 다음에 이어지는 조사의 선택이다.

· 다음 주 이 시간에는 '잃어버린 나'(후편)이 방송됩니다.
⇒ '잃어버린 나'(후편)가

위는 오래 전(1992. 10. 8.) 어느 텔레비전 방송의 안내 자막에 나온 문장이다. 이 문장에서 '후편'이란 낱말에 괄호가 없으면 조사 '-이'를 써야 한다. 그러나 여기서 이 낱말을 소괄호로 묶었으니 조사는 그 앞에 있는 낱말 '나'에 호응하는 '-가'를 선택해 써야 한다.

실제로 소괄호의 쓰임은 크게 세 가지로 나뉜다.

(1) 원어, 연대, 주석 등을 넣을 적에 쓴다.

① 페이지는 외래어이고 와이프(wife)는 외국어이다.
② 주시경(周時經) 선생은 위대한 국어운동가였다.
③ 3·1운동(1919)의 민족정신을 이어받자.
④ '무정'은 춘원 이광수(6·25 때 납북)의 장편 소설이다.

위 ①에서는 '와이프'란 낱말의 원어(原語)를 표시해 준 것이고, ②에서는 '주시경'선생 존함을 한자로 나타내 준 것인데 이들은 문자 생활에서 꼭 필요할 때만 참고 사항으로 적는 것이다. 공문서 규정에도 모든 문서는 반드시 한글로 가로로 쓰되 이해를 돕기 위해 꼭 필요할 경우에만 괄호 속에 한자나 로마자를 병기하도록 되어 있다.

③에서는 연대를 표시한 것이고, ④는 '이광수'에 관한 주석(註釋)을 괄호 속에 간단히 달아 준 것이다.

(2) 기호 또는 기호적인 구실을 하는 문자나 단어, 구에 쓴다.

(1) 주어   (ㄱ) 명사   (라) 소리에 관한 것

위에서 (1), (ㄱ), (라) 등은 글을 쓸 때 장이나 절 등 작은 단위로 나누어 설명하고자 각 단위마다 붙이는 기호나 숫자에 소괄호를 쓴 예를 보인 것이다.

(3) 빈자리임을 나타낼 때 쓴다.

훈민정음을 만들어 반포하신 임금은 (   )이다.

위와 같이 시험 문제나 퀴즈 따위에서 빈자리를 소괄호로 표시하여 답을 요구하는 경우 등에서 쓰인다.

이렇게 소괄호를 쓰는 경우는 세 가지로 나누어 설명할 수 있다. (1), (2), (3)의 세 가지 쓰임 중에서 (1)의 경우만 잘 이해해도 괄호 사용에서 크게 실수할 일은 없을 것이다.

○표와 ×표

'○표'와 '×표'는 어떻게 부르는 것이 바른 것인가? 이들을 부르는 명칭도 다양하며, 영어와 우리말을 뒤섞어 부르기도 한다.

'○표'는 동그랗게 그려서 옳거나 맞음을 나타낼 때 쓰는 표이며, '× 표'는 틀린 것을 나타내거나 문장에서 알면서도 고의로 드러내지 않음을 나타낼 때 쓰는 표이다.

(1) 다음 문장이 어법에 맞으면 '<u>○표</u>', 틀리면 '<u>×표</u>'를 하시오.
(2) 답은 '엑스'입니다.
(3) 그는 나를 보더니 "<u>×같은 놈</u>"이라며 욕부터 해댔다.

위 (1)에서는 '영표', '동그라미', '가새표', '가위표' 등으로 부르는 것이 표준이다.

(2)는 ㅎ방송의 '퀴즈 대한민국'이라는 프로그램에서 출연자가 대답하는 말인데 물론 표준어라고 할 수 없다.

그러나 (3)의 경우는 속내를 드러내지 않는 숨김표이기 때문에 정해진 이름이 없다. "가새표 같은 놈"이라고 읽으면 의미가 변질될 수도 있다. 꼭 읽는다면 "무엇 같은 놈"이라고 ×를 의문을 나타내는 말로 표현할 수 있을 것이다.

'○표'는 보통 '영표, 동그라미표, 공표(空標), 오표'로 불리며, '×표'는 '가위표, 가새표, 곱셈표, 엑스표' 등으로 불린다.

'○표'는 '영표, 동그라미표, 공표'를 모두 표준어로 인정하고 있으며, 영어의 알파벳 이름을 써서 '오표'라고 하는 것은 물론 표준말이 아니다. 그러나 실제 우리의 언어 생활이나 학교에서는 우리말이 아닌 '오, 엑스'를 더 많이 쓰는 것 같다.

한편 '×표'는 '가위표, 가새표, 곱셈표'를 모두 쓸 수 있으나 '곱셈표'는 수학에서 곱하기 셈을 나타낼 때 쓰는 말이므로 틀린 것을 나타낼 때는 '가위표'나 '가새표'를 써야 한다.

흔히 사람들은 '×표'에 대해 '가위표'라고만 알고 '가새표'가 복수표준어인 것은 잘 모르는 듯하다. 원래 한글 맞춤법(1988) 이전에는 '가새표'가 표준어였고, 가위표는 인정하지 않았다.

이것은 중세국어에서 '갓애〉가새'였던 말이 현대에 '가위'로 변했고, '가새'는 방언으로 남았다. 그러나 '가새표'는 옛말을 살려 '가새표'를 표준으로 삼아 왔으나 언중이 '가위표'라는 말을 많이 쓰므로 이를 인정하여 복수표준어로 삼은 것으로 보인다.

셋째 마당_ 우리말 곧추기

첫째 마디 · 바로잡아야 할 말들
둘째 마디 · 구별해 써야 할 말
셋째 마디 · 올바른 우리말 예절

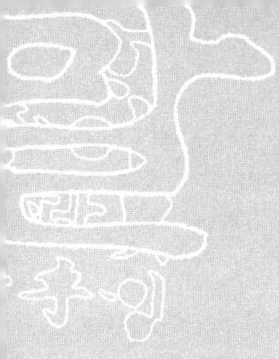

첫째
마디

바로잡아야 할 말들

쉬운 말 쓰기

말하기나 글쓰기에서 우리가 염두에 두어야 할 것은 되도록이면 쉽고 간결해야 좋다는 점이다. 경우에 따라 다르긴 하지만 간단한 안내문이나 광고, 안내 방송 따위는 더욱 그러하다.

어느 날 1호선 전철 구로역에서 인천 가는 차를 기다리고 있는데 이런 안내 방송이 나왔다.

　(1) 수원 가시는 손님께서는 타는 곳 4번 홈에서 기다려 주시기 바랍니다.
　(2) 수원행 열차가 4번 홈으로 진입하고 있습니다.

위 (1)에서 '타는 곳 4번 홈'이란 말은 쓸데없는 말이 겹쳐 있다. '타는 곳 4번'이면 되는데 '홈'이란 군더더기 말이 붙은 것이다. '홈'은 원래 '플랫폼(platform)'을 줄여서 쓴 말인데, 외래어 표기법에도 맞지 않는다.

'플랫폼'은 역이나 정거장에서 기차를 타고 내리는 곳을 가리키는 외래어다. 운동경기 용어로는 역도에서 바벨을 드는 사방 4미터의 각재로 만든 대를 가리키며, 다이빙에서는 5∼10미터 높이의 준비대를 '플랫폼'이라 한다.

어느 경우에도 '플랫폼'을 줄여서 '홈'이라고 쓸 수 없으며, 위에서는 '(열차) 타는 곳'이 곧 '플랫폼'이기 때문에 말을 겹쳐 쓸 필요가 없다.

안내방송 (2)에도 고쳐야 할 곳이 몇 군데 있다.

위 (1), (2)의 안내 방송을 아래와 같이 고치면 쉽고 간결한 표현이 될 것이다.

> (1)' 수원 가시는 손님께서는 타는 곳 4번에서 기다려 주시기 바랍니다.
>
> (2)' 수원 가는 열차가 타는 곳 4번으로 들어오고 있습니다.

위 (2)에서 '수원행'이 더 간결하긴 하지마는 일본식 한자말이라 (2)'와 같이 '수원 가는'으로 우리말답게 고쳐 본 것이고, '홈'은 '타는 곳'으로, 한자말이 들어 있는 '진입하고 있습니다'는 '들어오고 있습니다'로 고치면 알아듣기 쉽고 듣기에 편하다.

언젠가는 학교에서 어떤 문서와 책 한 권을 다른 기관에 보내려고 서류봉투에 주소를 쓰려고 보니 위에는 '보내는 자' 아래는 '받는 자'라고 인쇄되어 있었다. 상대방에게 실례가 될 것 같아서 이것을 얼른 '보내는 사람', '받는 분'으로 고쳐 써서 보낸 적이 있다.

이와는 반대로 표지판이나 안내문을 쉬운 말로 써서 사용하는 사람들을 편하게 하는 곳도 있다. 큰 건물의 현관 출입문은 냉난방이나 용도에 따라 사용하는 문을 열어 놓고, 쓰지 않는 문은 보통 잠가 놓는다. 그리고는 사용자들의 편의를 위해 안내 글을 써 붙이는데 보통 사용하지 않는 문을 '폐문', 또는 '고정문'이라 한다.

그런데 글쓴이가 어느 날 조문을 하기 위하여 인천의료원 장례식장을 찾아가는데 현관문에 써 붙인 내용이 좀 달랐다. 열리는 문에는 '열

림', 사용하지 않는 문에는 '닫힘'이라고 씌어 있었다. '폐문'이나 '고정
문'보다 얼마나 알기 쉽고 우리말다운가? 다만 여기서 좀더 생각해 본
다면 사용하지 않는 문은 '닫힘'보다는 '잠김'으로 써야 더 바르게 의미
가 전달될 듯하다. 이렇게 간단한 문구지만 쉽게 쓰면 한글을 겨우 읽
는 어린이들도 쉽게 이해하고 사용하는데 불편이 없을 것이다.

이런 작은 하나의 실천이 바로 우리말 가꾸기 운동이라고 생각하며,
이런 일을 자꾸 퍼뜨려 나가면 우리말이 더욱 곱고 바르게 다듬어질 것
이다.

인쇄가 시작되었습니다

'인쇄가 시작되었습니다.'

이 말은 우리 집 컴퓨터의 프린터에서 인쇄 시작을 알리는 자동 음성 장치에서 나오는 말이다. 인쇄가 끝나면 어김없이 인쇄가 끝남을 알리는 여자 음성이 나오는데 '인쇄가 완료되었습니다.'라고 말한다.

우리의 말글 생활에서 쓰는 대부분의 말이나 글은 목적에 따라 다를 수 있지만 간결하고 쉬울수록 좋다.

'인쇄가 시작되었습니다.'보다는 '인쇄를 시작합니다.'가 더 낫다. 기계가 알아서 능동적으로 인쇄를 하는 것인데 수동형으로 '시작되다'라는 말을 쓸 필요도 없고, 지금부터 인쇄를 시작하는 것이니까 '시작합니다'라고 하면 간결하고 뜻도 맞는다.

'인쇄가 완료되었습니다.'는 '인쇄가 끝났습니다.', 또는 '인쇄를 마쳤습니다.'라고 말하는 것이 듣기에도 간결하고 명쾌하다. 여기에서도 굳이 피동형 '되다'를 쓸 필요가 없으며, '완료'라는 한자말보다는 '끝나다, 마치다'와 같은 토박이말이 훨씬 더 친근감이 있다.

이처럼 '되다'와 같은 수동형의 보조동사를 쓰는 습관은 일본말이나 영어 문장에 쓰이는 말들을 우리말로 번역하는 과정에서 생긴 습관 때문인 것으로 추정된다.

우리 일상생활에서 이와 비슷한 안내방송이나 안내 글도 쉽게 알아
듣고, 얼른 이해할 수 있도록 쉽고 간결하게 써야 좋은데 그렇지 못한
경우가 많다.

(1) 잠시 후 식을 거행하겠사오니 좌석에 착석해 주시기 바랍니
다.(안내 방송)
(2) 몸에 물기를 제거한 후 탈의실로 입장하십시오.

(1)은 결혼 예식장이나 회의장에서 흔히 들을 수 있는 안내 방송이
다. (2)는 수영장 안의 샤워실에 써 붙인 안내문이다. 모두가 말이 딱딱
하고 간결하지 못하다. 이들 문장을 쉽고 간결하게 다음과 같이 고칠
수 있다.

(1)' 잠시 후 식을 시작하오니 자리에 앉아 주시기 바랍니다.
(2)' 몸에 물기를 없애고 탈의실로 들어오십시오.

피로 회복

　건강 식품이나 약품 광고에서 '이것이 피로 회복에 좋다.' 또는 약품 이름이나 설명에서 '피로회복제'와 같은 말을 쓴다. 일상의 생활 언어에서도 "비타민 시(C)가 피로 회복에 좋대요."처럼 '피로 회복'이란 말이 심심찮게 쓰이고 있다.

　어떤 다른 책에서도 '피로 회복'이란 말이 잘못된 말이란 지적을 한 것을 본 적이 있다. 어떻게, 언제부터 이런 말을 쓰기 시작했는지 모르지만 이 말은 아무리 따져보아도 말이 되지 않는다. 우리말의 조어법상 '피로 회복'은 '피로의 회복' 또는 '피로를 회복한다.'는 말을 간단히 줄여 말하는 것으로 생각할 수 있다.

　그러면 이 말의 뜻풀이가 어떻게 되는가?

　'피로'의 사전적 의미는 '과로로 정신이나 몸이 지친 상태'이며, '회복'은 '원래의 상태로 돌이키거나 원래의 상태를 되찾는 것'을 가리킨다. '피로'한 상태에서 '회복'을 하면 원래의 상태로 되돌아가니까 다시 '피로'하거나 원래보다 더 '피로'할 수도 있다는 말이 된다.

　그러나 우리가 말하는 '피로 회복'은 사전적 의미를 무시하고 피로한 상태에서 건강을 회복한다는 뜻으로 여기고 이 말을 무심코 쓰고 있는 것이다.

'회복'이란 말 앞에 다른 명사를 넣어서 '명예 회복, 경기 회복, 원기 회복'처럼 쓸 수 있다. 그러나 위에서 밝힌 바와 같이 '피로 회복'이란 말은 어떤 경우에도 성립되지 않는 잘못된 말임에 틀림없다.

그런데 또 안타까운 일은 ≪표준국어대사전≫에 올림말 '회복'의 쓰임 예시로 '피로 회복'을 들었다는 사실이다. 아무리 언중이 두루 쓰는 말이라 하더라도 어법에 맞지 않는 말을 예로 든 것은 바로잡아야 한다. 국립국어원은 '피로 회복'이란 말을 잘못된 말로 규정하고, 대신에 '건강 회복', '원기 회복'과 같은 표현을 쓰도록 권장해야 할 것이다.

다시 생각해 볼 '해외여행'

(1) 해외여행 갈 때 여권번호·숙박지 남겨야(2004. 12. 31. ㅈ일보)
(2) 해외 유학·연수비 작년 7조 지출

위 (1)은 최근 남아시아의 지진 해일로 엄청난 인명 피해와 재산 피해가 늘어나는 것을 보도하면서 비상시에 대비한 여행 수칙을 알려주는 기사 제목이다.

(2)는 같은 신문 같은 날짜에 실린 기사 제목으로 1년 동안 우리 국민이 실제로 지출한 외국 유학 및 연수 비용이 과다하여 국내 경제에 악영향을 미친다는 내용이다. 여기서 주목할 것은 '해외여행, 해외 유학, 해외 연수'라는 말들이다.

어떤 일이나 여행을 목적으로 외국에 나가는 일은 국외 여행인가, 해외여행인가? 이것은 우리나라가 섬나라가 아니므로 반드시 해외여행이 될 수는 없는 일이다. 우리나라는 3면이 바다로 둘러싸인 반도로 되어 있어서 나라 밖으로 여행을 할 때에는 바다를 통하는 경우가 대부분이다. 그렇다고 나라밖 여행을 통틀어 해외여행이라고 말하는 것은 이치에 맞지 않는다.

예를 들어 육로를 통해 중국이나 러시아를 여행한다고 하면 이것도 해외여행이라고 말할 수 있겠는가? 어떤 교통수단으로, 어느 방향으로 가든 국외 여행이면 다 통할 수 있지만 해외여행이란 말은 반드시 바다를 통해서 외국으로 나갈 때 쓰일 수 있는 말이다. 실제로 해외여행이라면 육지에서 바다 밖으로 나가는 제주도나 울릉도의 국내 여행도 해외여행이 될 것이다.

글쓴이의 개인적 소견이지만 '해외여행'이란 말은 일본이 섬나라이니까 그들이 쓰던 말이 일제 강점기를 거치면서 우리말로 굳어져 버린 것이 아닌가 하는 생각이 든다.

『표준국어대사전』에 '해외여행'은 '일이나 여행을 목적으로 외국에 가는 일'이라고 풀이해 놓았다. 이것은 우리가 관용적으로 '해외여행'이라는 말을 써 왔기 때문에 이런 풀이를 했을 것으로 보인다. 그러나 이 낱말의 풀이 뒤에 다른 낱말들처럼 '국외 여행으로 순화'라고 안내를 해놓아야 올바른 풀이가 될 것이다. 한편, 국어사전에 '국외 여행'이란 말은 실려 있지 않다. '국외 여행'을 합성어로 보지 않기 때문에 '국외'라는 낱말과 '여행'이라는 낱말을 따로따로 찾아보아야 하는 것이다. 그래서 쓰기에서도 붙여 쓰지 않고 띄어 쓴다. 각 언론사는 물론 공문서에까지도 '해외 연수'나 '국외 연수', '해외여행', '공무 외 국외 여행' 따위의 말이 두루 쓰이고 있다.

'해외'란 말이 '나라밖'이란 뜻으로 굳어져 관용적으로 쓰이지만 이것도 일본말의 찌꺼기가 아닌지 되짚어 보아야 할 낱말이다.

축제와 축전

　요즘은 학교에서 학생들의 정서 순화와 전인 교육의 한 방안으로 축제 문화를 활성화하고 있다. 학교마다 차이는 좀 있지만 중등학교에서는 1년에 하루나 이틀 정도 학교 축제 행사를 한다.

　그런데 이 '축제'라는 낱말의 쓰임이 우리말로 적당한 것인가에 대하여 논란이 있다. '축제(祝祭)'라는 말에 '제사지내다'라는 뜻의 '祭'자가 들어 있기 때문이다.

　'축제'의 뜻을 사전에서 찾으면 ① 축하하여 제사를 지냄 ② 경축하여 벌이는 큰 잔치나 행사를 이르는 말(동아 새국어사전) 정도로 풀이하고 있다. 이 사전의 풀이대로라면 학교 축제의 '축제'는 ②의 뜻에 해당한다. 그러나 이런 의미의 '축제'라는 말은 같은 한자말이지만 '축전(祝典)'으로 바꿔 쓰는 것이 바람직하다고 본다.

　'축전'은 '축하하는 뜻으로 행하는 의식이나 행사'를 뜻하며 이것이 전통적인 우리말이다. 원래의 '축전'이 제사의 뜻을 지닌 '축제'로 바뀐 것은 일본말의 영향을 받은 것으로 보인다.

　일본말의 '祭'는 가모마쓰리(賀茂祭, がもまつり)에서 유래하여 '축제'의 뜻으로 쓰인다고 한다. 일본말에서 마쓰리(祭)는 '제사'라는 뜻 외에 축전이라는 말로도 널리 쓰이기 때문에 '축제'가 제사가 아니라 '축하하

는 잔치'로 쓰일 수 있다. 일본어 사전에는 '축제'를 '축하하고 제사지내는 것' 또는 '축하하는 제사'로 풀이하고 있다.

우리는 제사를 지낼 때 조용하고 엄숙하며 경건한 분위기에서 지낸다. 노래하고 춤추며 즐기는 행사는 '잔치'나 '놀이마당'이라고 해야 알맞은 표현이다.

일본말에서 영향을 받기 이전에 중국과 우리나라 한자말에서 '제(祭)'를 '잔치'의 뜻으로는 쓴 적이 없다는 것이 정론이다.(참조 : 김민수, 국어정책론, 고려대학교 출판부, 1973) 이런 근거로 하여 우리말에서 제사의 뜻을 지닌 '축제'라는 말은 '축전'으로 바꿔 쓰는 것이 옳다고 보는 것이다.

또 행사 이름도 연수중학교인 경우 '연수제(延壽祭)'라 하여 '제사 제(祭)자'를 쓸 것이 아니라 '연수 어울 마당', '연수 큰잔치'와 같이 우리말답고 행사에 걸맞는 이름을 지어 부르는 것도 좋을 것이다.

백일장대회와 실내체육관

　어느 전통 있는 학교에서 오랜만에 펴낸 두툼한 교지 한 권을 보내왔다. 바쁜 중에 읽어보았는데 편집이나 제본도 요즘 감각에 맞게 잘 했고 내용도 알차게 꾸며져 있었다.

　그런데 글짓기대회의 작품을 싣는 난에서 잘못을 발견하였다. 그 한 꼭지의 제목이 '교내 백일장대회'인데 이것을 한 면에 큰 글씨로 적은 것이다.

　'백일장(白日場)'은 원래 조선 시대에 각 지방에서 유생들의 학업을 장려하기 위해 글짓기 시험을 보는 행사였다. 이것이 유래가 되어 요즘도 각종 글짓기 대회 이름을 '○○ 백일장'이라고 부르기도 한다.

　그런데 여기서는 '백일장'이라는 말 자체가 글짓기 대회를 뜻하므로 '교내 백일장대회'라고 하면 '백일장'과 '대회'가 겹치는 말이 된다. 이 말은 '교내 백일장'이라고 쓰던가 아니면 요즘 쉬운 말로 '교내 글짓기 대회'라고 써야 맞는다.

　또 줄넘기 대회에 참석해 달라는 초청장에 대회 장소가 '시립도원실내체육관'이라고 안내한 것을 보았다.

　여기서 '체육관(體育館)'이란 말에는 '집 관'자가 들어가 있기 때문에 '실내'란 말은 군더더기일 뿐이다. 체육관에서 운동을 한다고 하면 당연히 '실내'이며, 야외가 아니기 때문에 눈비를 맞을 염려가 없는 곳이다.

그러니까 이 초청장에는 대회 장소를 마땅히 '시립도원체육관'이라고 해야 하며 고유명사인 체육관 이름에 '실내'라는 말이 아예 들어 있다고 하면 체육관 이름을 고쳐야 한다.

우리가 말글 생활을 하다보면 알게 모르게 겹치기 말을 사용하는 경우가 있다. 친구와 약속을 할 때 "일요일 날 주안역전 앞에서 만나자."라고 말하기도 하고, 중국 음식점에서 자장면 값 받으러 온 젊은 친구는 보통 "식대비 받으러 왔어요."라고 말한다.

위에서 '역전(驛前)앞'은 '앞 전'자가 겹쳐서 틀린 말이지만 '일요일날, 월요일 날'처럼 '날 일'자가 겹친 말은 우리가 관습으로 써 왔기 때문에 허용하기도 한다. '식대비(食貸費)'도 '식대' 또는 '식비'라고 해야 맞는 말이지만 쉽게 '밥값'이라는 토박이말을 쓰면 틀릴 염려도 없다. 유식한 척 한자말 쓰려다 실수하느니보다 아예 쉬운 말을 쓰도록 고쳐나가는 것이 우리말 가꾸기 운동의 취지이기도 하다.

심지어는 뉴스에서 아나운서가 "담뱃값, 전기요금값도 오르게 됐습니다."(2005. 11. 27. ㅅ방송 8시 저녁뉴스)라고 말하기도 한다.

역전 앞, 식대비(食貸費), 전기요금값, 일요일날, 처갓집, 외갓집, 상갓집, 낙숫물 따위는 모두 우리가 흔히 쓰는 겹치기말들이다.

이런 겹치기말 가운데는 오랜 습관에 의해 굳어진 것은 표준어로 인정하는 경우가 꽤 많다. 위에서 '역전 앞, 식대비, 전기요금값'을 제외하고는 모두 허용되는 것들이다.

'낙숫물이 떨어진다.'와 같은 문장은 '낙수(落水)'에서 '떨어질 낙'자가 뒤에 나오는 '떨어진다'와 겹치며, 한자 '수(水)'는 토박이말 '물'과 겹친다.

그러나 이와 같은 표현이 맞느냐, 틀리느냐에 대해서는 서로 다른 견해가 있을 수 있다. 실제로 우리말에서 '낙수한다'는 말은 오히려 쓰이지 않기 때문이다. 결국 '낙숫물이 떨어진다'는 필요 이상의 겹치기 말로 된 문장이지만 틀린 문장은 아니다.

일상 언어 생활에서 누구나 우리 말글을 실수 없이 완벽하게 구사한다는 것은 불가능한 일이다. 다른 나라말의 경우도 마찬가지다. 바르게 쓰도록 노력하는 의지가 중요하다.

이런 글을 쓰다보면 구체적 예를 들기 위해 주변의 특정 단체나 개인의 잘못된 말과 글을 꼬집는 일들이 자주 생기는데 이해를 구한다.

— ≪인천일보≫ 시평 2005. 12. 6.

'삼가'와 '삼가다'

　'삼가'는 부사로서 '겸손하고 조심하는 마음으로 정중하게'란 뜻으로 입말보다는 주로 글말에서 공손함을 표시할 때 쓰인다.

　초상 때 조의를 표하는 문구로 '삼가 고인의 명복을 빕니다. 삼가 조의를 표합니다.'처럼 쓰이기도 하고 '삼가 새해 인사를 드립니다.'처럼 쓸 수 있다.

　옛날에는 신하가 임금에게 '삼가 아뢰옵니다.'처럼 말하기에서도 쓰였으나 현대국어에서는 주로 글말에서만 드물게 쓰인다는 점에서 이제는 퇴색해 가는 예스러운 말에 속한다고 볼 수도 있겠다.

> · 삼가 재(齋)를 올린다(고은 씨의 시)
> · 삼가 두 분 선사님의 문답에 대해 여쭙습니다.(누리사랑방에서)

　위에 쓰인 두 문장도 '삼가'가 바르게 쓰인 예인데 '삼가'라는 말이 자주 쓰이진 않지만 잘못 쓰이는 경우는 별로 없다.

　그러나 '삼가다'의 쓰임은 틀리는 경우가 잦다. '삼가다'는 '①몸가짐이나 언행을 조심하다. ② 꺼리는 마음으로 양(量)이나 횟수가 지나치지 아니하도록 하다.'의 뜻으로 쓰이는 동사다.

우리말에 '-하다'를 붙여 만든 동사가 많아서 그런지 사람들은 흔히 '삼가다'의 기본형을 '삼가하다'로 잘못 알고 있는 듯하다. '흡연을 삼가 해 주세요.', '이곳 출입을 삼가해 주십시오.'와 같이 잘못 쓰고 있다.

이들은 모두 '담배를 삼가 주세요.', '이곳 출입을 삼가 주십시오.'라고 써야 맞는다. 이 낱말은 '삼가다'가 기본형이므로 '삼가고, 삼가는, 삼가면, 삼가지, 삼가야, 삼가라'처럼 활용하기 때문이다.

❖ **잘못 쓰이는 예**

· 우리는 그곳에서 사진 찍는 일을 <u>삼가했다</u>. ⟹ 삼갔다
· 바깥 출입을 <u>삼가하고</u> ⟹ 삼가고
· 이곳에서는 낚시를 <u>삼가하도록</u> 합시다. ⟹ 삼가도록
· 임신 중에는 술을 <u>삼가하는</u> 것이 좋다. ⟹ 삼가는

'날으는'과 '거칠은'

날이 새면 물새들이 시름없이 날으는
꽃피고 새가 우는 논밭에 묻혀서

이것은 1990년대 초에 가수 나훈아가 불러서 유행했던 '강촌에 살고 싶네'라는 대중가요의 노랫말 앞부분이다. 여기서 '날으는'은 '나는'의 잘못이다. 노랫말의 표기나 노래 부른 가수의 발음이나 모두 '날으는'으로 잘못 표현되고 있다.

더 오래 전에 남상규라는 가수가 부른 '추풍령'이란 노래에도 '거치른 두 뺨 위에 눈물이 어려'라는 가사가 나온다. 여기서도 '거치른'이 아니라 '거친'이라고 해야 한다.

'날다, 거칠다'와 같은 부류의 낱말들은 어떤 일정한 음운 환경에서 어간의 받침 'ㄹ'이 탈락한다.

(1) 날다 : 날고, 날면, 날지, 날자, 날아, 날아라, <u>나는</u>, <u>나오</u>, <u>납니다</u>, <u>나시었다</u>
(2) 거칠다 : 거칠고, 거칠면, 거칠지, 거칠어, <u>거친</u>, <u>거치오</u>, <u>거칩니다</u>, <u>거치시다</u>

'날다'와 '거칠다'를 활용시킨 (1), (2)에서 밑줄 친 것들은 모두 어간의 끝소리 'ㄹ'이 탈락했다. 이런 낱말들은 '-ㄴ, -ㅂ니다, -오, -시-' 앞에서 'ㄹ'이 반드시 탈락한다. 이런 특성 때문에 '한글 맞춤법(1988)' 이전에는 불규칙 용언으로 분류했으나 현행 문법에서는 (예외적인) 음운 탈락으로 처리하고 있다.

위에서 '날다'는 동사인데 비해 '거칠다'는 형용사이기 때문에 '거칠자(청유형)', 거칩시다(청유형), 거칠어라(명령형)'와 같은 형태는 쓰일 수 없다.

이밖에 흔히 쓰는 예로 '날으는 수퍼맨', '날으는 작은 새', '거칠은 이 강산' 따위는 모두 잘못된 표현이다. 이들은 '나는, 거친'으로 써야 한다.

❖ 'ㄹ' 음운 탈락 현상이 일어나는 낱말들

갈다, 졸다, 살다, 걸다, (코를) 골다, 길다, 질다, 멀다, 가늘다, 불다, 줄다, 벌다 ……

난이도가 높다

학교에서 시험 출제를 할 때 어려운 문제와 쉬운 문제를 잘 조절해서 내야 하는데 이때 '난이도'라는 말을 쓴다.

'난이도(難易度)'란 한자의 뜻 그대로 어려움과 쉬움의 정도를 가리킨다.

(1) 이번 대입 수능 시험에서 언어영역은 난이도 조절에 실패했다.
(2) 이 문제는 난이도가 높다.

위 (1)에서는 '난이도'라는 말이 올바르게 쓰였다. 그러나 (2)의 경우는 '난이도'가 아니라 '난도(難度)'라고 써야 맞는다. 난이도가 높다고 하면 '어려움과 쉬움의 정도가 높다.'는 뜻이니 말이 되지 않는다.

체조나 피겨스케이팅, 다이빙 경기에서 선수들이 선택하는 기술에 따라 '난도가 높은 동작을 잘 해냈다, 난도가 낮다'와 같은 말을 쓰며 심판들은 이를 심사 기준에 맞춰 점수를 매긴다. 여기서 '난도'는 어려움의 정도를 뜻하기 때문에 제대로 쓰인 것이다.

그런데 ㅎ텔레비전 방송의 오락 프로그램에서 운동선수도 하기 어려운 동작으로 묘기를 보여 주며 이를 해설하는 사람이 "다음은 고난이도인 180도 회전하며 ……."라고 말했다. 여기서는 '고난도'라고 해야 맞는 말이다.

　시험 문제에 대해 말할 때에도 보통 '난도'와 '난이도'를 같은 의미로 알고 그렇게 쓰고 있다. 이들 낱말에 대해 ≪표준국어대사전≫을 보면 여기에도 오류가 보인다.

> ·난이도(難易度)「명」「1」어려움과 쉬움의 정도. ¶난이도가 높다/난이도에 따라 단계적으로 교육하다/시험 문제의 난이도를 조정하기가 쉽지 않다.§「2」『운』체조 따위의 경기에서, 선수가 구사하는 기술의 어려운 정도. ≒난도03(難度)[2].
> ·난도(難度)「명」「1」어려움의 정도. ¶난도가 높다.§「2」『운』= 난이도[2].

　위에서 두 낱말의 풀이와 예문을 보면 이 사전에서는 '난이도'와 '난도'를 동의어로 취급하고 있으며, 또 '난이도'의 마지막 ≒ 표시를 보면 비슷한 말로 취급하였다.

　첫 번째 뜻의 예문에서 '난이도가 높다'는 잘못된 예이며, 두 번째 뜻으로 체조 따위의 운동경기에서 쓰는 용어는 '난이도'가 아니라 '난도'라 해야 바른 말이다.

　국어사전은 간혹 어법에 맞지 않더라도 관용적으로 많은 사람들이 쓰는 말은 표준어로 삼는 경우가 있다. 겹치기 말로 '역전 앞'은 허용하지 않지만 '외갓집, 처갓집' 따위는 표준어로 인정하고 있다. '안전사고'라는 말은 글쓴이가 군대에 있을 때 자주 들어보던 말인데 이제는 학교나 공사장 같은 데에서도 흔히 쓰인다. 이 말은 아무리 따져봐도 우리말본이나 어법에 맞지 않는 말인데 국어사전에 올라 있다.

　그러나 여러 사람이 관용적으로 쓴다고 해서 틀린 말을 자꾸 국어사전에 올린다면 결국 우리말 쓰임새에 혼란을 가져올 수밖에 없다.

가장 권위 있고 우리에게 믿음을 주어야 국립국어원의 ≪표준국어대사전≫에 이런 올림말이 많아 안타깝다.

물텀벙이와 아구탕

인천에는 용현동 사거리를 중심으로 이른바 '물텀벙이' 요리 전문점들이 몰리어 있으며, '물텀벙이탕'은 인천의 명물 먹거리로 알려져 있다.

그런데 '물텀벙이'라는 고기 이름이 동식물 도감이나 국어사전에도 나와 있지 않다. 이와 비슷한 요리를 하는 음식점으로 '아구탕'집이 있는데 이런 집에서는 아구탕이나 아구찜을 단골 요리로 한다. 그런데 '아구'라는 물고기 이름도 사전에 올라 있지 않으니 어찌된 일인가?

'물텀벙이'란 말은 인천에서만 통하는 '아귀'의 별명이다.

'아구탕'을 만드는 물고기는 '아구'가 아닌 '아귀'가 표준말이다. '아귀'는 입이 유난히 커서 '아귀'로 불리게 되었으며 '주둥이'의 옛말이기도 하다.

'아귀'는 아귓과에 속하는 바닷물고기로 몸의 길이는 큰 것이 60cm 정도이고 넓적하며, 등은 회갈색, 배는 흰색이다.

머리 폭이 넓고 입이 크다. 양 턱에는 날카로운 이빨이 2~3줄 나 있으며, 구개골에도 날카로운 이빨이 있다. 아래턱이 위턱보다 앞쪽으로 조금 튀어나와 있으며, 등 쪽에서 보면 입의 가장자리는 둥글다.

등지느러미 첫 번째 가시는 모양이 낚시와 비슷하다. 가슴지느러미 밑의 위쪽 부근에 있는 가시는 끝이 세 갈래로 갈라져 있다. 가슴지느러미는 사각형이고 꼬리지느러미는 수직형에 가깝다. 몸의 등 쪽은 흑갈색 바탕에 드물게 검은색 얼룩이 나타나며 배 쪽은 희다. 입속은 검은색이며, 혀의 앞부분에는 둥글고 노란 반점이 많이 있다.

대부분 바다 깊은 곳에서 저인망어업과 정치망어업 등에 의해 어획하며 상업적 가치가 높은 어종이다. 한국, 일본, 대만, 중국, 필리핀, 멕시코 등지의 태평양 연해·인도양 등의 아열대 및 온대 해역에 광범위하게 분포한다.

그러면 이 '아귀'가 왜 '물텀벙' 또는 '물텀벙이'란 별명을 갖게 되었으며, '물텀벙이탕'이 인천의 명물로 떠오르게 되었을까? 물텀벙이는 본디 '아귀'라는 생선인데 살이 하도 흐물거리고 예전에는 어부들에게 인기가 없어서 잡히는 대로 족족 바다에 다시 버려졌다고 한다. 이때 물에 빠질 때 '텀벙텀벙'한다고 해서 '물텀벙이'라는 별명이 생겼다.

그러나 생선이 귀해지자 '물텀벙이'의 운명이 확 바뀌게 된 것이다. 1960년대 이후 해산물이 귀해지면서 하인천역 부근의 선술집에서 '물텀벙이'를 요리해 팔기 시작했는데 부둣가에서 일하던 사람들에게 훌륭한 안주거리가 되었다고 한다.

이 요리가 차츰 용현동 로터리(지금은 사거리)를 중심으로 물텀벙이 전문점이 몰리게 되고 이제는 인천의 명물이 된 것이다.

미더덕, 콩나물, 미나리, 조갯살을 비롯해 냉이, 고사리, 버섯에 흰 떡까지, 온갖 야채를 곁들여 시뻘겋게 요리되어 나온 '물텅범이탕'은 매콤하고 얼큰한 맛에 어느 사이 콧등에는 땀이 송골송골 맺히게 된다.

아귀의 가장 맛있는 부분은 도톰한 살코기 부분이 아니라 뼈가 많은 '볼테기살'이다. 그래서 아귀찜을 제대로 먹는 사람은 '머리 부분을 많이 넣어 달라'는 주문을 잊지 않는다. 이외에도 내장과 간, 이리 등을 골고루 섞어 넣어야 제맛이 난다.

큼지막한 그릇에 담겨 나오는 아귀찜은 기름기가 자르르 돌고, 콩나물을 뒤집어쓴 아귀살이 송송 박혀 있다. 군침이 안 넘어가고는 못 배기는 모습이다. 소주 안주로는 역시 찜이 제격이고, 식사를 할 때에는 탕도 괜찮다.

결국 '물텀벙이'는 '아귀'의 인천 사투리이며, '물텀벙이탕'과 '물텀벙이찜'은 다른 지방에서는 '아구탕', '아구찜'으로 불리는데, 이 말도 '아귀탕', '아귀찜'이라고 해야 바른 말이다.

— 《인천일보》 시평 2005. 5. 31.

❖ **참고**

이 글이 신문에 실린 후, 인천 토박이라는 분으로부터 물텀벙이는 아귀와 다르며 예전에 인천 근해에서만 잡히던 물고기라는 전화를 받은 일이 있다. 실제로 물텀벙이가 아귀와 다른 물고기라면 학계에 보고되어 동물도감이나 사전에 따로 올라야 하는데 그런 근거가 없으니 현재로선 물텀벙이는 아귀의 사투리로 설명할 수밖에 없다고 답변했다.

정말 다르다면 아쉬운 대목이며 앞으로 절차를 거쳐 해결해야 할 과제이다.

'엽기' 열풍과 청소년 문화

'엽기(獵奇)'의 사전적 의미는 기괴한 것이나 이상한 일에 강한 흥미를 가지고 찾아다니는 것이다. 이런 행동을 '엽기 행각'이라고도 말한다. 또 '엽기적(獵奇的)'이란 말도 있는데 '엽기적 충동', '엽기적인 살인사건' 따위로 쓰일 수 있다.

'엽기', '엽기적'이란 표현은 전통적으로 써 오던 말이며, 사전에 실려 있긴 하나 실제로는 그렇게 널리 쓰이지 않던 말이다. 그러나 듣기만 해도 섬뜩하게 느껴지는 '엽기'라는 말이 정보화 시대로 대변되는 2000년대부터 청소년과 신세대의 마음을 사로잡아 무분별하게 유행하면서 하나의 새로운 엽기문화를 형성하였다.

시간이 흐를수록 '기괴하고 이상한 것'의 범위를 넘어 엽기유머·엽기광고·엽기게임·엽기파티·엽기사진·성인 엽기사이트·엽기영화·엽기예술·엽기소설·엽기요리 등 사회·문화 전반에 영향을 미치며 사전 본래의 뜻을 뛰어넘어 가볍거나 무겁거나, 허탈하거나 황당하거나, 웃기거나 익살스럽거나 모두 '엽기'로 통하는 세상이 되어버렸다.

일부 전문가들은 이러한 엽기 현상의 원인을 정보화에 따른 인터넷의 급속한 확산과 획일화된 기성문화의 틀에서 벗어나 보려는 청소년들의 도전의식이나 일탈의식에서 찾기도 한다. 기존의 문화가 위에서 아래로 향하는 하향식인 반면, 요즘의 청소년들은 인터넷을 통해 정보를 공유하거나 교류하는 수평식 문화의 주인공들이라는 점에서 그 확산의 속도도 빠를 수밖에 없다.

따라서 이러한 엽기 현상 역시 문화 차이에 따른 현상으로서, 그다지 염려할 것이 아니라는 입장을 취하는 이들이 있다. 사전적 의미의 '엽기'나 '엽기소설'은 '기괴하고 이상한 것, 변태적인 것, 섬뜩한 것' 등을 전제로 하는 반면, 우리나라에서 유행하는 '엽기'는 가벼운 웃음거리에 지나지 않는 일회성 놀음이 대부분이고, 실제로 변태적인 속성에 이끌리는 청소년들도 소수이기 때문에 엉뚱하고 기발한 상상력과 창의력이 숨 쉴 수 있는 공간도 마련해 준다는 것이다.

또 청소년의 엽기문화에 효율적으로 대처하기 위해서 먼저 대중과 청소년 문화에 대한 이해와 수용방법이 연구되어야 한다고 그들은 주장한다.

그러나 부정적인 입장을 취하는 이들은, 엽기 현상이 우리 사회의 전반적인 문화 현상을 뒤흔들어 놓고 '엽기 신드롬'이라는 신조어까지 탄생시키면서 인터넷 공간을 점령, 대부분 상식을 초월한 반인륜적이거나 변태적인 행위들로 인해 청소년들에게 심각한 폐해를 준다고 지적한다. 즉 이러한 엽기문화의 확산은 건강한 꿈과 희망을 갖기 어려운 비정상적인 사회에 대한 혐오감, 뒤틀린 표현으로 이어져 정서적 불안이나 정신 질환, 또는 퇴폐적·엽기적 행동을 유발할 수 있다는 것이다.

어쨌든 엽기의 유행은 이미 되돌릴 수 없는 상태에 이르렀다. 신문·방송을 가리지 않고 뉴스나 화제 기사에 오르내리는가 하면, 인터넷 사이트만도 그 숫자를 헤아릴 수 없을 정도다.

그렇다면 이제 청소년들이 주축을 이루고 있는 우리의 엽기문화를 어떻게 받아들여야 하는지에 대해 생각해 볼 필요가 있다. 엽기문화는 양면성을 가지고 있으므로 수용자의 선택이 필요하다.

엽기문화의 단면은 강렬하고 비판적인 면이 크게 부각되면서 한편으로는 반대 성격인 발랄하면서도 경쾌한 면이 있어서 우리가 부담 없이 받아들일 수 있다는 장점도 가지고 있다. 이렇게 양면성을 지닌 엽기문화는 파급 효과도 크고 금방 수그러질 조짐을 보이지도 않는다. 그러므로 이를 현명하게 선택해서 받아들이는 자세와 판단력이 필요하다.

≪표준국어대사전≫에서는 '엽기적'이라는 말 자체를 '괴기적(怪奇的)'으로 다듬어 쓰기를 권하고 있다.

— ≪인천일보≫ 시평 2005. 4. 27.

의식 때 쓰는 말 다듬기

각종 기념식이나 의전을 갖춘 행사 곧 기공식, 개관식, 졸업식, 연수회, 출판 기념회 등에 참석해 보면 의식에서 잘못 쓰이는 말들이 있다.

의전을 갖춘 행사에서 행사 내용이 무엇보다 중요하지만 의식의 절차나 자리 배치에도 신경을 써야 한다. 그래서 주관하는 측에서는 준비를 철저히 하고 실수하지 않으려고 노력을 한다. 그런데 의식이나 모임을 진행하는 과정에 쓰이는 말이나 용어에 대해서는 그저 관례에 따라 하면 된다고 생각하고 꼼꼼히 따져보거나 세심히 살피지 않는 것 같다.

우선 자주 틀리는 것이 식(式)과 회(會)의 구별이 잘 안 되는 경우이다. 어떤 기념식이나 졸업식에서 행사를 시작하는 말과 끝맺는 말은 회가 아니고 식이니까 개식사, 폐식사라고 해야 옳은데 보통 개회사, 폐회사라는 말을 쓴다.

개식사란 사회자가 "지금부터 ○○중학교 제○회 졸업식을 시작하겠습니다."와 같이 식의 시작을 선언하는 말이다. 그런데 이런 말들은 전통적으로 어렵고 딱딱한 한자말로 써 왔기 때문에 더 자주 틀리게 되는 것 같다. '개식사'를 한글로 써 놓으면 한자말에 익숙하지 않은 철모르는 학생들은 '개들이 식사하는 시간인가?' 하고 고개를 갸우뚱하기도 하며 사실은 어른들도 그런 농담을 하기도 한다.

그래서 이런 말도 이제는 현실에 맞게 고쳐 쓸 필요가 있다고 생각한다. 개식사와 개회사를 구분할 것 없이 '엶' 또는 '여는 말씀', '시작 말씀'으로 한다거나 폐식사, 폐회사는 '맺는 말씀', '마치는 말씀', '마침'처럼 쉽게 쓴다면 혼동할 일도 없을 것이다. 더 좋은 우리말이 있다면 물론 환영한다.

학부모총회의 순서를 써 붙일 때는 모임의 성격이 식이 아니고 회이므로 '회순'이라고 해야 하는데 '식순'이라고 잘못 써 붙이는 것이 보통이다. 식순이나 회순도 혼동이 염려된다면 '진행 순서'라는 말로 통일할 수 있을 것이다.

중요한 의식을 할 때는 반드시 '국민의례'를 한다. 보통 국민 의례의 순서는 국기에 대한 경례, 애국가 제창, 순국선열에 대한 묵념의 순으로 진행된다. 그런데 작은 규모의 연수회 개회식 정도의 간단한 의식에서는 '국기에 대한 경례'만 하고 나머지 의례를 생략하기도 한다.

그 때 국기에 대한 경례가 끝난 다음 사회자가 하는 말이 보통 '이하 의식은 생략하겠습니다.'라고 한다. 나머지 의식을 생략한다면 이미 그 의식은 모두 끝났음을 의미하는 것이다. 그런데 사회자가 하는 말의 속뜻은 국민의례 세 가지 중 나머지 애국가 제창과 묵념을 하지 않겠다는 뜻이다.

그렇다면 '나머지 (국민)의례는 생략하겠습니다.'라고 하던가 참석자들을 그냥 자리에 앉도록 하고 다음 순서를 진행하면 더 자연스러울 것이다.

이건 좀 작은 사례이긴 하지만 학교에서 운동장 조회를 할 때에 교내외 각종 대회에서 입상한 학생들에게 시상하는 순서가 있다. 이때 사회자는 '다음은 교내외 시상식이 있겠습니다.'라고 말하는 경우가 있다. 그 모임의 이름이 '애국 조회'이건 '월례 조회'이건 그 안에 또 시상식이 따로 마련될 수는 없는 일이다.

'다음은 교내외 시상 순서입니다.', '다음은 ○○대회에서 입상한 학생들에 대한 시상을 하겠습니다.'라고 소개하면 된다.

요즘은 각종 단체나 학교, 관공서별로 문화행사도 많고 이에 따른 의식도 자주 한다. 물론 행사의 내용이 목적에 부합하고 얼마나 알차고 유익한가 하는 것이 더 중요한 것이겠지만 의식에 쓰는 말이나 용어를 바르게 다듬어 쓰는 노력도 함께 해야 할 것이다.

— 《인천일보》 시평 2005. 9. 30.

'족집게' 과외

우리나라 학부모들의 교육열은 선진국 수준보다도 높은 편이다. 예전에 돈이 없어 학교에 다니지 못했던 우리나라의 학부모들이 자녀를 키우면서 나는 못 배웠지만 우리 자식은 잘 가르쳐야겠다는 생각이 교육열을 더욱 높였다고도 할 수 있다.

세계에서도 손꼽힐만한 교육열이 우리가 이만큼 잘 살 수 있게 한 원동력이 되었고 인재 양성과 나라 발전에 이바지한 것은 누구도 부인할 수 없는 사실이다.

그러나 이러한 교육열이 점점 과열되어 내 자식만은 꼭 대학에 보내 출세시켜야겠다는 의욕이 왕성하다보니 이에 따른 여러 가지 부작용도 나타났다. 학교 공부로 부족하여 학원 공부를 시키고, 더 여유 있는 사람은 집으로 가정교사를 들여 '과외 공부'를 시킨다. 학교 공부 이외에 집에서 독선생을 앉혀 공부시키는 것을 줄여서 '과외'라는 말로 통한다.

따지고 보면 '과외'라는 말이 '과외 공부', '과외 수업'의 준말이라 하더라도 정상적인 우리말이라고 보기 어렵다. 마치 외래어 '슈퍼마켓'을 줄여서 '슈퍼'라고 부르는 것과 비슷한 이치다.

그런데 한 술 더 떠서 근래엔 '족집게 과외'라는 말도 생겨났다. 어느 날 저녁 텔레비전 뉴스에 '족집게 과외' 교사를 사칭해 학부모로부터 수

억 원을 뜯어낸 20대 대학 중퇴생이 경찰에 붙잡혔다는 보도가 나왔다.

언제부터 어떤 연유로 '족집게 과외'라는 말이 생겼는지 모르지만 상식적으로 이해가 되지 않는 말이다.

'족집게'란 본디 주로 잔털이나 가시 따위를 뽑는데 쓰는 작은 기구로 쇠로 만든 집게이다. 여기서 확대된 의미로는 '어떤 사실을 정확하게 지적하여 내거나 잘 알아맞히는 능력을 가진 사람'을 가리키기도 한다.

예부터 써 오는 말에 '족집게 장님'이란 말이 있다. 이것은 길흉을 점칠 때 남의 지난 일을 족집게로 꼭꼭 집어내듯 잘 알아맞히는 장님을 일컫는 말이다. 그러니까 '족집게 과외' 선생이란 대학수학능력 시험이나 논술 고사의 문제를 '족집게'로 집어내듯이 알아맞혀 가르치는 사람을 뜻한다. 상식적으로 생각할 때 부정한 방법이거나 신이 아니고서는 '족집게 과외'란 있을 수도 없고, 있어서도 안 될 일이다.

여기서 '족집게'의 발음은 [족찝께]라고 해야 한다. 그런데 보통 맨 앞소리 '족'도 된소리를 내어 [쪽찝께]라고 하는데 이것은 잘못된 발음이다. 표기도 '쪽집게', '쪽찝게', '족집개', '쪽찝개' 등 다양한데 '족집게'로 적어야 맞는다.

'족집게 과외' 선생이라고 사기를 치는 사람도 나쁘지만 요즘같이 약아빠진 세상에 이를 믿고 큰돈을 미리 내주는 학부모들도 정신차려야 할 때다.

듣기에도 이상야릇한 '족집게 과외'란 말도 자연스럽게 사라져야 사교육비도 절감되고 우리말도 깨끗해진다.

— 《인천일보》 시평 2005. 10. 25.

너무 너무 좋아요

요즘 젊은이들의 대화를 들어보면 '너무'라는 표현이 남용되고 있는 것을 알 수 있다. 특히 여성들의 말투에서 더 자주 나타난다.

언제부터인가 어떤 느낌을 강조할 때 '아주, 참, 매우' 대신에 '너무 멋있다. 너무 예쁘다. 너무 고맙다, 너무 맛있다.'처럼 쓰이고 있다. 그 것도 모자라서 더 강조하고 싶으면 '너무'를 하나 더 붙여서 "그 옷을 입으니까 너무너무 멋있다, 얘."라며 수다를 떨기도 한다.

심지어는 전국의 모든 시청자를 대상으로 하는 텔레비전 광고에도 이런 말이 등장한다.

"자옥은 부러울 뿐이다. ~ 뜯으니까 너무 좋다."

이것은 잇몸 치료약을 광고하는 내용에 나오는 대사의 일부분이다. 여기서도 '너무'보다는 '아주' 정도가 적당한 표현이다.

이런 표현은 방송에 출연하는 젊은 연예인들은 물론이고 드라마나, 영화, 심지어 오락이나 어린이 프로그램 진행자까지 '너무'라는 말을 무분별하게 사용하고 있다.

방송 진행자의 말에서도 "너무 재미있는 것 같아요, 너무너무 감사해요, 너무 잘하는 것 같아요, 너무너무 친절하세요."처럼 '너무'를 남발하여 우리말을 사랑하는 시청자들의 따가운 눈총을 받기도 한다. 여기서 하나 더 덧붙이자면 '~인 것 같아요.'와 같은 자신 없는 말투를 아무데서나 쓰는 것도 고쳐야 할 말버릇 중의 하나다.

　'너무'의 사전적 의미는 '일정한 정도나 한계에 지나치게'이다. '너무 크다. 너무 늦다. 너무 많이 먹었다. 너무 어렵다. 너무 위험하다. 너무 조용하다. 너무 멀다. 너무 가깝다. 너무 많다. 너무 걱정하지 마세요.' 처럼 쓰일 수 있는 말이다.

　'너무'는 위에 든 말들처럼 주로 부정적인 문맥에서 쓰인다. 그러나 요즘은 '너무'를 '매우'의 의미로 '너무 예쁘다, 너무 기쁘다, 너무 재미있다.'처럼 잘못 쓰고 있다.

　긍정적인 상황에서 강조하고 싶을 때는 '정말 기쁘다', '아주 좋구나', '무척 예쁘네요', '참 잘했어'와 같이 '참(으로), 아주, 무척, 매우, 정말, 굉장히, 대단히' 등 다양한 부사어 가운데 알맞은 말을 찾아 강조하는 말로 쓰면 된다.

　'너무'에 접미사 '-하다'를 붙여 파생된 '너무하다'라는 말도 있다. '너무하다'는 '비위에 거슬리는 말이나 행동을 도에 지나치게 하다.'의 뜻으로 다음과 같이 쓰일 수 있다.

　・너야말로 해도 해도 너무하는구나.
　・이렇게 무시하다니, 너무하군.
　・우리는 세상일이 너무하다 싶었다.

유행어 '비호감(非好感)'과 '얼짱'

젊고 예쁜 사람만 연예인이 된다고 생각한다면, 당신은 구식 기준을 갖고 있는 것이다. 요즘 연예 지망생들에게 '엽기·비호감'은 무기다. 30, 40대의 아줌마 아저씨들은 '제2의 인생'을 살겠다며 '연예 고시생'의 길로 들어서고 있다. 다양한 외모와 연령이 출연하는 'TV 민주화' 시대가 열리며 연예 지망생 판도에 변화가 오고 있다.(2006. 3. 20. ㅈ신문 종합)

위는 ㅈ신문에 "아저씨·주부까지 '연예 고시' 열풍"이란 표제로 실린 기사 내용의 앞부분이다. 이 기사의 부제를 보면 '몸짱·얼짱도 튀면 언제든 스타'란 말도 있다.

위 기사 내용에서 나온 말 '엽기·비호감' 그리고 부제에 나온 '몸짱·얼짱' 따위는 최근에 생겨난 유행어다. 그 중 '엽기'란 말에 대해서는 글쓴이가 '엽기 열풍과 청소년 문화'(인천일보 2005. 4. 27.)라는 제목으로 이런 유행어가 청소년들에게 부정적인 영향을 끼치지 않을까 염려하는 내용의 글을 쓴 적이 있다.

그런데 이제 '비호감(非好感)'이라는 사전에 없는 말을 새로 만들어 이 낱말이 연예인이나 방송인들을 통해 공중파 방송을 타고 급속히 번지고 있다. 그 시초는 방송가 사람들끼리만 쓰던 은어였다고 한다.

요즘 유행인 '비호감'이 관심을 끄는 이유는 여러 가지가 있는데 전문가들은 다음과 같은 것들을 지적한다.

첫째 숨기지 않는 '솔직함(open mind)'이다. 감추지 않는 솔직함에 호감이 드는 것은 바로 그 속에 인간적인 면이 스며있기 때문이라는 것이다.

둘째는 '자신만의 색깔과 개성에 대한 인정'이라는 것이다. 사회가 다원화되고 상대주의적 가치관이 확대되면서 독특한 개성은 좋은 평가를 얻고 있다. 잘생기고 준수한 외모를 갖추었지만 평범한 인상이나 연기보다는, '폭탄 같은' 외모지만 자신의 느낌이 확실한 사람이 더 매력적인 인물로 대중의 호감을 살 수 있다는 것이다.

세 번째 이유는 반복 노출에 의한 '낯익음'이라고 한다. 처음엔 조금 거부감이 생기는 독한 캐릭터라도 계속 보게 되면 거부감은 줄어들게 마련이고, 못생긴 외모도 긍정적으로 받아들이게 된다는 것이다.

그밖에도 새로움에 대한 후함, 곧 안정적인 재미보다는 어설프지만 새로운 시도에 대해 후한 점수를 주는 속성, 비호감의 중독 현상 등을 들고 있다.

'비호감'은 '호감'의 반대말로 쓰고 있는데 우리말에서 '호감'의 반대말은 '악감(惡感)'이다. '호감'은 좋게 여기는 감정이고 '악감'은 나쁘게 여기는 감정이다. '비호감'에서 '비(非)'는 '아닐 비'자이므로 '좋아하지 않는 감정'이란 뜻으로 풀이할 수 있을 것이다.

위 머릿기사에 나타난 것처럼 젊고 예쁘고 잘 생긴 사람만 연예인이 되는 시대는 지나갔다는 것이다. 얼굴이 못생겨도 다양한 분야에서 개성을 연출할 수 있거나, 어설프게 예쁜 것보다는 차라리 '튀는' 연기를 해야 한다는 것이다.

유행어는 말 그대로 한때 유행하다가 자연스럽게 사라지는 특성이 있다. 그러나 '비호감'과 같은 말이 유행에 그치지 않고 계속해서 쓰이게 되면 언젠가는 국어사전에 올려져 우리말 대접을 받을 수 있게 된다.

'비호감'은 새로 만든 말이라 하더라도 조어법이나 우리말본에 어긋남이 없다. 그러나 위에 든 '몸짱·얼짱'과 같은 말은 속어에 해당한다. 이들은 '몸짱·얼짱'의 반대말로 최근 생겨난 신조어다. 이런 품위 없는 속어는 유행이 계속되어 우리말로 뿌리내리는 것보다는 유행하다 사라지는 것이 낫다. 또 그렇게 될 가능성이 높다.

재미있는 말, 톡톡 튀는 말도 좋지만 이런 말은 한때 웃고 지나가야 한다. 만일 이런 낱말들이 국어사전을 지배한다면 우리말을 품위 있게 가꾸어 가는 길에 걸림돌이 될 뿐이다.

—《인천일보》 시평 2006. 4. 13.

경찰에게 딱지 뗐다

운전을 하다보면 평소에 교통 규칙을 잘 지키던 사람도 과로한 상태이거나 조금만 태만하게 되면 집중력을 잃고 규칙을 위반할 수 있다. 더 운이 나쁘면 교통 사고로까지 이어진다.

이럴 때 신호 위반이나 차선 위반 등에 걸려 교통경찰에게 딱지를 떼이는 경우가 있다. 이때 하는 말이 보통 "오늘 재수 없다. 경찰에게 딱지 뗐어."라고 한다. 또는 '띠다'를 써서 "경찰에게 딱지 띠었어."라고 말하기도 한다. 여기서는 "경찰에게 딱지를 떼였어."라고 해야 바른 말이다.

또 이때 교통경찰은 운전자에게 다가와서 엄숙하게 "귀하께서는 도로 교통법 ○조 ○항을 위반하셨으므로 스티커를 발부해 드리겠습니다."라고 말한다. 경찰이 하는 말은 매우 유식해 보이지만 '스티커 발부'라는 말은 우리말답지 못하다.

그럼 여기서 '떼다/떼이다'에 대한 쓰임을 살펴보자.

(1) 교통경찰이 딱지를 <u>떼어</u> 주었다.
(2) 동사무소에서 주민등록초본을 <u>떼어</u> 오시오.
(3) 교통경찰에게 딱지를 <u>떼였다</u>.

(4) 친구에게 빌려준 돈을 <u>떼였다</u>.

위 (1), (2)에 쓰인 '떼어'는 '떼다'를 기본형으로 한 능동적 표현을 한 것으로 모두 바르게 쓴 것이다.

한편 (3), (4)의 경우는 떼임을 당한 피동형 표현이므로 '떼다'의 피동사인 '떼이다'를 써야 한다. 여기서 '떼였다'는 '떼이다'의 과거형이므로 바른 표현이다. '떼었다'라고 쓰면 '떼다'의 과거형이 되므로 틀린 표기가 된다.

'띠다'와 '띄다'의 쓰임도 자주 틀리는 말 중의 하나다. 이들은 둘다 쓰일 수 있는 말이지만 문장에 따라 구분이 어려울 때가 있다. '띠다'는 '띠나 끈 따위를 두르다.' 또는 '용무나 직책, 사명, 빛깔 따위를 지니다.' 등의 뜻으로 쓰인다.

(5) 허리에 가죽띠를 <u>띠었다</u>.
(6) 역사적 사명을 <u>띠고</u> 이 땅에 태어났다.
(7) 붉은 빛을 <u>띤</u> 장미.
(8) 노기를 <u>띤</u> 그의 얼굴.
(9) 그 정당은 진보적 성격을 <u>띠고</u> 있다.

위 (5)-(9)는 '띠다'를 바르게 쓴 보기인데 그 뜻은 조금씩 다르다. 이와 혼동하기 쉬운 '띄다'는 '뜨이다'와 '띄우다'의 준말로 쓰인다.

(10) 원고에 틀린 글자가 눈에 <u>띈다</u>.
(11) 낱말과 낱말은 <u>띄어</u> 쓴다.

위 (10)의 '띄다'는 '눈에 보이다.'라는 뜻을 지닌 '뜨이다'의 준말로
쓰인 것이다. 그리고 (11)의 경우는 '사이를 뜨게 하다.'의 뜻인 '띄우다'
의 준말로 쓰인 것이다. 이들의 준말이 모두 '띄다'로 그 형태가 같아서
헷갈릴 염려는 없으나 위 (6)-(9)의 '띠다'와는 분명히 구별해서 써야
한다.

십팔 번과 열여덟 번

예전엔 인천과 같은 대도시에도 다방이 많았다. 다방은 조용히 이야기할 친구를 만나거나 이성간의 데이트 장소로도 이용되었다. 또한 사업하는 사람들이 거래처 사람과 만나는 장소도 주로 다방이었다. 그런데 요즘은 그런 만남의 장소가 다양해져서 그런지 대도시에서는 다방을 찾아보기가 힘들고 혹시 차를 마시는 집이라 하더라도 커피숍이니, 카페니 하여 다른 이름으로 부르고 시설도 조금 수준을 높였다.

다방에 갔을 때 가끔 들어본 말로 "○○번 손님 나가요."라고 하면서 종업원끼리 암호처럼 쓰던 말이 있다.

요즘도 음식점이나 지방 소도시의 다방에 가면 종업원들이 상 번호를 붙여 부르는 것을 들을 수 있다. 그런데 유독 '18번'인 경우 '십팔 번'이라 하지 않고 꼭 '열여덟 번'이라고 한다.

    (1) 내 번호는 <u>십팔 번</u>입니다.(○)
    (2) 내 나이는 <u>십팔 살</u>입니다.(×)
    (3) 나는 자동차 접촉 사고를 <u>열여덟 번</u>이나 냈습니다.(○)
    (4) 나는 자동차 접촉 사고를 <u>십팔 번</u>이나 냈습니다.(×)
    (5) <u>열여덟 번</u> 손님 나가요.(×)

(6) <u>십팔 번</u> 손님 나가요.(○)

위 예문에서 (1), (3), (6)은 분명히 맞는 말이지만 (2), (4), (5)의 '십 팔 살', '십팔 번', '열여덟 번' 등은 문장을 어색하게 만든다. 이 때 '십 팔'이나 '열여덟'에 이어지는 단위 명사는 (1)-(6)처럼 같은 단위 명사 일지라도 어울리는 것과 그렇지 못한 것이 있는 것으로 보아 뒤따르는 단위 명사에 따라 '열여덟'이나 '십팔'로 구분되는 것이 아님이 분명하 다. 음식점과 다방에서 쓰는 말은 (5)에 해당되는 데 우리의 언어 습관 으로 보아 분명히 어색한 문장이다.

아마 '십팔 번'은 "×할 놈"이라는 욕을 할 때 쓰는 발음과 비슷하니 까 '십팔'이라는 말을 쓰지 않는 것 같은데 좀 우스운 일이다. 이런 말 은 마땅히 (6)과 같이 고쳐 써야 자연스럽다.

잘못 쓰이는 '-겠-'

"제가 가겠습니다."와 같은 말에서 어미 '-겠-'은 그 쓰임에 따라 문법적으로 다양한 의미를 지닌다. 과거에는 영문법의 틀에 맞춘 '미래'라는 시제(tense)형태로 간주하여 몇 가지 문법적 의미를 부여하였다. 요즘은 '-겠-'을 시제 개념보다는 서법(mood) 범주에 넣어 문장 안에서 어떤 동사의 줄기와 씨끝 사이에서 추측, 의지, 능력, 태도(희망) 등의 의미 기능을 갖는 것으로 파악하는 추세이다. 이 '-겠-'을 학교 문법에서는 어말어미 앞에 오는 어미라 하여 '선어말어미(先語末語尾)'라 한다.

(1) 지금쯤 서울에 도착했겠지.(추측)
(2) 나는 장군이 되겠어.(의지)
(3) 이걸 너 혼자서 할 수 있겠니?(능력, 가능성)
(4) 이제 집으로 돌아가는 게 좋겠어.(태도, 희망)

위 (1)-(4)까지 '-겠-'의 쓰임새는 비교적 정상적으로 다양하게 쓴 예를 보인 것이다. 다음에 보이는 예문은 자연스러운지, 어색하다면 어디가 왜 어색한지 자세히 살펴보자.

(5) 많이 응모해 주시기 바라겠습니다.

(6) 예, 잘 알겠습니다.

위 (5)에 나타나는 '-해 주시기 바라겠습니다'는 방송에서 사회자들이 흔히 쓰는 말이며, 공식적인 회의나 안내 방송에서도 이런 말을 한다.

'바라겠습니다'에서 '-겠-'은 말하는 이의 '의지'나 '희망'의 뜻을 담고 있는 것으로 보인다. 그런데 '바라다'라는 말 자체가 '희망'의 의미를 내포하고 있기 때문에 뜻이 중복되어 어색한 느낌을 준다.

이것은 마치 '희망하겠습니다', '원하겠습니다'라는 말이 '-겠-'의 의미 중복으로 인해 어울리지 않는 이치와 같다. 따라서 (5)의 경우는 '-해 주시기 바랍니다'라고 해야 바른 말이다.

(6)의 '알겠습니다'는 일상생활언어에서 웃어른이나 직장 상사의 물음에 대답하는 경우에 흔히 쓰는 말이다. (6)의 내용으로 보면 '확실하게 잘 알았다'는 뜻인데 왜 '-겠-'이 들어가야 하는지 설명하기가 어렵다. '추측'이나 '의지', '능력', '태도(희망)' 등 '-겠-'이 갖는 아무런 문법적 의미나 기능이 없다. 여기서 '-겠-'은 군더더기에 지나지 않는다. '알겠습니다'가 아니라 '알았습니다'라고 해야 말이 자연스럽고 명확해진다.

(7) 2만 5천 원(이) 되겠습니다.

(8) 다음은 국민의례가 있겠습니다.

(7)의 경우는 물건 값을 물을 때 이처럼 대답하기도 하고, 2만원에 5천 원을 더하면 얼마냐고 묻는다면 이렇게 대답하는 사례가 있다. 이 말에서는 사실상 두 가지 경우 모두 '되겠습니다'란 말 자체가 군더더기

이고 그냥 '2천5백 원입니다'라고 말하는 것이 간결하고 바른 말이다. 혹시 후자에 해당하는 물음에 답할 경우에 '되다'라는 말을 쓴다 하더라도 '되겠습니다'의 '-겠-'은 군더더기 말이 된다.

(8)의 '있겠습니다'에 쓰인 '-겠-'에 대하여 한글학회 누리집에도 나왔던 질문인데 의식을 진행할 때 사회자의 대부분이 위 (8)과 같은 표현을 쓴다.

얼핏 보면 자연스러운 말 같지만 '있겠습니다'에 쓰인 '-겠-' 때문에 말이 매끄럽지 못하다. 이때의 '-겠-'은 말하는 이의 의지가 나타난 것도 아니고 추정(추측)이나 가능성의 의미를 나타내지도 않는다. 여기서도 '-겠-'은 바르지 못한 언어습관에서 온 군더더기일 뿐이다.

(8) ㄱ. 다음은 국민의례가 있습니다.
ㄴ. 다음은 국민의례를 하겠습니다.
ㄷ. 다음 순서는 국민의례입니다.

위 (8)에서 군더더기 '-겠-'을 뺀 (8)ㄱ이 훨씬 간결하고 자연스럽다. 이것이 올바른 표현이다. (8)ㄴ처럼 '하겠습니다'라고 쓰면 말하는 이의 '의지'가 나타나므로 '-겠-'이 들어가도 어색하지 않다. (8)과 같은 내용의 말을 '-겠-'을 쓰지 않고 변형해서 쓴 (8)ㄷ도 자연스럽게 쓰일 수 있다.

촌지(寸志) 이야기

내가 '촌지(寸志)'라고 쓴 돈 봉투를 받아 본 것은 초임으로 발령 받아 간 초등학교 교사 시절이었다. 그곳은 경기도 김포의 북쪽에 있는 전형적인 농촌 학교로 12학급짜리 작은 학교였다.

이 학교는 해마다 한가위 다음날 가을 운동회를 열었다. 추석 때가 되면 외지에 나가 살던 사람들이 귀향을 하고, 학부모와 동문, 주민들이 어린이 운동회에 함께 참여하여 아이 어른 할 것 없이 큰 잔치가 벌어지는 것이었다. 학부모경기, 마을 대항 이어달리기 등 어른들을 위한 운동회 프로그램도 들어 있었다.

그런데 이 때는 학부모나 지역사회 유지들로부터 운동회 찬조금을 공식적으로 받았다. 임시 접수 창구가 마련되고 돈을 낸 사람의 이름과 기부금액을 종이에 길게 적어 새끼줄을 매고 본부석 천막 주변에 주렁주렁 매달아 놓았다. 그것이 관습이다 보니 누구하나 항의하는 사람도 없었고, 농촌에서 돈도 귀하고 대개는 가난했지만 학교와 아이들을 위해 성의껏 돈을 내는 것 같았다.

운동회가 지나고 며칠 후 교장선생님이 직원들을 모아 놓고는 몇 마디 연설을 하시더니 아이들 운동회 연습시키느라고 고생이 많았다며 흰 봉투 하나씩을 주셨다. 지난해엔 쓸만한 주전자를 한 개씩 받았는데 그 해는 현금 봉투를 준 것이다.

돈이 얼마였는지는 잘 생각이 나지 않지만 흰 편지봉투 겉장에는 '寸志'라고 적혀 있었다. 붓으로 교장선생님이 직접 쓴 글씨였다. 그 때 나는 '寸志'라는 낱말도 처음 보았으며 그 뜻을 어렴풋이 짐작하고는 돈만 잘 쓰고 그냥 지나쳤다.

그런데 그 후 2,3십 년이 지나면서 '촌지'가 교육계에 말썽이 되고 있다. 교장선생님이 주는 게 아니라 학부모가 교사에게 돈 봉투를 주어 사회적 시빗거리가 되고 있는 것이다.

1998년 당시 김대중 정부는 교원 정년을 단축하기 위하여 교원 깎아내리기 언론플레이를 감행했는데, 그 때 언론의 도마에 올린 시빗거리 중 하나가 '촌지'였다. 물론 교사가 학부모에게 돈봉투를 받는 일은 없어져야 하지만, 언론이 40만 교원을 싸잡아 매도하는 일도 있어서는 안 된다.

본디 '촌지(寸志)'란 '방촌지지(方寸之志)'의 줄임말로 '촌심(寸心)'이라고도 한다. '촌(寸)'이 한 자(尺)의 1/10이므로 '촌지'라고 하면 사방 3cm 정도밖에 안 되는 좁은 마음이란 뜻이니, 아주 작은 정성을 겸손하게 이른 말이다.

'촌지'는 일본 사람들이 쓰던 말이라고 그 격을 낮추는 이도 있지만 '속으로부터 우러나온 마음을 나타낸 작은 선물'이란 뜻으로 우리나라 전통적인 풍습에도 있었던 미덕이다. 경사스러운 일이나 축하할 일이 있을 때 정성으로 보내는 작은 선물이었다.

'촌의(寸意)' 또는, '촌정(寸情)'이라고도 한다. 북한에서는 '촌심'을 쓴다.

이런 좋은 뜻에서 출발한 '촌지'란 말이 원래의 뜻을 뛰어넘어 국어사전에서까지 '정성을 드러내기 위하여 주는 돈, 흔히 선생이나 기자에게 주는 것을 이른다. ≪표준 국어대사전≫'라고 풀이해 놓았으니 안타

깝다.(촌지의 세 번째 뜻)

　이제 사람들은 '촌지 = 돈봉투'로 알고 있으며 더 나아가 '뇌물'로 취급하고 있다. 어차피 '촌지'란 말이 일본어에서 왔고, 이렇게 깨끗하지 못한 말로 변질된 터에 이말 대신에 북한에서 쓰는 '촌심'이란 말을 쓰는 건 어떨까 생각해 보기도 한다.

구별해 써야 할 말

시간과 시각

    미국과 이라크와의 전쟁이 동맹국들의 가담으로 더욱 치열해 지면서 결국 우리나라도 지원병을 보냈고 이 전쟁에 대한 관심도 더욱 높아졌다. 이에 따라 언론에서는 현지 전황을 뉴스 시간마다 보도할 정도다. 기자들의 보도 내용 중에 현지에서 일어난 '시간(時間)'이나 '시각(時刻)'을 표현하는 부분이 자주 있다.

    그런데 이 낱말들의 쓰임새를 보면 방송국마다 다르고 같은 방송에서도 기자마다 다르게 표현한다.

> (1) 미군은 현지<u>시각</u>으로 어제 나자프에서 헬기를 동원해 사원 인
> 근 건물을 폭격했고 나자프 주민들에게 전투지역에서 대피할
> 것을 촉구했습니다.(2004. 8. 12 ㅎ방송)

> (2) 목격자들은 현지<u>시간</u>으로 어제 오후 7시쯤 미군의 공습이 시
> 작돼 가옥 4채가 파괴됐으며 부상자가 속출했다고 말했습니
> 다.(2004. 8. 29 ㅎ방송)

    위 (1), (2)는 같은 방송국에서 내보낸 뉴스의 일부인데 (1)에서는 '시

각'이라 했고, (2)에서는 '시간'이라는 표현을 썼다. 여기서는 모두 '시각'이라고 해야 맞는 표현이다.

'시간'과 '시각'이라는 말은 비슷하게 쓰이는 것 같으면서도 분명히 구분해서 써야 할 말이다. 두 낱말의 개념이 다르기 때문이다.

'시각(時刻)'이 무한대로 펼쳐진 시간대 위의 한 점이라고 한다면 '시간'은 그 선 위의 한 점과 다른 한 점을 잇는 어느 구간(사이)을 가리킨다. 곧, '시각'은 순간적이며 하나의 점으로 나타낼 수 있는 개념인데 비해서 '시간'은 어떤 일정한 폭을 지니고 있는 개념이라 할 수 있다.

다만 '시각'이라는 말이 비록 시간대 위의 점이라는 개념을 가지면서도 '순간, 찰나, 잠깐, 순식간'처럼 아주 짧은 시간을 나타내는 말로도 쓰이므로 그 구분이 모호할 때가 있다. "시각을 다투는 일이니 서둘러야 해."처럼 쓰이는 경우가 이와 같은 예이다.

❖ **잘못 쓰이는 예**
- 출발 <u>시간</u>은 아홉 시입니다. ⇒ 시각
- ○○를 듣고 계신 지금 <u>시간</u> 다섯시 이십 오 분입니다. ⇒ 시각
- 이 <u>시간</u> 현재 서울지방에는 비가 내리고 있습니다. ⇒ 시각
- 해뜨는 <u>시간</u> ⇒ 시각

차선과 차로

    '차선(車線)'과 '차로(車路)'는 그 뜻이 다르므로 구별해 써야 한다. 차가 달리는 길이 '차로'이고, 차로와 차로를 구분하는 선이 '차선'이다.

    운전을 하다 보면 도로의 보수나 공사로 인해서 찻길이 줄어 들 때가 있다. 그 때 안내 표지판을 보면 '차선 감소'라고 쓰여 있다. 이때는 '차로 감소'라고 표기해야 맞는 말이다.

    차선의 사전적 의미는 ① 자동차 도로에 주행 방향을 따라 일정한 간격으로 그어 놓은 선 ② (수량을 나타내는 말 뒤에 쓰여) 도로에 그어 놓은 선을 세는 단위이다. 도로교통법에서는 '차로와 차로를 구분하기 위하여 그 경계 지점을 안전표지에 의하여 표시한 선'을 가리킨다.

    위 ①의 뜻으로는 '차선을 지키다. 차선을 긋다. 차선을 침범하다. 차선을 바꾸다.'처럼 쓸 수 있고, ②의 뜻으로는 '왕복 4차선 도로. 도로 보수를 위하여 한 차선을 막고 있다.'와 같이 쓸 수 있다.

    한편 '차로(車路)'의 사전적 의미는 '차도, 찻길'과 같은 뜻으로 인도와 구분하여 자동차나 기차, 전동차 따위가 다니는 길을 말한다.

    도로교통법에서 말하는 '차로'는 조금 다르게 '차선'과 구분해서 쓰도록 구분해 놓았다. 여기서는 '차마가 한 줄로 도로의 정하여진 부분을 통행하도록 차선에 의하여 구분되는 차도의 부분을 말한다.'고 되어 있다.

이를 다시 요약하면, 차가 달리는 길이 '차로'이고, 차로와 차로를 구분하기 위해 그어 놓은 선이 바로 '차선'이다.

이런 뜻으로 보아 '버스전용 차선제'라는 말도 '버스 전용 차로제'로 고쳐 써야 올바른 표현이다. 버스는 차선으로 달리는 것이 아니라 차선과 차선 사이에 있는 차로를 달리는 것이기 때문이다.

임신부와 임산부

만삭인 30대 주부가 열차에 치여 크게 다치는 사고가 있었다. 이 소식을 전하는 ㅁ방송은 '비극의 <u>임산부</u>'라는 자막을 보여 주었다.(2006. 1. 14. ㅁ텔레비전 저녁뉴스)

이 방송의 뉴스 내용으로 보아 '임산부'라는 자막은 '임신부'로 고쳐 쓰는 것이 더 정확한 표현이다. '임산부'는 임부와 산부를 아울러 이르는 말이고 '임신부'는 아기를 밴 여자 곧 임신한 여자를 가리키는 말이다.

따라서 위 뉴스의 기사에 나오는 여인은 아직 아기를 낳기 직전에 사고를 당했으므로 '임신부'가 정확한 표현이다.

임산부는 임부와 산부를 포함해 가리킬 때만 써야 한다. '임산부의 몸조리', '임산부의 건강관리'와 같은 경우처럼 임신 중이거나 출산 후의 몸조리, 또는 건강관리라는 뜻으로 쓸 수 있다. 그러나 '임신 6개월의 임산부가……' 따위의 표현은 잘못된 것이다.

위에 예를 든 방송뿐만 아니라 신문에서도 임신부라고 써야 할 곳에 임산부라고 쓰는 경우를 자주 본다.

    (1) 이에 따라 16주 <u>임산부</u>의 경우 태아 기형아 검사비(4만원 상당)를 지원하고 둘째아이 이상 임신시에는 초음파 검사비(3만

원)를 지급하기로 했다.(2006. 2. 1. ㄷ일보)

(2) '2006 성교육 대탐험전'에 참가한 아이들은 <u>임산부</u> 모양 인형을 만져보는 것은 물론 실제 <u>임산부</u>가 되는 색다른 경험도 했다. 아이들은 태아 무게만큼 나가는 옷을 덧입은 뒤 눕기와 일어나기, 앉기, 청소하기 등을 했다.(2006. 1. 19. ㅁ신문)

(3) 고도비만·관절염 환자, 무릎이 아픈 노년층, 체중이 급증한 <u>임산부</u>, 관절수술 받은 사람에게 수중운동을 적극적으로 권한다.(2005. 12. 1. ㄱ신문)

위 (1)은 최근 전국적으로 저출산 현상이 벌어지고 있는 가운데 강원도 춘천시가 출산 장려책을 내놓아 관심을 끌고 있다는 기사의 일부인데 여기서 '16주 임산부'라는 말은 마땅히 '16주 임신부'로 고쳐 써야 맞는다. 임신 16주라면 아직 아기를 낳지도 않았는데 '임산부'라고 말할 수 없다.

(2)는 초등학교 어린이들이 '2006 성교육 대탐험전'에 참가해 체험학습을 한 기사 내용인데 여기서도 임신부를 '임산부'로 표현했으며, (3)은 건강과 스포츠를 다룬 난에 '수중 운동의 효과'라는 기사에서 '임산부'라는 말을 잘못 쓴 예다.

조금만 관심을 가지면 그렇게 까다로운 말도 아닌데 언론에서까지 왜 제대로 가려 쓰지 못하는지 이해하기 어렵다.

결국 임산부라는 말은 임부와 산부가 공통적으로 해당되는 경우에만 써야 바른 말이 된다. 아기를 임신한 상태의 여인은 임부 또는 임신부라고 표현해야 하고, 갓 아기를 낳은 사람은 산부 또는 산모라고 하면 틀릴 일이 없다.

금실과 금슬

"그 집 내외는 <u>금슬</u>이 좋아."
"그렇게 <u>금실</u>이 좋던 부부가 이혼을 했대."

위에서 '금슬'과 '금실'은 같은 뜻으로 쓰였는데 어느 것이 맞는 말일까? 흔히 부부 사이의 사랑을 가리키는 말로 '금슬'이라는 말을 쓰기도 하는데 이것은 '금실'이 맞는 말이다.

이 말을 잘못 쓰는 데는 그만한 이유가 있는 듯하다. '금실'이란 말이 '금슬(琴瑟)'에서 왔기 때문이다. '금슬'은 '금슬지락(琴瑟之樂)'이 줄어든 말이며, 거문고와 비파를 즐기는 즐거움이란 말로 부부 사이의 화목한 즐거움에 비유하여 쓰인다.

그런데 '금슬' 그 자체가 비표준어는 아니다. 지금도 거문고와 비파를 아울러 일컫는 말로는 '금슬'이 표준어로 쓰인다. 그러나 부부 간의 사랑을 뜻하는 말로는 본디 '금슬'이었던 말이 '슬'의 모음이 변화를 일으켜 '금실'이 표준어로 되었다.

'슬'의 모음 'ㅡ'가 'ㅣ'로 변한 것에 대한 뚜렷한 근거는 없지만 우리말의 발음 습관에서 나타난 하나의 변이 형태로 볼 수 있다.

이와 비슷한 발음 습관의 유형으로 'ㅅ' 소리 뒤에서 'ㅡ'를 'ㅣ'로 발음하는 예를 찾아보면 '구슬치기'를 '구실치기'로, '으스대다'를 '으시대다'로, '으스스하다'를 '으시시하다'로 발음하는 사례들이 있다.

　이들은 모두 '구슬치기', '으스대다', '으스스하다'가 표준어로, 모음 'ㅡ'를 표준으로 삼고 있다. 그러나 '금슬'은 변화된 '금실'도 인정함으로써 또 다른 의미의 표준어를 만들어 쓰고 있는 것이다.

두 살배기와 차돌박이

"아기가 몇 살인데 저렇게 잘 걸어요?"
"이제 두 살박이인 걸요."

비슷한 또래의 나이를 먹은 어린 아이를 가리켜 말할 때 보통 '두 살
박이', '세 살박이'라는 말을 쓰는데 이것은 잘못된 표현이다. 이렇게
나이와 관련된 접미사는 '-박이'가 아니라 '-배기'를 쓴다.

그래서 위 두 번째 문장에서도 '두 살배기'라고 써야 맞는다.

(1) 그 학생은 어려 보여도 나이배기예요.
(2) 이 안주는 공짜배기야.
(3) 그 속에서 진짜배기만 골라 먹었지.

위 (1)은 나이를 나타내는 접사 '-배기'가 바르게 쓰인 예이며, (2),
(3)의 '-배기'는 어떤 명사 뒤에 붙어서 그런 물건의 뜻을 더해주는 접
미사이다. '공짜배기'나 '진짜배기'와 같은 말은 속어로 분류되므로 품
위 있는 말은 아니다.

한편 아래와 같이 접사 '-박이'를 쓰는 말들도 꽤 있으므로 쓰임새에
유의해야 한다.

(4) 점박이, 금니박이, 덧니박이, 네눈박이, 차돌박이

(5) 장승박이, 붙박이

위 (4)는 무엇이 박혀 있는 사람이나 짐승 또는 물건이라는 뜻을 더하는 접미사 '-박이'가 붙어서 명사로 쓰이는 것들이다. (5)의 '-박이'는 무엇이 박혀 있는 곳이라는 뜻을 더하거나 또는 한곳에 일정하게 고정되어 있다는 뜻을 더하는 접미사 구실을 하고 있다. 이들 모두 앞의 (1)-(3)에서 쓰인 '-배기'와 혼동하지 않도록 유의해야 한다.

'-배기'와 '-박이'를 쓰는 명사류를 잘 살펴보면 의미상으로 어느 정도 구분을 지을 수 있다. '-배기'가 붙은 말은 어떤 또래의 나이 먹은 사람이나 어떤 물건의 뜻을 더해주는 의미를 지니는 반면, '-박이'가 붙은 말은 '무엇이 박혀 있는 사람이나 짐승 또는 물건'을 뜻하는 명사류들이다.

이와 비슷한 부류의 말로 '얼룩빼기'란 낱말이 있다. 이것은 겉이 얼룩얼룩한 동물이나 물건을 뜻하는 말로 (1)-(5)까지의 '-배기, -박이'가 붙는 낱말과 구별되며 소리나는 대로 '얼룩빼기'로 쓰고 읽는다.

정지용의 시(노랫말) '향수'에 나오는 '얼룩빼기 황소가 노래하는 곳'을 텔레비전에서 '얼룩백이'라고 자막을 잘못 내보낸 것을 본적이 있다. 맞춤법이 틀리기 쉬운 낱말 중의 하나다.

❖ 참고
· 장승박이 : 장승감으로 박아서 세워 두는 물건
· 장승백이 : 서울 노량진에 있는 땅이름으로 예부터 장승이 붙박아 있었
　　　　　　 기 때문에 붙여진 이름이다.

'치다'와 '치이다'

'치다'의 뜻은 여러 가지가 있다. 그 가운데 '차나 수레 따위가 사람을 강한 힘으로 부딪고 지나가다.'의 뜻을 지닌 '치다'는 그 쓰임새에서 자주 오류를 범한다.

> (1) 사람이 자동차에 <u>치었다</u>.
> (2) 사람이 자동차에 <u>치였다</u>.

위 (1), (2)에서 어느 것이 맞는 말일까? (1)의 '치었다'는 기본형이 '치다'인 능동형을 썼다. 그러나 이 문장의 뜻을 살피면 사람이 자동차에 부딪힘을 당한 것이다. 그러니까 여기서는 '치다'의 피동사인 '치이다'를 써야 한다.

(2)의 '치였다'는 '치이다'의 과거형이다. '치이었다'를 줄여서 '치였다'로 쓴 것이다. 여기서 '치다'를 써서 능동으로 표현하려면 '자동차가 사람을 치었다.'라고 해야 한다.

'끼다'와 '끼이다'의 경우도 이와 비슷하게 그 쓰임이 바르지 못한 경우가 있다.

(3) 교통사고로 부서진 자동차 사이에 사람이 <u>끼었다</u>.

(4) 교통사고로 부서진 자동차 사이에 사람이 <u>끼였다</u>.

위에서도 (3)은 '끼다'라는 능동적 표현을 했고, (4)에서는 피동사 '끼이다'를 썼다.

이들 문장에서도 사고로 다친 사람이 스스로 끼어 들어간 것이 아니므로 당연히 피동사 '끼이다'의 과거형을 쓴 (4)의 '끼였다'가 맞는 말이다.

'같이'와 '같은'

　'같이'는 부사와 조사, 크게 두 가지 형태로 쓰이나, '같은'은 형용사로만 쓰인다.
　우선 '같이'는 다음과 같이 쓰인다.

　　(1) 너도 <u>같이</u> 가자. (부사)
　　(2) 너<u>같이</u> 게으른 놈은 처음 본다. (조사)

　위 (1)에서 '같이'는 '둘 이상의 사람이나 사물이 함께'란 뜻으로 쓰인 부사다. 한편 (2)에 쓰인 '같이'는 '너'라는 체언 뒤에 바로 붙어 쓰인 보조사이다. 그래서 (1)의 '같이'는 앞뒤 다른 낱말과 띄어 쓰지만 (2)의 '같이'는 조사이므로 그 앞의 체언 '너'와 붙여 쓴다.
　'같이'는 접사 '-하다'와 결합하여 '함께하다'와 비슷하게 '같이하다'라는 동사로도 쓰인다.

　　(3) 그는 어제 나와 술자리를 <u>같이했다</u>.

　위 (3)에서 '같이하다'는 경험이나 생활 따위를 얼마 동안 더불어 한다는 뜻으로 쓰인 하나의 합성어이므로 한 낱말로 취급되어 '같이'와 '하다'를 붙여 쓴다.

'같은'의 경우는 품사도 형용사이므로 쓰이는 환경도 '같이'와 다르다.

 (4) <u>같은</u> 값이면 다홍치마. (형용사)

 (5) 부처님 <u>같은</u> 우리 선생님. (형용사)

 (6) 부처님<u>같이</u> 착하신 우리 선생님. (조사)

'같은'은 형용사 '같다'의 관형사형이므로 문장 안에서 뒤에 오는 체언을 꾸며주는 구실을 한다. '같은'이 위 (4)에서는 '값'을, (5)에서는 '우리' 다음에 있는 '선생님'을 꾸며준다.

그러나 (6)의 '부처님같이'는 위 (5)의 '부처님 같은'과 의미상으로는 거의 같다고 볼 수 있지만 이때 '같은'과 '같이'의 문법적 기능은 아주 다르다. 위에서 설명한 대로 '같은'은 '선생님'이라는 체언을 꾸미는 관형어이지만 (6)의 '같이'는 '부처님'이란 체언에 붙어서 '부처님같이 착하다' 형태의 서술어를 꾸미는 부사어처럼 쓰였다.(실제로 '착하신'은 관형어로 그 뒤의 '우리'와 함께 '선생님'을 꾸밈)

이때 '부처님같이'에서 '같이'는 보조사이므로 앞 체언 '부처님'과 붙여 써야 한다는 점에 유의해야 한다.

숫자와 수효

숫자와 수효는 엄연히 구별해 써야 한다. '숫자(數字)'는 수를 나타내는 글자로서 아라비아 숫자인 1, 2, 3, 4 또는 한자의 一, 二, 三, 四와 같은 것들이다. '숫자'의 두 번째 뜻으로는 돈이나 예산, 통계 따위에 수량을 나타내는 말로 "그는 통계 숫자에 밝다."처럼 쓰일 수 있다.

한편 '수효(數爻)'는 낱낱의 수를 가리킬 때 쓴다. '마을 단위로 가옥의 수효를 헤아려 보았다.', '지금까지 이곳을 통과한 자동차 수효가 백 대가 넘는다.'와 같이 쓸 수 있는 말이다.

그런데 보통 수효를 써야 할 자리에 '숫자'라는 말로 잘못 쓰는 경우가 허다하다.

더욱 이상한 것은 사람들이 잘못 쓰는 말을 옳은 것으로 인정하여 국어사전에 올렸다는 사실이다. ≪표준국어대사전≫에서 '숫자'를 찾으면 세 번째 뜻으로 다음과 같이 풀이하고 예문을 들었다.

> 「3」 사물이나 사람의 수. ¶그 도시의 자동차 숫자가 3만 대를 넘는다./아이들 숫자만큼의 어른들 모습도 보였다. ≪윤흥길, 묵시의 바다≫

위의 풀이에서 '사람이나 사람의 수'를 나타내는 말은 '숫자'가 아니라 '수효'다. 사람들이 혼동해 쓴다고 해서 이렇게 사전에 올린 것은 의미의 왜곡이다. 그 뒤에 이어지는 예문에 나오는 '숫자'란 말도 마땅히 '수효'라고 해야 바른 말이다. 차라리 '숫자'란 말 대신에 '자동차(의) 수'라고 하던가 '아이들 수'라고 쓰면 바른 말이 된다.

말이 나온 김에 이 사전에 '숫자'의 두 번째 뜻풀이도 잘못되었음을 지적하고 넘어가야 할 것 같다.

§「2」금전, 예산, 통계 따위에 <u>숫자</u>로 표시되는 사항. 또는 수량적인 사항.

위에 보인 것처럼 '숫자'라는 낱말풀이에 '숫자'라는 낱말이 또 들어가 있다. '숫자'라는 뜻을 정확히 몰라서 사전을 찾는 것인데 '숫자'라는 말을 넣어서 풀이하는 것은 상식 밖이다.

결론적으로 말하면 '숫자'와 '수효'는 분명히 구별하여 써야 하나 많은 사람들이 '수효'라는 말을 거의 쓰지 아니하고 '숫자'라는 말로 대치하다보니 국어사전마저도 '숫자'의 의미를 확대하여 풀이해 놓은 것으로 보인다. 그러나 국어사전에는 이들 낱말을 구별해 쓰도록 바로잡아야 한다고 생각한다.

고둥과 고동

　'고둥'과 '고동'에 대해 말하기 전에 "왼손잡이 '고둥' 왜 강할까"란 흥미로운 기사가 있어 소개하고자 한다.

> 　왼손잡이는 10명 중 한 명에 불과하다. 그런데도 유독 야구에서는 왼손 타자들의 활약이 돋보인다. 메이저리그의 홈런왕 베이브 루스와 루 게릭이 왼손 타자였으며, 월드베이스볼클래식(WBC) 홈런왕에 오른 이승엽 선수 역시 왼손잡이다. 최근 자연계에서도 소수자인 왼손잡이가 생존경쟁에서 오른손잡이를 압도했다는 연구결과가 나와 주목을 끌고 있다.(2006. 3. 30. ㅈ일보)

　이 기사 내용을 더 살펴보면 '고둥'도 왼손잡이와 오른손잡이가 있다고 한다. 고둥을 보면 껍질의 나선이 시계 방향으로 나 있는 것이 오른손잡이이고, 반시계 방향이면 왼손잡이라고 한다. 미 예일대 연구팀은 왼손잡이 고둥이 포식자인 게의 공격을 회피하는 데 오른손잡이보다 훨씬 유리했다고 발표했다.

　그런데 생존경쟁에서 왼손잡이 고둥이 유리했는데도, 지금도 왜 오른손잡이보다 수가 적은 것일까?

한 가지 답은 희소성 때문이라고 한다. 프랑스 몽펠리에대의 샤를로트 포리 박사팀은 "왼손잡이가 뛰어나서가 아니라 그들의 적이 오른손잡이와 싸우는 데 익숙했기 때문"이라고 설명했다. 야구를 예로 들면 왼손 타자가 워낙 적다 보니 오른손 투수가 공략법을 익힐 기회가 없었다고 보는 것이다. 마찬가지로 만약 왼손잡이 고둥이 훨씬 많았다면 게는 오래 전에 이들을 공략할 방법을 진화시켰을 것이지만, 워낙 수가 적다 보니 그냥 버리는 길을 택했다는 것이다.

그렇다고 해도 왼손잡이가 전체 고둥의 1%밖에 되지 않는 것은 이해가 잘 되지 않는다. 심지어 이미 많은 왼손잡이 종이 멸종했다. 학계에서는 이것을 '짝짓기의 어려움' 때문이라고 설명한다.

고둥이 짝짓기를 할 땐 생식기를 서로 맞물리게 해야 하는데, 껍질의 방향이 다를 경우 오른손과 왼손이 악수를 하듯 하는 자세가 나오지 않는다고 한다. 왼손잡이가 생존경쟁에서 유리했더라도 대다수가 오른손잡이다 보니 제 짝을 찾기가 힘들다는 말이다. 실제로 시계 방향 껍질을 가진 달팽이에서 반대 방향 돌연변이가 태어날 경우 자라서 제대로 짝짓기를 못한다고 한다. 이런 돌연변이는 껍질 방향이 같은 짝을 만나야 자손을 남길 수 있으며, 이는 새로운 종의 탄생으로 이어질 수 있다는 것이다.

그럼 여기서 '왼손잡이 고둥'에 관한 이야기를 접고, '고둥'과 '고동'의 낱말 쓰임에 대해 살펴보기로 한다.

'고둥'은 연체동물 복족강(腹足綱)에 속하는 동물을 통틀어 이르는 말이다. 소라, 전복, 소라고둥, 총알고둥, 논우렁 따위처럼 대개 말려 있는 껍데기를 가지는 종류이다. 좁은 뜻으로는 복족류 중의 소라·소라고둥 등과 같이 비틀린 껍데기가 있는 권패류를 가리켜 말하기도 한다.

그런데 '다슬기'를 '고둥'이라 부르는 사람도 있고, '고동'이 특정한 생물의 이름인 것으로 잘못 알고 있는 사람도 있다. '고둥'은 지방에 따라서 달팽이, 우렁이의 사투리로도 쓰이기 때문에 그 명칭에서부터 혼란이 있는 것으로 보인다.

또 '고둥'을 가리켜 말할 때 '고동'이라고 부르는 사람들도 있다. 그러나 '고동'은 신호를 위하여 비교적 길게 내는 기적 따위의 소리를 가리킨다. '뱃고동'처럼 배에서 신호를 하기 위하여 '붕' 하고 내는 소리를 뜻한다.

여기서 '고둥'과 '고동'이 혼동해서 쓰이는 까닭은 글쓴이의 소견이지만 뱃고동 소리를 내는 물체가 나팔 모양으로 생겨서 '고둥'의 모양과 비슷하기 때문이 아닌가 생각해 보기도 한다.

어쨌든 이 글을 읽고 '고둥'과 '고동'은 아주 다르다는 것과, '고둥'에 대한 읽는 이들의 올바른 이해를 기대한다.

좇다와 쫓다

'좇다'와 '쫓다'는 세분하면 여러 가지 뜻으로 쓰이면서 어떤 경우는 쓰임새가 비슷하여 혼동하는 경우가 많다.

10만 원짜리 위조 수표 25장이 발견되어 그 용의자를 잡고자 한다는 텔레비전 뉴스가 있었다. 이 뉴스 끝 부분에서 아나운서는 다음과 같이 말했다.

· 경찰은 용의자로 보이는 30대 남자 두 명을 <u>쫓고</u> 있습니다.

(2005. 12. 3. ㅎ방송 7시 뉴스)

위 뉴스에서 '쫓고 있습니다'는 바르게 쓴 것일까, 틀린 것일까? '따르다'의 의미를 가진 '쫓고'는 틀린 것 같기도 하지만 바르게 쓰인 것이다. 그러나 '좇다'를 써야 할 자리에서 '쫓다'로 잘못 쓰는 경우가 자주 있는 편이다.

(1) 그의 시선은 이미 앞산에 걸린 무지개를 <u>쫓아</u> 옮겨가고 있었다.
    ⇒ 좇아
(2) 아버지의 유언을 <u>쫓아</u> 화장하기로 하였다. ⇒ 좇아

위 (1)의 '쫓아'는 '좇아'의 잘못이다. 여기서는 '좇다'의 여러 개 뜻 중에서 '눈여겨보거나 눈길을 보내다.'의 뜻으로 쓰인 말이다. (2)에서도 밑줄 친 부분이 '남의 말이나 뜻을 따르다.'는 의미로 '좇아'로 써야 올바른 문장이 된다.

그밖에도 '좇다'는 그 뜻이 조금씩 다르게 여러 가지로 쓰인다.

(3) 태초부터 사람은 살기 편한 것을 <u>좇게</u> 마련이오.
    (목표, 이상, 행복 따위를 추구하다.)
(4) 그런 관례를 <u>좇을</u> 처지가 못 되었다.
    (규칙이나 관습 따위를 지켜서 그대로 하다.)
(5) 그는 스승의 학설을 <u>좇아</u> 연구를 계속했다.
    (남의 이론 따위를 따르다.)
(6) 그는 다시 자기의 생각을 <u>좇고</u> 있는 눈빛으로 돌아갔다.
    (생각을 하나하나 더듬어 가다.)

위 (1)~(6)의 보기와 같이 '좇다'는 그 뜻이 조금씩 다르게 6가지 정도의 의미로 쓰일 수 있다.

한편 '쫓다'는 그 쓰임새에 따라 ≪표준국어대사전≫에서 3가지의 뜻으로 나누어 풀이해 놓았다.

(1) 경찰은 뺑소니 차량과 <u>쫓고</u> 쫓기는 추격전을 벌였다.
    (어떤 대상을 잡거나 만나기 위하여 뒤를 따라서 급히 가다.)
(2) 농부는 깡통을 두드리며 가을 들판의 새를 <u>쫓았다</u>.
    (어떤 자리에서 떠나도록 내몰다.)
(3) 그는 머릿속에 떠오르는 잡념들을 <u>쫓으려</u> 애썼다.
    (밀려드는 졸음이나 잡념 따위를 물리치다.)

이처럼 '쫓다'는 위에서 설명한 '좇다'와 그 뜻과 쓰임새가 다르므로 구별해서 써야 한다. 각 예문들을 자세히 살피면 그 구별이 가능할 것이다.

잘못 쓰이는 교육 관련 용어

고등학교를 종류별로 구분하는 용어로 일반계와 실업계란 말이 있다. 그런데 일반계 고등학교를 '인문계'라는 말로 잘못 쓰는 경우가 잦다. 중학교 교사가 진학지도를 할 때도 그런 용어를 쓰는가 하면 신문에서도 잘못 쓰는 사례를 발견할 수 있다.

어느 일간신문의 지역 기사 표제에 '인천 중학생들의 인문계 고교 진학 학생들 몰리는 학교 처음 드러나'(2006. 11. 16. ㅈ일보)라고 쓴 기사가 있었다. 여기서 '인문계'라는 말은 '일반계'로 고쳐 써야 옳다.

같은 신문에 '무난한 인문계 … 진땀 흘린 자연계'(2006. 11. 17.)란 표제도 있었다. 이것은 전국적으로 치러진 대입 수학능력시험 다음날 계열별·시험 유형별로 문제의 난이도에 따라 수험생들의 희비가 엇갈렸다는 기사로 여기에 쓴 인문계라는 말은 바르게 쓴 것이다.

그러면 일반계는 무슨 말이며 인문계와는 어떻게 다른가?

고등학교의 계열은 크게 일반계 고등학교와 실업계 고등학교, 특수목적 고등학교(과학고, 체육고, 예술고, 외국어고) 등으로 나뉜다. 그 중 일반계 고등학교에서는 인문사회과정, 자연과정, 일반계 직업과정을 운영하고 있다. 인문사회과정과 자연과정은 대학에 진학할 학생들을 위한 과정이고, 일반계 직업과정은 고등학교 교육을 마치고 사회에서 생업에 종사할 학생들을 위한 과정이다. 학생들은 국민공통 기본교육 과정 10학년인 고등학교 1학년을 마친 후에 자신의 진로 계열을 선택하게 된다. 대학에서 공부할 내용에 따라 인문사회과정이나 자연과정을 선택하게 되며 대학에 진학할 의사가 없는 학생들은 직업과정을 선택하도록 되어 있다. 물론 대학 진학과 상관없이 어떤 과정을 선택하든 그것은 학생 개인의 의사 결정에 맡긴다.

그래서 일반계 고등학교를 인문계 고등학교라고 부르는 것은 용어를 잘못 이해하는 데서 오는 실수이다. 일반계 고등학교 안에서 공부하는 내용에 따라 인문사회과정을 인문계라고 부를 수는 있을 것이다.

인문계(人文系)란 자연계와 대응되는 개념으로 언어, 문화, 역사, 철학 따위의 학문 계통을 일컫는다. ≪표준국어대사전≫에 '인문계'라는 낱말풀이 다음에 예시문으로 '인문계 고등학교 /인문계 학과에 지원하다.' 이렇게 두 가지를 들었는데 앞에 든 '인문계 고등학교'는 잘못된 예시이다.

또 교육 관련 용어 중에 초등, 중등이란 말이 있다. 초등교육, 중등교육, 고등교육이란 용어도 쓴다. 초등이나 초등교육이란 용어는 대체로 바르게 쓰는데 중등, 중등교육, 고등교육이란 용어를 잘못 알고 있는 사람들이 많다.

일반적으로 중등학교라고 하면 중학교를, 중등교육이라고 하면 중학교 교육을 가리키는 말로 잘못 알고 잘못 쓰는 경우가 있다는 것이다. 여기서 중등학교라고 하면 중·고등학교를 가리키는 말이며 중등교육은 중학교와 고등학교 교육을 통합하여 일컫는 말이다.

교사자격증도 사범대학을 졸업하거나 일반대학에서 교직과목을 이수한 사람에게 과목에 따라 중등2급 정교사자격증을 주는데, 이들은 임용고사를 거쳐 중학교나 고등학교에 발령을 받을 수 있다. 그러니까 현직에 있는 중등교사자격 소지자는 희망이나 발령사항에 따라 중학교나 고등학교를 넘나들며 학생들을 가르칠 수 있는 것이다.

한편 '고등교육'이라고 하면 일반적으로 고등학교 교육으로 잘못 알고 있는 사람들이 있다. 그러나 고등교육은 초·중등교육에 대비되는 말로서 전문대학 이상의 당대 최고의 교육을 가리키는 말이다.

고등교육기관은 전문대학, 단과대학, 사범대학, 종합대학교, 대학원 등이 포함된다. 대부분 고등교육기관에 들어갈 수 있는 자격은 중등교육을 수료한 사람이며 원칙적으로 나이 제한은 없지만 입학연령은 보통 18세 전후가 된다. 이러한 교육기관에서 교육과정을 마치면 이를 증명하는 학위나 졸업증서 또는 수료증을 준다.

— 《인천일보》 우리말 칼럼 2007. 3. 2.

❖ 참고

교육인적자원부는 2007년 4월 12일 초중등교육법시행령을 고쳐 실업계고등학교를 전문계고등학교로 명칭을 변경했다. 그래서 위 글에서 실업계라는 말은 앞으로 '전문계'로 바꿔 써야 한다.

똥을 쌀 놈

요즘 어린이나 청소년, 신세대에 이르기까지 오줌, 똥을 누는 것과 싸는 것을 구별하지 못하니 안타깝다. 깨끗한 이야기는 아니지만 자주 쓰이는 생활 언어의 뜻을 구별하지 못하는 것은 바로 가르쳐야 한다.

"야, 잠깐만 기다려. 나 오줌 싸고 올게." 이것은 어린이나 중·고등학생들이 친구끼리 하는 말이다.

선생님이 수업에 늦은 학생에게 어디 갔다 왔느냐고 물으면 "저요, 화장실에 똥 싸고 왔어요."라고 대답하는 것이 보통이다.

'싸다'는 똥이나 오줌을 참지 못하거나 가누지 못하여 비정상적인 방법으로 배설하는 것이고, 배설의 위치나 방법이 정상적이면 '누다'로 표현해야 한다.

위의 표현 중에서 '오줌 싸고 올게.'나 '똥 싸고 왔어요.'는 당연히 '오줌 누고 올게', '똥 누고 왔어요'라고 말해야 맞는 말이다. 아기가 똥을 싸기 전에 먼저 누이라고 한다. 이것은 기저귀도 절약하고 똥 누는 습관도 길러주기 위한 것이다.

'똥을 쌀 놈'이란 욕은 있어도 '똥을 눌 놈'은 욕이 아니다.

반나절과 반일

'나절'이란 전통적으로 시간 개념이 뚜렷하지 못하던 옛날에 해가 떠 있는 낮 시간의 일정 부분을 어림잡아 가리킬 때 쓰던 말이다. '한나절'이면 하루 낮 시간의 절반쯤 되는 시간이고 낮의 어느 무렵이나 동안을 가리킬 때도 '나절'이란 말을 쓴다. 그러니까 반나절은 '한나절'의 절반이므로 낮 시간의 1/4 정도가 되는 시간이다.

'나절'이란 말은 사람이 주로 일하는 낮 시간에만 쓰이는 말이므로 해가 진 후의 밤 시간에는 쓰이지 않는다. 또 한나절이란 말은 있어도 두 나절, 세 나절 따위의 말은 쓰지 않는다. 두 나절이 넘으면 하루라는 단위가 있기 때문이다. 세 나절이면 '세 나절'이라 하지 않고 '하루 한나절'이라 부른다. 옛날에 교통수단이 발달하지 않았을 때 '한양까지 하루 한나절을 걸었다.'처럼 쓰이던 말이다.

현대 국어에서도 나절이란 말이 종종 쓰이긴 하는데 그 뜻을 혼동하여 잘못 쓰는 경우를 가끔 본다.

"그 일을 끝내는데 반나절이나 걸렸어."
"언제까지 했는데?"
"어제 아침부터 점심때까지 내내 했다니까."

위의 대화 내용을 보면 '반나절' 동안 일했다는 사람은 '한나절'을 '반나절'로 잘못 알고 있는 것이다. 이 사람이 아침부터 점심때까지 일했다면 한나절 걸렸다고 해야 바르게 말한 것이다. 이처럼 '반나절'을 하루(낮)의 절반으로 오해하는 사람들이 있는 듯하다.

'나절'과 같은 뜻으로 '반일'이란 말도 있다. 공무원이나 회사원들이 평일에 집에 큰일이 있을 때 하루 정도 연가를 내는 경우가 있다. 그러나 필요한 시간에 따라 한나절만 연가를 쓰기로 한다면 이를 '반일연가'라 한다. 토요일에도 근무해야 하는 경우에 연가를 낸다면 역시 반일연가가 된다.

'한나절'과 같은 말로 '반일' 이외에 '반날, 반오(半午)'라는 말도 있지만 그 쓰임의 빈도가 낮은 편이다.

'반나절'과 같은 뜻으로 '한겻'이란 토박이말이 있다. '만취했던 그는 한겻이 지나서야 겨우 눈을 떴다.'처럼 쓰인다.

올바른 우리말 예절

언니와 아주머니

보통 음식점이나 술집 등 영업소에서 손님이 여자 종업원을 부를 때 요즘은 '언니'라는 부름말을 흔히 쓴다.

이것은 여자 종업원이 처녀인지 기혼 여성인지 구분하기도 어렵거니와, 나이 든 결혼한 여성도 '아주머니'보다는 '언니'라고 부르면 더 기분 좋아하기 때문에 그렇게 부르는지도 모른다. 그러니까 손님 입장에서는 상대방이 기분 좋고 부르기 편하게 그저 여성 종업원이면 나이와 상관없이 '언니'라고 부르는 것 같다.

그러나 '언니'는 1차적 중심의미로 여자끼리[同性]의 손위 형제를 이르는 말이며 주로 여자 형제 사이에 많이 쓰는 말이다. 또 친족간의 호칭으로 오빠의 아내를 이르는 말로 쓰인다. 남남끼리는 여자들 사이에서 자기보다 나이가 위인 여자를 높여 친근하게 부르는 말이나 가리킴말로 쓸 수 있다.

그런데 음식점에서 남자 손님이 여자 종업원에게 '언니'라고 부르는 것은 요즘에 생긴 일이며 적절한 호칭이라고 할 수 없다.

(1) 그 집의 두 딸 중에 언니보다 동생이 먼저 시집을 갔다.
(2) 옆집 3학년 언니가 만나자고 했어요.

(3) 어제 올케<u>언니</u>가 다녀갔어요.

(4) <u>언니</u>, 여기 물 좀 더 주세요.(남자 손님이 여종업원에게)

위 (1)-(3)까지의 언니는 모두 바르게 쓰인 말이지만 (4)에서처럼 성인 남자가 여성에게 쓰는 '언니'란 말은 올바른 부름말이 아니다.

이 경우는 종업원의 나이 등을 참작하여 '아가씨'나 '아주머니'라고 불러야 한다. '아줌마'라는 말도 흔히 쓰는데 이것은 '아주머니'의 애칭으로 쓰는 듯하지만 상대방을 낮추는 말이므로 '아주머니'라고 부르는 것이 바람직하다.

한편 음식점과 같은 영업 장소에서 남자 종업원을 부르거나 가리키는 말(지칭어)로는 '아저씨', '젊은이', '총각'을 상황에 따라 적절히 쓸 수 있다. 일반적으로 어느 경우에나 '여보세요'라고 부르는 것도 무난하다.

오빠, 잘했어!

'오빠'는 같은 부모에게서 태어난 사이이거나 일가친척 가운데, 여동생이 항렬이 같은 손위 남자 형제를 이르는 말이다. 높임말은 '오라버니'이다. 또 남남끼리는 나이 어린 여자가 손위 남자를 정답게 이르는 말로도 쓰인다.

    (1) 우리 <u>오빠</u>는 군대에 갔어.
    (2) 그분이 바로 우리 사촌<u>오빠</u>야.
    (3) 2학년 <u>오빠</u>가 우리를 때렸어요.
    (4) <u>오빠</u>, 너무 멋져요!

위 (1), (2)가 친족간에 부르는 기본 호칭이며, (3), (4)는 남남끼리 부르거나 가리킬 때 쓸 수 있는 말(호칭어, 지칭어)이다.

(3)의 '오빠'는 1학년 여학생이 교사에게 상급 학년의 남학생을 가리켜 말한 예이고, (4)는 공연장이나 운동경기장에서 이른바 '오빠부대'라고 하는 여학생들이 연예인이나 운동선수들의 활약을 응원하며 외쳐대는 소리이다. 여기서 쓰인 말들은 모두 적절하며 자연스럽다.

그런데 요즘 남편에 대한 부름말이나 가리킴말을 '오빠'라고 하는 사례가 있다. 아래는 2002 월드컵 축구대회 당시 인터넷 신문 기사의 일부분이다.

- (서울=연합뉴스) 임형두 기자 = '오빠, 잘했어. 정말 잘했어요.' (안정환 선수 부인), '오빠, 오빠! 해냈어요. 오빠가 너무 자랑스러워요.'(설기현 선수 부인). 18일 한국 축구 대표팀이 8강 진출을 확정하자 천금 같은 골을 넣은 안정환 선수와 설기현 선수의 부인들은 감격스런 표정을 감추지 못하며 이같이 말했다. 언론은 가족들이 기쁨에 겨워 흐느꼈다고 당시의 분위기를 전했다.(2002. 6. 19. ○○ 인터넷 신문)

위 기사에서 눈에 거슬리는 것은 남편에 대한 호칭이다. 두 선수의 부인은 한결같이 남편을 '오빠'라고 불렀다. 이런 경우는 결혼하기 전 연인 사이에 '오빠'라고 부르다가 결혼 후에도 그 습관 때문에 '오빠'라고 부르는 것으로 추측된다. 그러나 이런 사례가 근래 신세대 부부를 중심으로 유행처럼 번지고 있으며 텔레비전 극에서까지 이런 사례를 찾기가 어렵지 않다.

위 (1)-(4)까지에서 쓰인 용례는 사전적 의미에서 크게 벗어나지 않아 허용되는 어법이지만 남편을 '오빠'라고 부르는 것은 적절하지 않다.

잘못된 호칭이 관행으로 굳어지면 폐해는 생각보다 크다. 그리고 고치기도 어렵다. 이런 호칭법이 관용화되었다고 가정할 때, 오빠와 남편이 한 자리에 있어서 '오빠'라고 부르면 두 사람이 모두 대답을 할 것이 아닌가?

우리가 언어를 되도록이면 사전적 의미에 충실하게 사용하고자 하는 것은 자칫 빚어질 수 있는 의미상의 혼란을 미리 막는 일이라는 사실도 생각해야 한다. 국어사전과 현실 언어가 따로 놀아난다면 사전은 그저 교실에서만 통용되는 물건으로 전락할 수도 있기 때문이다.

인사말과 인사 말씀

공공 기관이나 학교에서 행사를 할 때 안내 유인물에 보통 기관장의 인사말을 앞에 써 넣는다. 인터넷 누리집(홈페이지)에도 대표자의 인사말을 넣는 경우가 있다.

이때 쓰는 인사말은 '인사 말씀'이라고 써야 예절에 맞는다. 이렇게 제대로 쓰는 경우도 있지만 보통은 '인사 말씀'이라고 하면 '말씀'이 자신을 높이는 말인 줄 잘못 알고 그냥 '인사말'이라고 쓰기도 한다. 그러나 사실 이런 경우에는 '인사말'보다는 '인사 말씀'이라고 써야 겸손하고 예의 바른 말이 된다.

'말씀'은 남의 말을 높이어 말할 때도 쓰지만 자신의 말을 낮추어 말할 때도 쓰이기 때문이다.

   (1) 어르신 말씀이 맞습니다.
   (2) 제가 먼저 말씀을 드리죠.
   (3) 인사 말씀 드리겠습니다.

위 (1)에서는 상대방의 말을 높여 말한 것이고, (2), (3)은 자신의 말을 손위 사람에게 낮추어 말한 것으로 모두 자연스럽고 예절에 맞는다.

(1)' 어르신 말이 맞습니다.

(2)' 제가 먼저 말을 드리죠(하지요).

(3)' 인사말 드리겠습니다.

그러나 위 (1)', (2)', (3)'과 같이 '말씀' 대신에 '말'로 바꿔 쓴다면 모두 호응관계나 대우법에 맞지 않으므로 예의 바른 말이라고 보기 어렵다.

따라서 앞에 제시한 여러 가지 경우의 인사말은 자신을 낮추는 의미로 '인사 말씀'이라고 써야 올바른 표현이다.

그렇다고 '인사말'이란 말이 어떤 경우에도 틀리다는 것은 아니다. 다음과 같은 경우는 '인사말'이라는 표현이 자연스럽게 쓰일 수 있다.

(3) 퇴근길에 동네 사람을 만나 인사말을 건넸다.

(4) 그의 말은 지나가는 인사말이 아니라 진심에서 우러나온 말이다.

❖ 참고

· 인사 말씀(○), 인사말(×) ← 누리집 대표 인사

· 소개 말씀(○), 축하 말씀(○) ← 회의, 의식에서

· 주민 여러분께 알리는 말씀(○)

· 주민 여러분께 알리는 말(×)

까다로운 우리말 대우법

우리말의 대우법에서 자신을 낮추는 말로 '저'를 쓴다. '나'의 복수인 '우리'의 낮춤말은 '저희'이다. 그런데 이 낮춤말 '저', '저희'가 잘못 쓰여 어법을 거스르거나 상황에 걸맞지 않은 사례들이 있다.

얼마 전 관내 중학교의 자율장학협의회에 참석했을 때의 일이다. 협의회에 앞서 학교 소개 순서가 있는데 요즘은 보통 그림과 동영상을 곁들이고 음성을 넣어 영상자료로 제작한 것을 보여준다. 이때 소개 내용 중에 '우리 학교'를 가리키는 말을 모두 '저의(희) 학교'로 표현하고 있었다. 듣는 대상이 다른 학교의 교장들이라 하더라도 공공기관인 학교를 낮출 필요는 없다고 본다. 듣기에 어색한 느낌이 들어 그 학교 교장선생님께 녹음 내용 중 '저희 학교'를 '우리 학교'로 바꾸는 것이 좋겠다고 귀띔해 준 적이 있다.

또 과거에 학교에서는 '본교', 교육청에서는 '본청'이라는 말을 흔히 썼지만 딱딱한 한자말인데다가 권위적인 느낌이 들어서 요즘은 잘 쓰지 않는 추세이다. 요즘엔 교육청 공문서에 '우리 교육청에서는 ……'이란 말이 자연스럽게 쓰이고 있다. 이때에도 상급기관인 교육부에 보내는 공문서라고 해서 '우리 교육청'을 '저희 교육청'이라고 낮출 필요는 없다.

이와 비슷한 예로 시장이나 군수가 그 시·군을 홍보하기 위한 말이나 연설을 할 때 '저희 시에서는, 저희 군에서는 …'이라고 말하는 경우를 텔레비전에서 가끔 본다. 여기에서도 듣는 이가 자신이 속한 시·군의 주민이건 다른 시·군의 주민이건, 시나 군이라고 하는 공공 기관이나 집합체를 낮출 필요가 없는 것이다. '우리 시(군)에서는 …'이라고 말하는 것이 더 자연스럽다.

축구경기 중계방송을 시청하다보면 해설자가 "저희 한국팀은 아직도 문전 처리와 골 결정력이 부족합니다."라는 말을 서슴지 않는다. '저희 한국팀'이라면 우리나라를 낮춘 것이니 망발이 아닐 수 없다. 외국인과 대화를 할 때 우리나라를 '저의(희) 나라'라고 말하는 사람이 있다면 그는 사대주의자로 몰리게 될 것이다.

이처럼 우리말은 대우법이 까다로운 편이다. 같은 말이라도 정형화되어 있는 것이 아니라 상황에 맞게 써야 하기 때문에 더 까다롭다.

특히 대우법 중에 압존법(덜 높임법) 부분은 사람들을 더욱 헷갈리게 한다. 압존법이란 매우 높은 손윗사람 앞에서는 그보다 덜 높은 손윗사람에 대해서 조금 낮추어서 말하는 것을 뜻한다.

예를 들어 할아버지 앞에서 손자가 말할 때 "할아버지 이것을 아버지께 갖다 드릴까요?"라고 말하면 안 되고 "할아버지, 이것을 아비에게 갖다 줄까요?"라고 하는 것이 옛날의 대우법이었다. 그러나 요즘은 일반적으로 '아비', '아범'과 같은 낮춤말이 거의 쓰이지 않으며, 말씨도 시대에 따라 변하는 만큼 할아버지 앞에서 아버지를 '아비'라고까지 낮추어 말하는 것이 오히려 어색하다.

사장이 사원에게 "김부장 어디 갔어?" 하고 물으면 "김부장님은 식당에 가셨습니다."라고 해야 할지 "김부장은 식당에 갔습니다."라고 대답해야 하는지 망설이게 된다. 학교 문법에서는 압존법에 따라 "김부장은 식당에 갔습니다."로 말하는 것이 옳다고 가르쳤기 때문이다.

이러한 압존법은 조직 질서 체계를 중시하는 일본말의 영향을 받은 것이라는 주장이 있다. 그들은 조직 질서 자체를 개인보다 더 중요시하기 때문이라는 것이다.

한편 자기를 기준으로 높일 사람은 다 정중하게 높인다는 것이 우리의 전통적인 풍습이고 보면 이러한 압존법은 재고할 때가 되었다고 본다.

사장 앞에서 "김부장님은 식당에 가셨습니다."처럼 부장을 높였다고 해서 사장을 얕잡아 본 것은 아니다.

이제 우리말의 대우법 체계도 우리의 전통문화와 예절을 존중하면서 상황과 현실에 맞게 고쳐 나가야 할 때가 된 것이다.

— ≪인천일보≫ 시평 2005. 7. 28.

저는 박가입니다

자신의 성(姓)을 남에게 말할 때 "저는 박씨입니다.", "저는 밀양 박씨입니다.", "저는 박가입니다."와 같은 표현을 한다. 이 세 가지 중에서 어느 것이 올바른 표현일까?

정답부터 말하면 "저는 박가입니다."라고 해야 맞는다. 실제로 입말에서는 이를 줄여서 "저는 박갑니다.", "제 성은 박갑니다."로 말하게 된다. '씨(氏)'와 '가(哥)'는 모두 성 밑에 붙어 쓰이지만 '씨'에는 높임의 뜻이 담겨 있는 반면 '가'는 예사롭게 이르거나 낮춤의 뜻을 지니고 있다.

이것은 전통적인 우리말의 예절이기도 하다. 그래서 자신을 남에게 소개할 때, 김씨, 이씨, 박씨 등으로 말하면 실례가 되며 김가, 이가, 박가라고 표현해야 한다.

반대로 다른 사람의 성을 가리켜 부르거나 직접 부를 때에는 '가'를 쓰지 않고 '씨'를 써야 상대방을 존중하는 뜻이 담기게 된다.

"그 사람은 김해 김씨야.", "이곳은 박씨가 많이 사는 마을이지."처럼 쓸 수 있다. 한편 "이놈, 김가야!"라는 말에는 가까운 친구끼리 농으로 이르는 말일 수 있지만 이때 '김가'는 '김씨'를 낮춰 부르는 뜻이 담겨 있다.

말이 나온 김에 이름을 말할 때의 예절도 하나 더 살펴보자.

우리나라는 '동방예의지국'이라 하여 예부터 예의 범절이 뚜렷했다. 특히 웃어른에 대한 언어예절은 아주 까다로울 정도로 다양하게 발달하였다.

그 중 하나가 웃어른의 이름을 함부로 부르지 않는 풍습이 있었다. 남이 자신의 아버지 이름을 물으면 "홍길동(洪吉童)입니다."라고 대답해서는 안 된다. 반드시 "무슨 자, 무슨 자' 쓰십니다."라고 해야 한다.

아버지 이름이 '홍길동'이라면 "길자, 동자입니다." 또는 "길할 길자, 아이 동자 쓰십니다."라고 대답해야 한다. 여기서 주의할 것은 성(姓)에는 '자(字)'라는 말을 붙이지 않는다는 점이다.

"저의 아버지는 홍자, 동자, 길자입니다."라고 말하면 이것도 예의에 어긋난다. 성을 붙여서 말하려면 "홍, 길자, 동자입니다."라고 하던가 "남양 홍가에 길자, 동자입니다." 또는 "남양 홍가에 길할 길(吉)자 아이 동(童)자 쓰십니다."라고 대답해야 예절에 맞는다.

이러한 예절이 잘못 전해져서인지 요즘엔 자신의 이름을 말하거나 소개할 때에도 '무슨 자, 무슨 자입니다.'라고 하는 사람이 있다. 이거야말로 자신을 높이는 일이므로 상대방에게 크게 실례가 되는 것이다.

동기간과 그 배우자의 부름말

　우리 민족의 큰 명절, 설이 다가온다. 명절 때는 친척이나 외척까지도 모일 수 있고 동기간과 그 배우자, 조카 등 많은 사람들이 모이게 되며, 항렬에 따라 부르는 호칭(부름말)이 다양하여 헷갈리는 경우가 있다.

　여기서는 동기간과 그 배우자의 부름말에 대하여 알아보고자 한다. 먼저 여자의 경우, 남편의 동기와 그 배우자의 부름말에 대하여 살펴본다.

　남편의 형은 '아주버님'이라고 부른다. 이 호칭에 대해서는 전국적으로 예부터 공통적으로 써 오던 말이므로 자연스럽게 쓰인다.

　그런데 시누이 남편은 어떻게 불러야 하나?

　표준안(국립국어원)에서는 '아주버님'과 '서방님'으로 정했다. '아주버님'은 현실적으로 여러 지방에서 시누이 남편을 부르는 말로 쓰이고 있고, 남편의 형을 가리키는 말과 같으므로 손위 시누이 남편으로 부르는 말로 무난하다고 보기 때문이다. 남편의 형과 시누이 남편을 높여 대접한다는 의미가 있으나 두 부름말이 구별되지 않는 단점이 있다. '서방님'은 서울 지방의 사대부 집안에서 'ㅇㅇ동 서방님, 서방님, 박 서방님'처럼 쓰이던 말인데 부름말은 간편할수록 편하므로 '서방님'으로 정한 것이다.

　시동생은 결혼하기 전에는 '도련님', 결혼 후에는 '서방님'이라 부른다. 여기서도 '서방님'이란 호칭은 손위 시누이 남편, 손아래 시누이 동생 남편의 호칭과 겹치는 불편함이 있다.

남편의 누나는 '형님'으로 부르고 남편의 여동생은 '아기씨' 또는 '아가씨'라고 부른다. 남편의 여동생은 결혼해서 시집을 가더라도 그렇게 부른다. 남편의 동생과 누이를 자녀들 편에서 부르는 말로 '삼촌', '고모'로 흔히 부르는데 이것은 간접 호칭이므로 바람직하지 않다.

언니의 남편은 '형부'라 부른다. 여기에서 본뜬 호칭으로 흔히 여동생의 남편을 '제부', 또는 '제부씨'라는 말을 쓰기도 한다. 이것은 표준어가 아니며 전통적으로 내려오는 우리말 예절에도 맞지 않는다. 여동생의 남편이 자기와 나이가 같거나 위일 때는 '서방님'으로 불러야 하며, 나이가 아래라면 'ㅇ서방'이라 부른다.

다음은 남자의 편에서 아내의 동기와 그 배우자의 부름말을 살펴본다.

전통적으로 아내의 오빠를 부르는 말은 '처남'이다. 그러나 시대가 변하여 요즘은 처가 출입도 빈번하고 아내의 동기들과 가깝게 지내는 사람들이 많다. 그래서 전통적인 호칭을 이어가면서도 서로 친숙해지다 보니 손위 처남을 '형님'이라 부르기도 한다. 이런 현실에 맞추어 표준안에서는 아내의 오빠를 부르는 말을 처남, 형님으로 정했다.

다만 아내의 오빠가 나보다 나이가 아래일 경우에는 '처남'이라고 부른다. 이런 경우엔 서로 '처남', '매부'라 부르면서 맞존대를 하는 것이 우리말 예절에 맞다. 손위 처남을 자신의 부모와 동기들에게 말할 때는 '처남', 'ㅇㅇ 외삼촌'이라 하고 자녀들은 그들이 부르는 대로 '외삼촌' 또는 '외숙부(님)'라 한다.

아내의 남동생을 부르는 말은 '처남'이라 하고 나이가 아주 어리면 이름을 직접 부를 수도 있다.

아내의 언니는 '처형'이라 부르고 여동생은 '처제'라 부른다. 처형의 남편에 대한 호칭은 손위 동서는 '형님', 나이가 적으면 '동서'라 부른다.

　아내의 여동생 곧 처제의 남편은 전통적인 부름말 '동서' 또는 'O 서방'을 쓴다. 물론 아이들에게 말할 때는 '이모부(님)'로, 남에게는 '동서' 또는 'OO 이모부'라는 가리킴말로 쓸 수 있다.

　　　　　　　　　　　　　　― ≪인천일보≫ 시평 2006. 1. 26.

사돈 사이의 부름말

남도 아니고 친척도 아니며 멀다고 생각해도 남이 아닌 관계가 사돈 사이이다. 이렇듯 서로 조심스러운 관계인 사돈을 부르는 말은 항렬, 성별, 나이에 따라 다르다.

먼저 같은 항렬에서 며느리나 사위의 부모를 부르거나 가리킬 때 밭사돈이 밭사돈을 부르는 말은 '사돈어른', 또는 '사돈'이다. 상대방이 나이가 위이면 '사돈어른' 아래일 경우는 '사돈'이라 부르고 나이가 비슷하면 그 친밀도에 다라 적절히 부르면 된다.

간접적으로 가리켜 부를 때는 대부분 손아래 사람에게 지칭하는 경우이기 때문에 손자, 손녀에게 기댄 표현을 쓸 수 있다. 사돈 쪽 사람에게는 '사돈어른', '사돈'을 적절히 사용하고 '○○ 할아버지', '○○ 외할아버지'라고 말할 수 있다.

밭사돈이 안사돈을 부르는 말은 '사부인'이다. 안사돈이 나이가 적어도 어려운 상대이므로 '사돈댁'이라 하지 않고 높여서 '사부인'이라 부른다.

안사돈이 안사돈끼리 부르는 말은 '사부인' 또는 '사돈'이라 한다. 나이가 아래이고 친밀한 사이이면 '사돈'이라 부르고 나이가 위이면 '사부인'으로 부른다.

안사돈이 밭사돈을 부를 때에는 성별이 다른 점을 감안하여 '사돈어른'으로 높여 부른다. 나이가 아래이거나 친밀한 경우에는 '밭사돈'이라고 불러도 무방하다.

사돈보다 위 항렬, 곧 며느리나 사위의 조부모는 부르는 사람과 상대의 성별에 관계없이 '사장 어른'이라 부른다. 전통적으로 '사돈'은 같은 항렬 이하를, '사장'은 위 항렬을 가리킬 때 쓰는 말이다.

여자와 남자를 구분하여 할머니를 부르는 말로 '안사장 어른'이라 할 수도 있다.

사돈 관계에서 아래 항렬은 말하는 사람과 성별과는 관계없이 상대방의 성별에 따라 부름말이 달라진다. 아래 항렬의 남자를 부르는 말은 나이와 상황에 따라 '사돈', '사돈도령', '사돈총각' 등을 적절히 부를 수 있다. 상대방이 항렬이 낮더라도 나이가 더 많거나 이름을 부르기가 어려운 경우이면 '사돈'으로 예우하여 높여 부르는 것이 우리의 전통 예절이다.

영부인과 사모님

일반적으로 '영부인(令夫人)'이라고 하면 많은 사람들이 대통령의 부인을 높여 일컫는 말로 오해를 하는 듯하다.

그러나 '영부인(令夫人)'은 지위의 높고 낮음에 관계없이 '남의 아내를 높여 이르는 말'이다. 그러니까 대통령의 부인이건 동료 직원의 부인이건 모두 높임 호칭으로 '영부인'이라고 부를 수 있는 것이다.

그런데 언론에서조차 대통령이나 국가 원수의 부인에 한정해서 영부인이란 호칭을 쓰고 있다.

(1) 양국 정상과 <u>영부인</u>들은 각기 회담과 사적지 방문을 한 뒤 불국사에서 합류할 것으로 전해졌다.(2005. 11. 15. ㅎ신문)

(2) APEC(아시아태평양경제협력체) 정상회의 참석차 부산을 방문한 21개 회원국 정상과 <u>영부인</u>들은 자신들의 비중만큼이나 무거운 선물 보따리를 안고 귀국길에 오를 전망이다.(2005. 11. 18. 연합뉴스)

위 (1), (2)의 기사에서 '영부인'이란 낱말 앞에 대통령이란 말은 생략되었지만 각국의 '정상'이란 말이 있어서 '영부인'은 각 나라의 국가 원수의 부인임을 뜻한다. 국가 원수의 부인을 높여서 말할 때 영부인이이라고 부르는 것이 틀린 건 아니지만 이렇게 생략형의 말을 쓰면 기사를 읽는 사람들이 마치 '영부인=대통령 부인(국가 원수 부인)'으로 오해하기가 쉽다. 실제로 그렇게 오해하는 이들이 많이 있다.

> (3) 미국의 <u>영부인</u>이 게이 혼인, 배아세포 연구, 자기 남편 비판에 대해 TIME에 자신의 견해를 말하다.(2004. 9. 1. 누리집 EOL)

위 (3)에서는 부시 대통령의 부인 로라 부시를 직접 아예 '미국의 영부인'이라고 하여 독자의 판단 능력을 더욱 흐리게 한다.

굳이 대통령의 부인만을 '영부인'이라고 부르기 위해, 한자로 '領夫人'이라고 쓴다면 일부 사람들이 고개를 끄덕일는지 모르겠다. 그러나 이렇게 한자로 구별하는 방식으로 새 낱말을 만든다고 해서 제대로 통용될 지도 의문이다.

그러면 우리가 전통적으로 써 오던 '영부인'의 정체는 무엇인가?

앞에서 밝힌 대로 영부인은 남의 아내를 높여 부르는 말로 써 왔다. 자녀의 결혼식에 내외가 함께 오도록 초대하는 말로 "이번 잔치에 영부인께서도 꼭 함께 오십시오."라고 말할 수 있다.

청첩장에도 안내 말씀을 마친 맨 끝에 '동령부인(同令夫人)'이란 말을 반드시 써 넣었다. 이 말은 '존경하는 부인과 함께'라는 뜻으로, 초청장에서는 부부가 동반해서 와 줄 것을 정중히 이르는 말이다. 한자말이라 어색해서 언제부턴가 사라진 말이긴 하지만 북한에서는 아직도 이 말을 쓰는 것으로 알려져 있다.

요즘은 남의 아내, 특히 손윗사람이나 상사의 아내를 높이는 말로

'사모님(師母 –)'이란 말이 널리 쓰이고 있다.

'사모님'은 원래 스승의 부인을 높여 이르는 말인데, 확대해서 쓰이다보니 이제는 국어사전에도 남의 부인이나 윗사람의 부인을 높여 이르는 말로 인정해 놓았다. 이렇게 되고 보니 필요 이상의 의미 확대로 누구까지가 '사모님'인지 아리송할 뿐이다.

글쓴이의 생각은 '사모님'이란 말은 '스승의 부인'에게 돌려주고 이를 대신하여 '영부인'이란 말을 되살려 널리 썼으면 한다.

인사 말씀이 계시겠습니다

어떤 기념식이나 행사 의식에 참석해 보면 사회자가 하는 말 중에 간혹 어색한 말들이 있다. 예를 들면 아래와 같은 말들이다.

(1) 교육감님의 인사 말씀이 계시겠습니다.
(2) 시장님의 축사가 계시겠습니다.

위에 쓰인 말 가운데 공통점은 '말씀이 계시다'라는 지나친 존대에서 어색함을 느끼게 하는 것이다. '말씀'이라는 말은 '공자께서 말씀하셨다.'와 같이 '말하다'의 높임말로도 쓰이고 '제가 말씀드리지요.'처럼 자신을 낮출 때도 쓸 수 있다.

그러나 '말씀이 계시다'에서 '말씀'이 높임말이므로 '계시다'와 같은 '있다'의 높임말을 선택한 것은 대우법에 어긋난다. 달리 설명하면 '말씀이'라는 주어에 '계시다'라는 서술어는 서로 호응하지 못한다.

여기서는 '계시다' 대신에 '있다'를 써야 호응관계가 어색하지 않으며 (1)에서는 말하는 주체인 '교육감님'을 높이기 위해서 '있다'의 높임말로 '있으시다'를 선택할 수 있다.

그러면 위 (1)은 다음 (1)'과 같이 고쳐 쓸 수 있으며 (1)"처럼 써도 우리말답고 자연스럽다.

      (1)' 교육감님의 인사 말씀이 <u>있으시겠습니다</u>.
      (1)" 교육감님께서 인사 말씀을 하시겠습니다.

  위 (2)의 경우도 "시장님의 축사가 있으시겠습니다."로 고치거나 "시장님께서 축사를 하시겠습니다." 또는 "…… 축사를 해 주시겠습니다."로 바꾸면 자연스럽다.

      (3) 교장선생님의 훈화 말씀이 계시겠습니다.

  위 (3)은 학교에서 교내 행사나 조회 때 사회자가 가끔 쓰는 말이다. 이 경우는 비슷한 오류가 있지만 낱말이 겹치는 잘못이 하나 더 있다. '훈화 말씀'에서 '훈화(訓話)'라는 한자말 속에 이미 '말씀 화'자가 있기 때문에 겹치기 말이 된다.
  이런 것들을 바로잡고 이 말을 대우법에 맞게 다음과 고쳐 쓸 수 있다.

      (3)' 교장선생님의 훈화가 있으시겠습니다.(○)
      (3)" 교장선생님께서 훈화를 해 주시겠습니다.(◎)

  요즘은 드물지만 교사나 교수 등과 시간 약속을 하거나 여유 시간을 물을 때, "선생님, 시간이 계십니까?"라고 말하는 사람이 있다. '시간이 계시다'와 같은 표현은 자신보다 손위인 웃어른과의 대화에서도 지나친 존대로 대우법에 맞지 않아 어색하다. 여기서도 당연히 "선생님, 시간이 있으십니까?"로 말해야 올바른 표현이다.

문상에 대하여

　우리나라 사람들은 전통적으로 경조사에 큰 비중을 두며 이를 중요하게 여긴다. 특히 친척이나 친구가 상을 당했을 때에는 만사를 제쳐놓고 조문을 하는 예의를 갖추는 것이 보편적인 관습이며 의리이다.

　그런데 막상 상가에 조문을 가면 상주에게 무슨 말을 해야 할지 몰라 얼버무리는 경우가 흔하다. 문상의 예절은 젊은 세대로 갈수록 어색해하고 제대로 갖추지 못하는 추세이다. 문상의 절차는 종교나 지방의 풍습에 따라 차이는 있을 수 있지만 먼저 고인에 대한 예의를 표하고 상주에게 절을 하는 것이 통례이다.

　옛날에는 상주에게 절을 하고 위로하는 말로 "상사 말씀 무어라 여쭈오리까?", "상사 말씀이 웬 말입니까?"와 같은 딱딱한 말투를 썼다. 남편 상을 당한 사람에게는 "천붕지통(天崩之痛)이 오죽하시겠습니까?"라고 했으며, 상처(喪妻)를 당한 사람에게는 "고분지통(叩盆之痛)이 오죽하오리까?" 등의 어려운 표현을 썼다.

　그러나 요즘 이런 말을 하면 무슨 말인지 알아듣지도 못하는 사람도 많을 것이며 이런 한자말은 시대에도 어울리지 않는다.

　그저 쉬운 말로 "무어라 위로의 말씀을 드려야 할지 모르겠습니다."라고 하거나 "얼마나 마음이 아프십니까?", "얼마나 슬프십니까?", "참으로 좋은 분이었는데 ……."와 같은 위로의 말을 할 수 있을 것이다.

상가에서의 인사말은 다른 때와는 달리 목소리가 너무 크거나 분명하게 말하기보다는 뒤를 흐리게 말하는 것이 오히려 예의라고 한다. 물론 표정도 밝은 표정을 삼가고 정중해야 한다. 돌아가신 분이 장수를 누린 호상이라 해도 "참 장수하셨습니다. 호상입니다."와 같은 말은 삼가야 한다.

한편 문상객에 대한 상주의 말도 여러 가지가 있을 수 있다. 그러나 상주는 죄인이라 하여 되도록이면 말을 하지 않는 것이 예의이다. 응답을 하는 경우 옛날에는 "망극하기 그지없습니다."와 같은 말을 썼지만 요즘은 "고맙습니다.", "드릴 말씀이 없습니다.", "바쁘신 데 와 주셔서 고맙습니다." 등으로 문상을 온 사람에게 고마움을 정중히 표하면 될 것이다.

넷째 마당_ 외래어와 외국어

첫째 마디 · 외래어와 외국어 다듬기
둘째 마디 · 우리말 속의 일본말

첫째
마디

외래어와 외국어 다듬기

언론의 외래어 만들기, 이제 그만

1990년대 후반 우리나라에 세계화의 바람이 불기 시작하면서부터 외래어와 외국어의 오남용 현상이 나날이 심해지고 있다. 어느 나라말에도 외래어는 있게 마련이지만 언론에서 각종 전문용어 따위를 번역 없이 끌어들여 보급하는 바람에 우리말로 바꿔 쓸 수 있는 말들을 외래어로 정착시키는 일이 심각한 지경에 이르렀다.

우리가 일간 신문을 유심히 살펴보면 이런 현상을 쉽게 발견할 수 있다. 특히 주요 일간 신문에서 이런 사례를 찾아볼 수 있는데 우리말의 장래를 위해 이런 일을 자제해 주기를 바라는 마음에서 이 글을 쓴다.

이 글에서는 최근 수입해서 퍼뜨리기 시작하는 시사용어 '프로슈머'와 '소셜 믹스'라는 말에 대하여 살펴보고자 한다.

프로슈머

'프로슈머의 혁명', 이 말은 주요 일간지 ㄷ일보(2005. 5. 30.)의 1면을 장식한 표제인데, 이 날 같은 신문에는 이에 대한 해설 기사가 다른 면을 크게 차지하고 있었다.

우선 1면의 표제부터 살펴보면 큰 글씨 '프로슈머의 혁명'이라는 주표제 위에 좀 작은 글씨로 '소비자 <u>파워</u>가 생산 <u>패턴</u>을 바꾼다'라는 부제가 붙어 있고, 주표제 아래쪽으로 '프로슈머(prosumer)'란 글자 밑에 〈producer + consumer〉라는 영문 표기를 함으로써 독자를 위한 친절(?)을 베풀었다.

'프로슈머'란 낯선 말 이전에 위 부제에 있는 '파워'나 '패턴'이란 말도 우리말이 아니다. 여기서도 '소비자의 힘이 생산(의) 틀(유형)을 바꾼다'라고 쓰면 우리말답고 의미도 잘 통한다.

다음은 이 기사의 내용을 살펴보면서 '프로슈머'의 정체를 알아본다.

이 기사의 주요 내용은 최근 제조업체나 유통업체가 소비자의 기호와 정서 변화를 반영한 제품을 내놓지 못하면 도태될 위기감을 느낄 정도로 소비자의 영향력이 커졌다는 것이다. 요즘 소비자들은 상품을 소비하는데 그치지 않고 강한 영향력을 가해 제조업체에 "이런 제품을 만들어 달라."고 요구하는 '프로슈머'가 되어 간다는 것이다.

기사 중간 부분에는 독자들의 이해를 돕기 위해 분홍색 글상자 안에 다음과 같은 뜻풀이를 해 놓기도 하였다.

> · 프로슈머(Prosumer) : 생산자(producer)와 소비자(consumer)의 합성어로 제품 개발과 관련된 제안을 적극적으로 하는 '생산적 소비자'를 뜻함

이처럼 '프로슈머'란 공급자(producer)와 소비자(consumer)를 합성한 용어이다. 세계적 미래학자 앨빈 토플러가 그의 저서 '제3의 물결'에서 제2의 물결사회 곧 산업사회의 양 축인 공급자와 소비자 사이의 경계

가 점차 허물어지면서 소비자가 소비는 물론 제품 개발과 유통과정에도 직접 참여하는 '생산적 소비자'로 거듭난다며 만든 말이다.

그는 21세기 거대한 유통혁명의 주인공이 될 사람들은 바로 '프로슈머' 곧 '생산적 소비자'라고 말했다.

'프로슈머'의 개념은 다시 말해서 생활비를 어떻게 쓰느냐에 따라 돈을 버는 방법이 되기도 한다는 뜻이다.

보통 사람들이 돈을 버는 방법은 간단하게 두 가지로 요약될 수 있다. 하나는 지출보다 많은 수입을 가져오는 방법이고 또 다른 한 가지는 수입보다 적게 지출하는 방법이다. 하지만 누구나 쓰기는 쉽지만 벌기는 쉽지가 않다. 따라서 생겨난 개념이 누구나 가장 쉽게 할 수 있는 방법을 통하여 버는 사업 즉, 내가 쓸 것을 쓰면서도 버는 방법, 쓰면 쓸수록 더욱 더 이익이 되는 방법, 그것이 바로 현명한 소비 중에서도 가장 으뜸인 '프로슈머' 개념이다.

위 신문 기사 내용 중에도 이미 올바른 번역이 나왔지만 결국 '프로슈머'는 '생산적 소비자'로 처음부터 우리말로 바꿔 써 나가야 할 것이다.

소셜 믹스(social mix)

요즘 판교신도시에 이른바 '소셜 믹스(social mix)' 개념을 도입한 아파트 7천여 가구가 국내에서 처음으로 분양된다고 하여 입주하려는 이들의 경쟁이 치열하다고 한다.

주요 일간지 ㅈ일보(2005. 6. 8.)에 "판교 아파트 30% '소셜 믹스'로"라는 표제가 실렸다.

여기서 말하는 '소셜 믹스'란 무엇인가? 우리는 영어로 된 시사용어를 하나 더 공부해야 한다. 그래야 신문도 읽을 수 있고 방송도 들을 수 있다.

본래 '소셜 믹스(social mix)'는 다양한 연령·소득 계층을 혼합하는 '더불어 살기'의 개념이다. 다양한 연령층과 소득계층이 어울려 살도록 집을 섞어 짓거나, 단독주택과 연립주택, 아파트, 분양주택, 임대주택 등을 적절하게 혼합하는 것을 말한다.

부자는 서울 강남에 모여 살고 가난한 사람은 이른바 달동네에 모여 사는 이런 사회구조를 깨고, 부유층이나 서민층, 빈곤층이 함께 어우러져 서로를 이해하고 배려하는 마을을 조성하자는 취지가 담겨 있는 것이다.

미국·영국 등 선진국에서는 사회 통합 차원에서 이미 시행하고 있으며, 네덜란드는 사회주택과 일반주택을 섞어놓아 사회주택 정책에 성공한 사례가 있다고 한다.

그러면 꼭 '소셜 믹스'라는 말밖에는 알맞은 우리말이 없는가? 다시 한번 생각해 볼 일이다. '소셜 믹스'를 직역하면 '사회적 혼합'이다. 중학생 영어 실력으로도 번역이 가능한 말이다.

이 말에 아파트라는 말을 붙이려면 '사회 혼합형 아파트', 그런 마을을 가리켜 부른다면 '사회 혼합형 아파트촌' 또는 '사회 혼합형 주택단지' 등으로 부를 수 있을 것이다.

글쓴이가 늘 외쳐대는 말이지만 아무리 영어가 좋아도 우리는 한국인이다. 이제 신문이나 방송에서 우리말에 생소한 외국어를 섞어 씀으로 해서, 수시로 혀 꼬부라지는 소리를 내야하는 일이 없도록 독자와 시청자들의 부담을 덜어 주는 노력을 해야 할 것이다.

— 《한글 새소식》 395호, 2005. 7.

❖ **참고**

· 외래어 : 다른 나라 말이 우리나라에 들어와서 우리말로 삼아 쓰고 있
    는 낱말.
· 외국어 : 다른 나라의 말. (영어, 일본어, 프랑스어, 중국어 등)

〈보기〉 컴퓨터는 외래어이고 와이프(wife)는 외국어임.

인터넷 용어 다듬어 쓰기

　현대 사회는 컴퓨터가 급속도로 보급되고 인터넷의 활용이 일상화되다시피 하였다. 우리가 쓰는 컴퓨터나 인터넷 용어는 지금까지 외국으로부터 들어온 외국말을 그대로 써 왔다. 그런데 요즘 영어 일색인 인터넷 용어를 우리말로 바꾸고자 하는 운동이 일고 있어 우리의 관심을 끈다.

　한글학회에서 부분적으로 고쳐쓰기 시작한 이 운동이 국립국어원에서 '모두가 함께하는 우리말 다듬기'라는 누리집을 만들어 누리꾼 투표를 거쳐 우리말로 바꿔 쓰는 운동을 벌이고 있다.

　이 글에서는 다듬어진 인터넷 용어 중 네 개의 낱말을 소개하며 이런 운동이 '우리말 가꾸기'에 한몫을 해 주기를 기대한다.

홈페이지와 다운로드

　'홈페이지'는 한글학회에서 '누리집'이란 말로 바꿔 쓰고 있다. 홈페이지는 인터넷상에서 하나의 집을 꾸며 놓고 온 세상 사람들이 들락거리며 정보를 얻거나 대화를 하는 곳이다.

따라서 '누리집'은 우리 토박이말로서 홈페이지를 대신할 수 있는 아주 적당한 용어라고 생각한다.

'누리'는 ≪우리말 큰사전≫에 "① 땅 덩어리. 곧 지구의 위 ② 사람들의 삶이 이루어지고 있는 사회."로 풀이해 놓았다.

그래서 '누리집'이라고 하면 지구 위에 사는 여러 사람들이 드나들 수 있는 집이라는 뜻이니, 위 홈페이지의 의미와 일맥상통한다.

경찰은 또 김씨가 <u>음악파일</u>을 <u>내려받았</u>다고 밝힌 '소리바다' <u>홈페이지</u> 운영자 등도 조사할 예정이라고 밝혔다.(2004. 8. 19 ㄷ일보)

위 기사에서 밑줄 그은 '음악파일', '내려받다', '홈페이지'는 흔히 쓰는 컴퓨터 용어다. 그런데 그 중에서 '내려받다'는 우리가 흔히 쓰는 '다운로드'를 우리말로 바꾼 것이다. 여기서 '홈페이지'도 위에서 밝힌 대로 '누리집'으로 바꿔 쓰면 한결 우리말다운 문장이 될 것이다.

다만 앞에 있는 '음악파일'에서 '파일'이란 말도 적합한 우리말을 찾아보고 궁리해보는 것이 좋겠다. '파일'은 이보다 더 큰 덩어리인 '폴더'와 연계하여 함께 생각해 볼 문제이다.

그밖에도 누리집의 전체 짜임새를 보여주는 '사이트맵'은 '전체보기'로 바꿔 쓸 수 있으며, '포토갤러리'보다는 '사진자료실' 등 우리말로 바꿔 쓸 수 있는 용어들이 얼마든지 있다.

우리 생활의 일부가 돼버린 컴퓨터, 우리와 더 친숙해지기 위해서라도 여기에서 쓰는 말들을 외국에서 들온말을 그대로 쓸 것이 아니라 우리말로 바꿔 쓰는 노력을 해야 할 것이다.

'인터넷'과 '네티즌'

'컴퓨터'라는 말은 이미 외래어로 굳어져 있어서 바꿔 쓰기도 어렵고, 바꿔 써야 한다고 주장하는 이도 없는 듯하다.

'인터넷'이나 '웹사이트(홈페이지)'라는 말은 위에서 밝혔듯이 한글학회에서 우리말로 바꿔 쓰고 있다. 인터넷은 '누리그물'이라 하고, 홈페이지는 '누리집'이라 부른다.

그러면 '네티즌(netizen)'을 대신할 우리말은 무엇이 좋을까? 국립국어원은 이 말을 다듬은 말로 확정하기 위하여 '전자 시민', '통신족', '누리꾼', '누리잡이', '누리모람' 등을 후보로 하여 투표를 한 결과 '누리꾼'이 선정되었다고 발표했다. 이 낱말은 '홈페이지'를 '누리집'으로 부르는 것과 맥을 같이 하며 적절한 말을 뽑았다고 생각한다. '누리꾼'이란 말은 이미 방송용어에서 가끔 쓰이고 있으니 급속히 번져 나갈 기미가 보이기도 한다.

우리와는 달리 중국 사람들은 새로 들어오는 외국어를 그대로 쓰는 일이 거의 없다. '인터넷'의 '넷(net)'은 '그물'이라는 뜻이다. 그들은 이 '그물'을 살려 인터넷을 '網絡(망락)'이라 하고 웹사이트를 '網站(망참)'이라고 한다. china.com은 '中華網(중화망)'이라 하고 중국에서 가장 큰 웹사이트인 'netease.com'은 '網易(망이)'라고 한다. 인터넷상의 인력 시장을 그들은 '網上人才 市場(망상인재 시장)', 인터넷을 통해 직장을 구하는 것은 '網上求職(망상구직)'이라고 한다. 우리가 흔히 '온라인'이라고 하는 것을 '網上(망상)'이라고 하는 것이다. 프랑스도 모국어에 대한 주체 의식이 강해서 되도록이면 외래어를 만들어 쓰지 않는 나라로 손꼽힌다.

국립국어원에서는 컴퓨터 용어뿐만 아니라 흔히 쓰는 외국어나 외래어로 된 각종 관용어들을 우리말로 바꿔 나가기 위한 노력을 기울이고 있다. 위에서처럼 누리꾼(네티즌)에게 순화 대상 용어를 투표로 물어서 우리말로 바꾸는 운동을 전개하고 있는 것이다.

이렇게 다듬은 말들을 널리 알리는 뜻에서 몇 가지를 골라 소개한다.

- 리플 → 댓글
- 콘텐츠 → 꾸림정보
- 스팸메일 → 쓰레기편지
- 이모티콘 → 그림말
- 로밍 → 어울통신
- 웰빙 → 참살이
- 파이팅 → 아자
- 퀵서비스 → 늘찬배달
- 내비게이션 → 길도우미
- 슬로푸드(slow food) → 여유식

이런 일들은 어떤 학회나 기관이 주도한다 하더라도 실제로 말을 쓰는 언중이 일상생활에서 실제로 얼마나 쓰느냐에 따라 그 성패가 좌우된다. 외래어에 대신할 좋은 말을 만들었다고 해도 사람들이 사용하지 않으면 그 말은 곧 사라지고 만다.

뒤늦게나마 이미 통용되고 있는 외래어들을 우리말로 고쳐 쓰자는 운동은 우리말의 장래를 위해 아주 바람직한 일이다. 어떤 사람은 이미 쓰이고 있는 말을 번거롭게 바꿀 필요가 있느냐고 말하기도 한다. 그러나 우리말의 장래를 위해서 '누리그물', '누리꾼', '누리집' 같은 좋은 말은 살려 나가는 노력이 필요하다.

한편, 좋은 것이라고 해서 꼭 받아들여지지 않는 것이 세상의 일이다. 그래도 쓰는 사람이 자꾸 늘어나면 나중에는 이 말들이 귀와 눈에 익숙해질 것이며, 우리 모두가 이런 말을 함께 같이 쓴다면 국어사전에도 오르게 된다. 그렇게 되면 이렇게 새로 만든 좋은 낱말들이 당당한 우리말로 뿌리를 내리게 되는 것이다.

— 《한글 새소식》 391호 2005. 3.

축구 용어 '추가 시간'

요즘 독일 월드컵 축구로 지구촌이 뜨겁게 달아오르고 있다. 그런데 이번 대회의 조별리그에서는 유독 경기 끝 무렵에 승부를 결정짓는 골이 터지는 경우가 많았다. 이럴 때 방송에서는 "인저리 타임의 집중력에 따라 각 팀의 명암이 갈리고 있습니다."와 같은 표현을 한다.

축구경기에서 전후반 45분 경기가 끝날 때마다 추가로 시간을 더 주는 것을 신문이나 방송에서 흔히 '인저리 타임'이라고 부른다.

또 한때는 '루즈 타임'이란 말도 썼다. '인저리 타임(injury time)'은 손해 본 시간, '루즈 타임(lose time)'은 허비한 시간이란 뜻으로 모두 같은 용어를 다르게 부르는 것이다. 요즘은 '추가시간'이란 말을 더 많이 쓴다. 이것은 경기 중에 부상이나 선수교체 등으로 시간이 간 것을 채우기 위해서 더 주는 시간이다. 신문이나 방송에서는 이들 용어를 혼용하고 있지만 올바른 용어는 '추가 시간'이다. 중계방송 중에 영어로 자막이 나오는 것을 보면 반드시 'additional time'이라고 쓴 것을 보아도 이를 알 수 있다.

· 그리고 <u>인저리 타임</u>인 후반 47분에는 이반 카비에데스가 오른쪽에서 넘어온 크로스를 멋진 논스톱 슛으로 쐐기골을 터뜨렸

다.(2006. 6. 17. ㅈ일보)

위는 이번 월드컵 축구대회에서 에콰도르가 코스타리카를 3:0으로
이겨 16강을 결정짓는 순간의 마지막 득점 장면을 전하는 신문기사의
일부분이다. 방송의 경우도 이와 비슷하다.

> · 지난 호주와 일본의 대결에서도 후반 <u>인저리 타임</u> 때 호주의 알
> 로이지가 승부에 쐐기를 박았습니다.(2006. 6. 16. YTN)

이것은 기자가 전하는 F조 예선 경기의 보도 내용인데 여기서도 '인
저리 타임'이란 말을 쓰고 있다. 이들은 모두 '추가 시간'이란 용어로
고쳐 써야 시청자나 독자들에게 혼란을 주지 않을 것이다.

그러면 이 추가 시간은 다른 경기엔 없는데 왜 축구에만 있는 것일까?

농구나 핸드볼 경기는 경기 도중 공이 나가거나 파울로 경기가 중단
되는 경우는 시계(스톱 워치)를 멈추게 하여 규정된 시간 내에 경기를
끝내고 추가 시간을 주지 않는다. 그러나 축구는 그렇게 하지 않고
전·후반 각각 45분이 끝난 후에 허비된 시간 정도의 추가 시간을 준
다. 추가 시간은 허비된 시간이 없으면 안 줄 수도 있고 짧게는 1분에
서 길면 5분 이상을 주기도 한다.

축구에만 유독 추가 시간을 적용하는 것은 다른 경기와 달리 경기장
안에서 실제로 경기하는 도중 끊기는 시간이 너무 잦고 길기 때문이다.
실제로 전반이나 후반 45분 동안 경기장 안에서 선수들이 공을 차는
운동 시간은 보통 30분 정도밖에 되지 않는다고 한다. 나머지 15분은
공이 밖으로 나가서 드로인을 하거나 골킥, 코너킥, 반칙으로 인한 자
유축, 페널티킥, 오프사이드, 선수교체 등으로 허비된다고 볼 수 있다.

축구경기는 전후반 90분을 넓은 경기장에서 뛰는 경기이므로 선수들의 체력 소모가 아주 큰 편이다. 그런데 이런 경기 외적인 시간(out play time)을 시계를 멈춰 계산한다면 실제로 선수들이 한 경기를 뛰어야 하는 시간은 최소 120분 이상이 될 것이다. 그래서 실제로 주는 추가 시간도 경기 도중의 선수 치료나 어떤 특별한 사정으로 경기가 중단된 시간만을 계산하여 보통 5분 이내의 추가 시간을 주고 있다.

이 축구 용어를 다시 정리하면 '인저리 타임'이나 '루즈 타임'이 아니라 '추가 시간'이 바른 말이다.

— ≪인천신문≫ 우리말 칼럼 2006. 6. 21.

'악플'이라는 신조어

"인터넷 '악플' 법의 처벌 받는다"

이것은 ㄷ일보(2006. 1. 23.) 사회면의 상단 기사 표제다. '악플'이라는 큰 글자 밑에는 〈악의적 내용의 댓글〉이라고 작은 글씨로 친절한(?) 뜻풀이를 달아 놓았다.

이 기사는 1989년 평양에서 열린 '조국평화통일축제'에 대학생 신분으로 밀입국해 일반인들에게 널리 알려진 임아무개씨에 관한 것이다. 임씨는 지난해 7월 필리핀에서 어학연수 중이던 아들이 수영하다 익사했으며, 이 소식이 언론사 인터넷판을 통해 보도되자 이 기사에 누리꾼들이 수백 건의 댓글을 올렸다고 한다. 그 중 '김정일의 발가락이나 빨지 그랬어. ×××', '빨갱이×, 아들이 죽어 싸지' 따위의 악성 댓글이 많아 누리꾼 가운데 25명을 모욕과 명예 훼손 등의 혐의로 고발하여 검찰이 이들을 불구속 기소하거나 벌금형 또는 구속 영장을 청구하는 방안을 검토 중이라는 것이다.

여기서 기사 내용은 접어두고 '악플'이란 새로운 용어에 대해 생각해 보고자 한다.

같은 날 ㅅ텔레비전 방송 저녁뉴스 자막에는 '악의적 댓글 처벌'이라 하여 방송사는 '악플'이라는 이상한 말을 쓰지 않으니 다행이라 생각했다. 그런데 다음날부터 '악성 댓글 처벌'에 관한 비슷한 뉴스가 나오는데 ㅎ방송, ㅈ신문 할 것 없이 '악플'이란 어색한 말을 전국의 독자와 시청자들에게 가르치고 있지 않은가?

'악플'은 분명 인터넷 용어 '리플(reply)'을 응용해 만든 신조어일 것이다. 한자말 '악성(惡性)'의 '악'에 '리플'의 '플'을 결합시킨 것이다.

'리플'은 인터넷의 통신 공간에서 게시판에 올라 있는 글에 대해 덧붙이거나, 대답하거나, 비판하는 등의 짤막한 글을 가리켜 쓰는 말이다. 이 말은 영어 '리플라이(reply)'를 줄여 이르는 말이어서 그 뜻이 잘 와 닿지도 않는다.

국립국어원이 누리꾼 투표를 통한 '우리말 다듬기'를 시작하면서 제일 처음으로 다듬은 말이 '리플'이었다.

2004년 7월에 시작한 '우리말 다듬기'에는 처음 386명이 누리꾼 투표에 참가하여 후보로 올라온 '답글', '댓글', '덧글', '리플(바꾸지 않음)' 등을 놓고 투표를 실시한 결과 '댓글'이 190표(49%)를 얻어 '리플'의 다듬은 말로 선정되었다. 우리나라 인터넷 사용자수의 일부라 할 수 있는 소수의 사람들이 결정한 '댓글'이란 말이 퍼져 지금은 오히려 '리플'보다 '댓글'이 더 자연스럽게 널리 쓰이고 있다.

그 후에 다듬은 말들이 많이 있는데 우리가 살려 널리 쓰면 우리말로 자리 잡을 수 있는 좋은 말들이다.

이런 들온말이나 외국말을 우리말로 옮겼을 때 그 뜻이나 느낌이 딱 들어맞을 수는 없다. 예를 들어 '웰빙'을 쓸 자리에 '참살이'라는 말을 쓰면 말이 잘 통할 수도 있지만 그렇지 않을 수도 있다. 그러나 우리가 이렇게 다듬어 쓰는 노력을 하지 않고 외래어를 자꾸 생산해 쓰다 보면 우리말에서 차지하는 외래어의 비율이 현 10% 정도에서 20, 30% 자꾸 늘어나게 된다. 그러면 결국 먼 훗날 우리말은 잡탕말이 되고 말 것이다.

이렇게 무분별하게 쓰이는 외국어나 우리말답지 못한 말들을 곱게 다듬어 쓰자고 노력하는 마당에 언론이 앞장서서 '악플'이라는 악성 신조어를 만들어 쓰고 있으니 안타깝기 그지없는 일이다.

'악플'을 우리말답게 고치면 '악성 댓글'이라 할 수 있다. 한 음절을 더 줄이면 '악댓글'이 된다. '악플'이란 신조어가 더 퍼지기 전에 더 좋은 우리말이 있으면 빨리 바꿔 써야 할 말이다.

더욱 웃지 못할 일은 글쓴이가 앞에 처음으로 '악플'을 소개한 ㄷ일보는 국립국어원과 '우리말 다듬기'운동을 공동으로 벌이고 있는 언론사다.

요즘 우리나라 신문은 한쪽에서는 우리말 바로 쓰기 운동을 하면서 실제로는 우리말을 오염시키는 사례가 허다하다. 우리말 가꾸기에 언론이 좀더 노력해 주기 바란다.

— 《인천일보》 시평 2006. 3. 1.

'피' 주고 샀어요

아래 문장은 가정주부끼리 주고받는 이야기를 들은 내용이다.

"이번에 아파트 얼마에 샀어요?"
"추첨에 떨어져서 '피'주고 샀어요."

이렇게 대화가 진행된다. 요즘 이 정도의 대화는 알아듣고 통해야 현대인이다. '피'를 주고 사다니! 자신 몸의 피를 팔아 아파트를 사지는 않았을 터이고, 한 사람 몸의 피를 모두 빼서 팔아도 집을 살 정도의 돈이 될 수도 없을 것이다.

한때 인천에서는 송도 신도시 아파트가 인기를 끈 적이 있다. 정상적으로 분양을 받아 아파트를 사지 못하면 이미 분양 받은 아파트 값에 웃돈을 얹어주고 분양권을 산다. 사람들은 앞으로 집값이 오를 것을 예상해서 입주해 살지도 않으면서 투기 방법으로 무조건 아파트 입주 응모에 돈을 걸어 놓고 본다. 이렇게 해서 당첨되지 못한 사람 중에 꼭 그곳으로 이사해 살고 싶은 사람은 웃돈을 주고서라도 입주권을 사는 것이다. 이때 주는 웃돈을 흔히 '프리미엄(premium)'이라 한다. 보통 프리미엄이란 말로 통하더니 요즘은 이 말을 아주 짧게 줄여서 '피(P)'라고 말한다.

'홈페이지'를 줄여서 '홈피'라고 말하더니, 이제는 '프리미엄'이란 말이 줄어서 '피'가 되었다. 지나가다 이런 말을 들으면 이른바 '고스톱'이란 화투놀이에서 쓰는 '피'를 연상하기도 한다.

영어 'premium'의 뜻은 상(賞), 상금, 상품, 특별 상여금, 장려금, 할증금, 보험료, 수수료, 이자, 사례금, 수업료 등이다. 그리고 경제 용어로 초과 구매력, 증권의 액면 초과액의 뜻이 있으며, 앞에 예로 든 거래상의 '웃돈'이 흔히 부동산 거래에서 쓰이는 '프리미엄'에 해당한다.

(1) 분양권 <u>프리미엄</u>만 6천만 원, 너도나도 한 탕 노려 현장으로
　　　　　　　　　　　　　　　　　　　　(2003. 11. 8. ㄷ일보 종합)
(2) 평당 7백만 원에 분양받아 6개월 만에 1억 원의 <u>웃돈</u>을 받고 분양권을 넘겼다.
(3) 사흘 만에 분양권 <u>프리미엄</u>은 6천만 원까지 붙었다.

위 (1)은 ㄷ일보가 '신도시 이번엔 제대로 만들자'란 특별 기획으로 5회 연재한 글 중 마지막 회로 '투기 청정 지역 조성하자'의 소제목이다. 그리고 (2), (3)은 기사 내용 가운데서 일부를 뽑은 글인데 (2)에서는 '웃돈'이란 말을 썼고, (3)에서는 같은 의미의 말로 '프리미엄'을 썼다.

최근까지 부동산 거래 용어로 일반인이나 언론에서 '프리미엄'이란 말을 써 왔으며 '웃돈'이란 말은 쓰지 않았다. 그러나 최근 들어 텔레비전 방송 뉴스에서도 '프리미엄' 대신에 '웃돈'이란 말을 쓰는 것을 들은 적이 있다. 아마도 요즘 방송이나 신문사들이 외래어 대신 토박이말을 쓰자는 운동이 펼쳐지고 있는 것이 아닌가 하는 기대도 해 본다.

이처럼 '본래의 값에 덧붙이는 돈'을 '웃돈'이라 하는데 이와 비슷한

토박이말로 '덧두리'란 말이 있다. '덧두리'란 정해 놓은 값에 더 보탠 값을 뜻하며, 싼 값에 사서 비싼 값으로 팔 때의 차액을 가리키기도 한다. '웃돈'과 함께 '프리미엄'이란 말과 바꿔 쓸 수 있는 훌륭한 토박이 말이다. '덧두리'는 아래 (4), (5)와 같이 쓸 수 있다.

(4) 요즘은 물건이 달려서 덧두리를 주고도 사기가 힘듭니다.
(5) 이곳은 투기꾼들이 덧두리를 치는 일이 없어서 집값이 안정되었다.

이제 '프리미엄'이나 '피'라는 말 대신 '웃돈'이나 '덧두리'란 말로 우리말을 우리말답게 가꾸어 갔으면 한다.

퀵 서비스

    요즘 멀리 떨어져 있는 사람에게 물건을 부칠 때 '택배(宅配)'나 '퀵 서비스'라는 것을 이용한다. '택배'는 일본식 한자말이라 하더라도 그리 큰 거부감 없이 쓰인다.

    그러나 '퀵 서비스(quick service)'는 제대로 된 영어도 아닌 것이 우리나라에 들어와 통용되고 있다. 이 말은 '오토바이와 같은 기동성 있는 교통수단을 이용하여 짐이나 서류 따위를 사람들이 원하는 장소에 빠르게 배달해 주는 서비스'를 뜻한다. 누군가가 신속한 배달을 위해 하나의 작은 기업으로 창업을 하여 시작된 새로운 서비스 업종이다.

    '퀵 서비스(quick service)'란 말은 실제로 영어를 쓰는 나라에서는 '빠른 배달'이란 뜻이 아니라 '신속한 봉사'라는 의미로 쓰인다고 한다. 예를 들어 구청이나 동사무소 같은 데서 민원 업무를 신속하게 처리해 줄 때 쓰일 수 있는 말이 우리나라에서는 신속 배달 또는 신속 배달 업체의 이름으로 둔갑한 것이다. 영어권에서 쓰는 '빠른 배달'의 뜻으로는 'quick delivery'나 'express (special) delivery'라는 표현이 쓰인다고 한다.

    이런 말을 다듬기 위해 국립국어원에서는 지난 7월부터 '우리말 다듬기'라는 사이트를 통해 우리말 순화 작업을 하고 있다. 매주 외래어

한 단어씩을 골라 1주일 동안 누리꾼(네티즌)들로부터 이 말을 대신할 우리말을 제안 받고, 그 중 몇 개를 골라 연구원 측에서 제시한 단어들과 함께 다시 1주일간 누리꾼 투표에 부쳐 다듬은 용어로 선정하고 이를 널리 쓰도록 권장하고 있는 것이다.

이렇게 '빠른 배달'을 뜻하는 외국어 '퀵 서비스'를 대신할 우리말로는 '늘찬배달'이 선정되었다고 한다. 이를 제안한 임영길 님은 형용사 '늘차다'에 착안했다. '늘차다'라는 말은 잘 쓰이지는 않지만 '능란하고 재빠르다'는 뜻으로 사전에 올려져 있는 말이다. 그러니까 '늘찬배달'이라면 '능란하고 빠른 배달'이란 뜻을 지니게 된다. 우리가 늘 쓰는 '빠르다'를 이용한 '빠른 배달'보다 익숙하지 않아 두루 쓰일지는 의문이지만 우리말답고 뜻도 일치한다.

국립국어원은 누리꾼들이 제안한 472건 가운데 '번개배송', '바로배달', '쾌속배달', '휙배달', '늘찬배달' 등을 후보로 하여 투표를 실시한 결과 '늘찬배달'이 뽑혔다고 발표했다.

한편 우리말 다듬기의 방법으로 누리꾼 투표를 이용하는데 대한 우려와 비판도 만만치 않다. 대중에게 인기 있는 단어라고 해서 우리말을 올바로 지켜 나가기에 적합하다고 할 수 있느냐 하는 문제를 제기하기도 한다. 그러나 여기에서 선정된 말이 바로 국어사전에 오르는 것도 아니기 때문에 미리부터 염려할 일은 아니라고 본다. '갓길'이나 '나들목' 같은 새로 만든 토박이말이 외래어를 제치고 우리말로 자리 잡아가고 있다.

이런 일들은 어떤 학회나 기관이 주도한다 하더라도 실제로 말을 쓰는 언중이 일상생활에서 실제로 얼마나 쓰느냐에 그 성패가 달려 있다. 뒤늦게나마 이미 통용되고 있는 외래어나 외국어를 우리말로 고쳐 쓰자는 운동은 우리말의 장래를 위해 아주 바람직한 일이다.

좋은 말이라고 해서 모든 사람들이 받아들여 다 쓰도록 한다는 것이 쉬운 일은 아니다. 그래도 쓰는 사람이 자꾸 늘어나면 나중에는 이 말들이 귀와 눈에 익숙해질 것이며, 우리 모두가 이런 말을 함께 같이 쓴다면 국어사전에도 오르게 된다. 그렇게 되면 이렇게 새로 만든 좋은 낱말들이 당당한 우리말로 뿌리를 내리게 되는 것이다.

— ≪인천일보≫ 시평 2004. 12. 15.

'모기지론'은 무슨 이론?

'모기지론'이란 말을 처음 대하면 모기에 관한 무슨 생물학적 이론인가 할 정도로 이상한 느낌이 드는 경제 용어다. '모기지론'은 부동산을 담보로 주택저당증권(MBS : Mortgage Backed Securities)을 발행하여 장기주택자금을 대출해 주는 제도이다.

주택자금이 필요한 사람이 은행을 비롯한 금융기관에서 장기저리자금을 빌리면 은행은 주택을 담보로 주택저당증권을 발행한다. 그리고 이 증권을 중개기관에 팔아 대출자금을 회수하는 제도이다. 중개기관은 주택저당증권을 다시 투자자에게 팔아서 그 대금을 금융기관에 지급하게 된다.

이 대출의 특징은 일반 대출이 만기가 될 때까지 자금이 묶이는 것과는 달리 은행은 대출할 때 취득한 저당권을 담보로 하는 증권을 발행·유통시켜 또 다른 대출자금을 마련할 수 있다는 것이다. 보통 주택구입자금대출과 주택 담보대출 두 종류가 있다.

이와 같이 '모기지론(mortgage loan)'은 한 마디로 '장기 주택 담보대출'을 뜻하는 말인데 대부분의 신문에서는 '모기지론'이란 영어를 그대로 쓰고 있다.

2006 세제 개편안 – 집 있으면 <u>모기지론</u> 소득공제 안 돼

(2005. 8. 27. ㅈ일보)

위는 ㅈ일보의 경제면 머릿기사의 제목이다. '모기지론'이란 큰 글씨 밑에는 〈mortgage loan〉이라고 작은 글씨로 로마자 표기를 해 놓았다. 이 '모기지론'에 관련된 기사의 주된 내용은 다음과 같다.

　　올 연말까지는 무주택이나 1주택 근로자가 15년 이상 <u>모기지론(장기주택저당대출)</u>을 받아 집을 살 경우, 이자상환액에 대해 연간 1천만 원까지 소득공제를 해줬다. 하지만 내년부터는 1주택자는 소득공제를 받을 수 없고, 무주택자도 공시가액이 2억 원 이하인 주택을 취득하는 경우에만 소득공제를 해준다. 따라서 <u>모기지론</u>으로 2억 원이상인 주택을 살 경우, 세제혜택을 받으려면 올해 안에 대출을 받아야 한다.

위 기사에서 밑줄 친 부분처럼 '모기지론'을 쓰고 괄호 속에 '장기 주택 저당대출'이란 말을 쓸 것이 아니라, 아예 '모기지론'이란 영어를 쓰지 않고 '장기 주택 저당대출'이란 말을 그냥 쓰면 읽는 이들의 이해가 빠를 것이다.

영어 '모기지(mortgage)'는 저당, 저당권, 저당잡히다, 덤비다, 헌신하다 등의 뜻을 가지고 있다. '론(loan)'은 '대부(貸付), 대출'이라는 뜻이니까 '저당 대출'이라는 말을 가지고 상황에 따라 말을 보태거나 바꿔 쓰면 된다.

집을 담보로 하여 대출을 받는다면 위에 나온 대로 '주택 저당대출' 또는 주택 담보대출, 토지도 가능한지 모르지만 토지를 잡혔다면 '토지 담보대출' 등으로 쓸 수 있다. 또 대출 기간에 따라 그 앞에 '장기, 단기'

란 말을 붙여 쓰면 될 것이다.

영어 'mortgage'의 말밑은 '약속'의 뜻도 있지만 죽음(mort)이란 뜻도 지니고 있다. 더구나 발음이 '모기지'라서 '모기지론'이라고 하면 기분 나쁜 곤충 '모기'를 연상하기도 한다.

이 말이 아무래도 금융 용어로 적당하지 못함을 깨달았는지 한국주택금융공사가 '모기지론'을 대체할 우리말 용어를 공모한다고 했다. 장기 주택 담보대출이라는 이름만으로는 대출 상품의 성격을 쉽게 알 수 없다는 판단에 따른 것이라고 한다. 최근 한국주택금융공사 누리집에 들어가 봤더니 '모기지론'이 '보금자리론'으로 바뀌었다고 나와 있었다. 기왕이면 '론(loan)'까지 바꾸어서 '보금자리대출'로 했으면 더 우리말답지 않을까 생각해 보았다. 뒤늦게나마 우리말로 바꿔 쓰려는 의도는 바람직한 일이다.

'핸드폰'과 '백미러'

    우리가 무심코 쓰는 말 가운데 '핸드폰', '백미러'와 같은 이상한 영어가 있다. 이들은 우리말도 아니면서 영어권 나라에서 제대로 쓰이는 영어도 아니다. 이것은 우리나라에서 영어 단어로 지어낸 한국식 영어이며, 시쳇말로 '콩글리시'라 할 수 있다.

    '핸드폰'은 우리나라에 빠른 속도로 파급된 이동 통신 전화기를 누군가가 이렇게 부르기 시작하여 이것이 전화기의 이름으로 널리 퍼졌고 무심코 쓰이게 된 것으로 보인다. 이것은 '핸드 텔레폰(hand telephone)'을 줄여서 '핸드폰'이라고 만든 말일 것이다. 그러나 영한사전이나 영어사전에 'handphone'이란 단어는 없다. 영어를 쓰는 나라 사람들은 이 전화기를 '모바일 텔레폰(mobile telephone)', 또는 '세룰러폰(cellular phone)'이라고 한다. 이들을 줄여서 흔히 '모바일폰', '셀폰'이라고 부른다.

    그러면 우리는 이 전화기의 이름을 뭐라고 불러야 좋을까?

    지금 통용되는 말로는 '핸드폰' 말고도 '휴대폰', '휴대전화', '이동전화', '손전화' 등이 있다. 뒤에 있는 '이동전화', '손전화'라는 말은 거의 쓰이지 않는다.

    이상보 님은 '손전화'라는 말을 널리 쓰도록 하자고 제안한 적이 있다. (한글 새소식 제341호) 글쓴이의 생각도 '손전화(기)'라는 말이 가장 적합하다고 생각한다. 손에 들고 다니면서 수시로 쓸 수 있는 전화기이니까 '손전화'이다. 이 말은 한국사람이 만든 영어 '핸드폰'과 일치하는 말이다.

'핸드폰'은 말이 안 되지만 '손전화'는 우리말로서 손색이 없으니 우리가 부려쓰고자 하는 의지만 있다면 이동식 전화기의 이름으로 뿌리내릴 수 있을 것이다. '휴대전화'라는 말보다 음절이나 글자수도 하나 더 적으니 부르기도 편리하다.

그러면 '백미러(back mirror)'라는 말은 어떠한가?

이 말도 영미권에서 쓰이지 않는 한국식 영어다. '백미러'란 자동차의 운전석에서 뒤에 오는 차량이나 물체를 운전자가 알아보기 위해 자동차나 자전거 따위에 붙인 거울이다. 영어권의 나라에서 쓰는 제대로 된 명칭은 '리어뷰 미러(a rearview mirror)', 또는 간단히 '리어 미러(a rear mirror)'라고 부른다. '백미러'는 사용 빈도가 하도 높으니까 ≪표준국어대사전≫에도 올라 있으며 '뒷거울'로 다듬어 쓰도록 권장하고 있다. 북한에서는 한자말로 '후사경(後寫鏡)'이라는 말을 쓴다.

그밖에 '헬스클럽(health club)', '컨닝(cunning)' 따위도 우리가 만든 한국식 영어다. 여기서도 '헬스클럽'은 '피트니스 클럽(fitness club), 시험 중 부정행위를 뜻하는 '컨닝'은 '치팅(cheating)'이라고 해야 올바른 영어다. '컨닝'은 '교활함, 약삭빠름'이란 뜻을 나타내는 명사나 형용사로 쓰이니, '부정 행위'란 말로 대치될 수 없다.

글이 영어 공부시간처럼 돼 버렸지만 이런 잘못된 말들을 바로 쓰자는 뜻으로 내친 김에 우리나라말에 섞여 있는 잘못된 영어 낱말들까지 살펴보게 되었다.

결국 글쓴이는 위에 언급한 '핸드폰'은 '손전화'로, '백미러'는 '뒷거울'로 우리말답게 고쳐 쓰기를 권하는 것이다.

노하우

'노하우'라는 말은 언론이나 일상생활에서도 그 쓰임의 빈도가 꽤 높은 외래어다. 그러나 이 말이 영어의 'no how'에서 온 말이라고 잘못 알고 있는 사람도 있고 그 쓰임새에 있어서도 지나치게 확대해 쓰고 있어서 의미의 혼란을 일으키기도 한다.

'노하우'는 영어 'know-how'가 외래어로 자리 잡은 것이다. 제대로 된 발음을 우리말로 옮긴다면 '노우하우'라고 해야 한다. 그러나 외래어 표기법에 따라 '노하우'라고 표기한다. 일부 사람들이 'no how'라고 생각하는 것도 이 표기와 무관치 않을 것이다.

'노하우'란 특허하지 아니한 기술로서 기술 경쟁의 유력한 수단이 될 수 있는 정보나 경험 따위의 비밀 기술 정보를 가리킨다. 특허권과 달리 공시(公示)되는 것이 아니라 개별 계약에 의하여 양도되거나 실시 허락이 이루어진다. 기술 정보를 전수한 대가로 받는 돈도 노하우라 한다.

'know-how'는 '어떻게 하는 지를 안다'는 아주 간단한 말이 'kno-whow'로 굳어지면서 단순한 기술(technique)이나 숙련(skill)보다는 우주공학 따위의 고도의 기술(high technology)을 의미하고, 최근에 와서야 '자신들만이 알고 있는 축적된 사업 기술 또는 정보(business knowhow)와 같은 확대된 의미로 쓰이기 시작했다.

그러나 우리나라에서는 기술, 손재주뿐만 아니라 심지어 떡이나 밥을 잘하는 솜씨, 라면 끓이는 요령까지도 '노하우'가 되어버렸다.

영한사전에는 '실제적[전문적] 지식, 기술 정보, 노하우; (제조) 기술; 요령(skill): 우주 여행의 기술' 정도로 나와 있다.

실제로 우리 생활 언어에서는 '노하우'란 말이 의미가 확대되어 다양하게 쓰이고 있다.

(1) 우리 회사가 그동안 쌓아온 <u>노하우</u>를 최대한 발휘하겠습니다.
(2) 로또 당첨 <u>노하우</u> 좀 알려주세요.
(3) 자신만의 피부 관리 <u>노하우</u>가 있나요?
(4) 자신만의 영어 단어 외우는 <u>노하우</u>가 있습니까?

위 (1)의 '노하우'는 실제 의미에 가깝게 적절히 쓰였다. 그러나 이 말도 표현하고자 하는 의도에 따라 '기술', '실력' 등으로 다듬어 쓸 수 있다.

(2), (3), (4)의 '노하우'는 인터넷상에 나타난 말들인데 '노하우'에 본디 뜻이 더 확대되어 쓰인 말들이다. 이들은 '비법'이나 비결, '방법', '요령' 등으로 바꿔 쓸 수 있는 말들이다.

≪표준국어대사전≫에서는 '노하우'를 기술, 비법, 비결로 다듬어 쓸 것을 권하고 있다.

슈퍼마켓과 마트

70년대 이후 '슈퍼마켓(supermarket)'이라는 이름을 단 새로운 형태의 가게가 우리나라에 생기기 시작했다. 이와 함께 백화점이나 대형 할인마트라는 이름에 눌려 전통 재래시장이 문을 닫아야 할 정도로 썰렁해져 장사가 안 된다고 한다.

'슈퍼마켓'은 이제 잡화점식 구멍가게가 되어 동네 아이들의 코 묻은 돈부터 저녁거리를 준비하는 주부들의 두부 한 모, 콩나물 한 봉지에 이르기까지 생활필수품의 상거래 거점이 되었다. 요즘은 집단 주거지역을 중심으로 하는 대형 마트와 주요 상권마다 편의점 연쇄고리를 형성하며 생필품 구매와 유통의 동맥과 실핏줄 역할을 하고 있다.

원래 '슈퍼마켓'은 식료품, 일용 잡화, 의료품 따위의 가정용품을 갖추어 놓고 대량으로 싸게 팔며 현금 판매를 원칙으로 하는 큰 소매점이다. 대량으로 물건을 사들여서 싼값으로 팔며, 물건을 살 사람이 직접 물건을 고르고 물건 값은 계산대에서 치르게 되어 있다.

이 말의 외래어 표기는 '슈퍼마켓'이 맞지만 '수퍼마켓'으로 쓰기도 하고 이를 줄여서 실제 가게나 시장을 뜻하는 '마켓'은 뚝 떼어버리고 '○○슈퍼' 또는 '○○수퍼'라고 간판 이름을 붙이기도 한다. 더 웃기는 것은 할인도 거의 해 주지 않는 구멍가게 수준의 점포 이름은 '미니슈 퍼'이다. 결국 이를 우리말로 옮기면 '아주 작은 대형(大形)'이라고나 할까? 그야말로 우스운 말이 될 수밖에 없다.

그럼 '마트(mart)'라는 말은 어떤가?

'마트'는 원래 '매매'를 뜻하는 말이었다가 '정기시(定期市, fair)'로 변했고 이것도 다시 옛말[古語]이 되어버렸으며, 이제는 영한사전에 '시장 (market), 거래장, 상업 중심지, 무역센터, 경매실(auction room)' 등으로 번역된다.

그런데 '마트'가 미국에서 우리나라로 들어오면서 이제는 '슈퍼마켓'을 능가하는 '초대형 할인 매장'을 의미하게 되었다. 그 규모도 백화점 못지않지만 스스로 장바구니에 담고 계산하는 매매 방식과 할인 점포라는 점만 다를 뿐이다. 최근 몇 년 사이 무슨 무슨 '마트'라 불리는 대형 할인 매장들이 부쩍 늘어났다. 이마트, 마그넷, 월마트, 까르푸 등등. '홈플러스', '킴스클럽' 따위도 이런 부류의 상점에 속한다.

'마트'라는 이름을 붙인 할인 대형가게가 인기를 끌면서 '슈퍼마켓' 종류의 가게들도 이름을 '○○마트'로 고쳐 부르기 시작했다. 장사란 참 무서운 것이다. 우선 돈을 벌어야 하니까.

재래시장이나 소규모의 가게에서 물건을 즐겨 사던 우리들에게 이런 '마트'의 등장은 쾌적한 장보기와 아울러 각종 편의시설과 편리성 등이 어우러져 시장 문화를 바꾸는데 많은 영향을 끼쳤다. 이런 '마트'가 매력 있는 장보기 문화를 형성하면서 호황을 누리는 반면, 우리의 향수를 자아내는 재래시장은 쇠퇴의 길을 걷고 있는 실정이 한편 안타깝기도 하다.

'슈퍼마켓'이건 '마트'건 우리말을 가꾸는 처지에선 이들을 우리말로 옮기면 '대형 할인 판매점(편의점)' 정도가 될 터인데 가게 간판을 '○○ 대형 할인 편의점'이라고 갈아붙이면 당장 매상이 떨어진다고 할 것이니 누가 그런 이름을 쓰겠는가? 하긴 '○○ 24시 편의점'이란 간판도 간혹 눈에 띄긴 하지만 이것은 '슈퍼마켓' 규모의 가게이다.

우리말을 사랑하는 이들이 우리말답고 물건도 잘 팔릴 수 있는 좋은 이름을 지어 보급했으면 하는 바람이다. '참살이(웰빙)', '누리집(홈페이지)', '나들목(인터체인지)' 같은 말처럼……

스토리텔링(storytelling)

· 시는 이들 <u>스토리텔링</u> 사업 대상들을 <u>패키지</u>로 묶어 <u>팸투어</u> <u>시</u>
<u>티투어</u> 등 관광<u>이벤트</u> 및 수학여행 <u>코스</u> 상품으로 개발할 계획
이다. (2005. 4. 21. ㅈ일보)

위 문장은 '제물포구락부 · 영화학교 등 근현대 역사문화자원 <u>스토리</u>
<u>텔링</u> 관광 상품화'(밑줄 부분은 큰 글씨)라는 지방 신문 표제의 기사 내용
중 일부를 따온 것이다. 기사 내용에서 밑줄 친 부분은 모두 외래어로
되어 있다.

이런 외래어 투성이의 글이 신문 대부분을 장식하는 것이 요즘의 현
실이다. 기사를 쓰는 기자들의 취향인지, 외래어나 외국어로 써야 독자
들의 이해가 빠른지 아니면 이렇게 써야 지구촌(글로벌) 시대에 걸맞는
글이 되는지 알 수 없는 일이다. 영어로 된 말을 섞어 쓴다고 해서 외국
인이 이 신문 기사를 잘 이해할 리도 만무한데 말이다.

이 기사의 대체적인 내용은 인천시가 시내의 근현대 건축물 등 역
사 · 문화적 자원들을 역사적 사실과 뒷이야기, 인물 일대기 따위와 같
은 이야기를 덧붙여서 체험형 문화 · 관광사업으로 개발한다는 것이다.

'스토리텔링(storytelling)'은 본래 문학 용어로 쓰이던 말인데 교육학

용어로 확대되더니 요즘은 '스토리텔링 마케팅'이라는 신조어가 생기면서 경제 용어로까지 확대 조짐을 보이고 있다.

'스토리텔링'은 말 그대로 이야기를 들려주는 것이다. 교육 현장에서는 초등학교나 유치원 어린이들에게 '이야기 들려주기', '구연동화' 등의 형태로 수업에 적용된다.

위 신문에 사용된 '스토리텔링'은 '스토리텔링 마케팅'에 해당되는데, 상품을 시장에 알리기 위한 방법으로 상품이 소비자와 어떠한 연관을 가질 수 있는가, 어떻게 하면 인상 깊게 소비자에게 다가갈 수 있는가에 집중하는 것이 '스토리텔링 마케팅'이라고 간단히 말할 수 있다.

텔레비전 광고에서 이야기가 있는 광고가 유행하고 있는데 이것도 '스토리텔링 마케팅'의 일종이다.

그러면 이 기사의 제목이나 기사 내용에서 '스토리텔링'이란 말을 우리말로 어떻게 바꾸어야 좋을까? 모든 외래어가 다 그렇듯이 우리말로 옮겨서 그 의미가 정확히 일치하며 문맥이 통하도록 하기가 그리 쉽지 않다. 그러나 처음부터 해당 용어를 우리말로 채택해서 써서 모든 사람들이 바르게 인식하면 되는 것이다.

기사 표제부터 고쳐보면 '제물포구락부·영화학교 등 근현대 역사문화자원 <u>스토리텔링</u> 관광 상품화'는 외래어 '스토리텔링'을 '이야기형(型)'으로 바꾸어 '제물포구락부·영화학교 등 근현대 역사문화자원 <u>의야기형</u> 관광 상품화'로 쓸 수 있을 것이다.

표제에 나온 '스토리텔링' 말고도 기사 내용에 패키지, 팸투어, 시티투어, 이벤트, 코스 따위의 외래어가 많이 나오는데, 그 중 '팸투어'의 '팸'은 최근 유행되는 신생 외래어다.(엄밀히 말하면 외국어임)

'팸(fam)'은 패밀리(family)를 줄여 쓴 것으로 인터넷 가족이라는 뜻이다. 인터넷 게임상에서 자주 만나거나 채팅에서 자주 만나는 사람을

'팸'이라 부른다. 또는 누리그물 카페나 누리집(홈페이지) 단체를 일컫기도 한다. 그러니까 이 기사문에서 '팸투어'라 하면 '가족여행' 정도로 바꿔 쓸 수 있다.

위 기사 내용을 우리말답게 한 번 고쳐 보기로 한다.

· 시는 이들 이야기형 사업 대상들을 관광상품으로 묶어 (인터넷) 가족여행, 시내관광 등 관광 행사 및 수학여행 상품으로 개발할 계획이다.

의미 전달에 무리가 없다면 구태여 외래어나 외국어를 섞어서 기사를 써야 할 이유가 없다. 외래어의 남용은 우리말 발전에 걸림돌일 뿐, 그렇다고 영어공부에 도움이 되는 일도 아니다. 아름다운 꽃밭 속의 잡초라고나 할까?

업그레이드

　'업그레이드(upgrade)'란 말이 우리나라에 외래어로 쓰이기 시작한 것은 컴퓨터 용어에서 출발하였다.

　컴퓨터에 내장된 하드웨어나 소프트웨어의 성능을 기존 제품보다 한 단계 높여 더 좋은 것으로 바꾸는 작업을 '업그레이드'라 한다.

　하드웨어의 경우는 중앙 처리 장치(CPU)를 새로운 것으로 교체하거나 주기억장치의 메모리를 증설하고 하드디스크의 크기를 늘리는 등 새로운 기종에 가까운 성능을 갖추는 것을 뜻하며, 소프트웨어의 경우는 향상된 기능을 가진 새 판(버전)으로 교체하는 것을 가리킨다.

　이렇게 쓰이던 '업그레이드'라는 말이 이제는 그 쓰임이 확대되어 정치, 경제, 사회, 교육 등 각 분야에서 이전의 상태보다 향상되거나, 발전·개선·고급화하는 등의 의미로 두루 쓰이고 있다.

　'업그레이드'에 '-하다', '-되다', '-시키다'와 같은 접미사를 붙여서 '업그레이드하다', '업그레이드되다', '업그레이드시키다'처럼 동사로도 널리 쓰인다.

　　(1) 다음달 2일부터 새롭게 <u>업그레이드돼 개통되는</u> 중소기업연구원 홈페이지에서 공개될 예정이다. ⇒ 향상돼 재편·개통하는

(2) [유선통신 서비스 <u>업그레이드</u>] 요금 줄이고 혜택 늘리고(2005. 3. 1. ㅇ인터넷 신문) ⇒ 향상(개선)

(3) 금융당국, 자사주 소각 쉽게 법규 손질-주식가치 <u>업그레이드</u> 시동(ㄷ인터넷 신문) ⇒ 올리기(높이기)

(4) ≪인터뷰≫ 강정원 국민은행장(2005. 4. 26. ㅁ이코노미, 속보)
· 세계은행 수준으로 <u>업그레이드</u>돼야 합니다. ⇒ 높여야
· 아무래도 은행이 개입되기 때문에 신뢰가 있지 않겠어요. 평가문화를 한 단계 <u>업그레이드</u>시키고 중소기업을 국민은행 거래업체로 끌어들이는 데도 긍정적인 효과가 기대됩니다. ⇒ 높이고

(5) 자신을 <u>업그레이드</u>하자.(ㄱ고교 신문. 학교장 격려사 제목) ⇒ (한 단계) 끌어올리자

(6) 박찬호, LA시절 보다 '<u>업그레이드</u>'(2005. 4. 4. ㄷ신문 스포츠 기사) ⇒ 투구력 향상 또는 늘었다, 잘한다

위에서 (1), (2)에 쓰인 '업그레이드'는 컴퓨터 용어로 쓰이는 의미와 비슷하다. (3), (4)는 경제 기사에서 쓰인 말이고 (5)는 학교, (6)은 스포츠 기사에서 쓰인 말이다.

'업그레이드(upgrade)'를 영한사전에서 찾으면 명사로는 '치받이(오르막), 오르막길, 증가, 상승, 향상, 신판, 개량' 등의 뜻으로 나온다. 동사로 쓰일 때는 '승진시키다, 품질(품종)을 개량하다', '가격·등급을 올리다' 정도의 의미를 지닌다.

또 ≪표준국어대사전≫에는 이를 외래어로 인정하여 표제어로 올리고 '개선', '상승', '승급'으로 다듬어 쓰기를 권하고 있다.

위 (1)-(6)에서 '업그레이드'가 들어간 말들을 부분적으로 우리말답게 고쳐 본 것이 화살표(⇒) 방향의 말이다. 우리말답게 고친다 해도 의

미의 소통은 되지만 그 뜻이 정확하게 일치하지 않을 수 있으며, 외래어에 익숙해진 우리에게 오히려 거부감을 줄 수도 있다.

그러나 언론에서 외래어 쓰기에 앞장설 것이 아니라 본디부터 우리말로 바꿔 쓰는 노력을 했어야 했다. 그러면 읽는 이나 듣는 이들에게 익숙해져 어색해 보이지 않게 마련이다. 북한에서 쓰는 말들을 조금만 눈여겨봐도 우리의 외래어 남용 실태를 피부로 느낄 수 있다.

로스쿨과 로펌

'로스쿨(law school)'이나 '로펌(law firm)'이란 말이 요즘 언론에 자주 쓰인다. 이 말은 아직 외래어도 아닌 영어 곧 외국어라 할 수 있다. 하지만 언론이 이 말을 자꾸 퍼뜨리며 우리말로 옮겨 쓰지 않으면 결국 우리말 속의 외래어로 버젓이 자리 잡게 될 것이다.

먼저 '로스쿨'이란 우리나라에서 2008년부터 시행할 예정으로 있는 사법시험 대체 방안으로 새로운 법조인 양성제도인 '법학전문대학원'을 가리킨다.

원래 로스쿨은 미국의 법과대학을 가리키는 말이다.

미국에서는 법률교육을 대학과정에서 하지 않는다. 대학에서는 법률 이외의 과목 즉 사회·인문·자연과학 등 어떤 것이라도 상관없이 주전공으로 공부한 본과 졸업자를 전형하여 수업연한 3년의 로스쿨에서 법률 공부를 시킨다.

로스쿨 제도의 취지는 법학이라는 실제 학문을 공부하기 전에 실용과는 직접 관계가 없는 학문을 이수하는 것이 바람직하다고 여기며, 그렇게 함으로써 사회의 변천과 더불어 발생하는 새로운 문제를 법적으로 처리할 능력을 갖춘 법률가를 양성할 수 있다는 생각에 바탕을 두고 있다. 미국의 많은 주(州)에서 미국법조인협회가 정한 기준에 도달한 로스쿨 졸업을 사법시험의 수험 조건으로 채택하고 있다.

우리나라에서 이 제도를 도입하고자 하는 논의의 시발점은 현행 사법시험을 통한 법조인 양성 체제가 낳는 문제점이 심각하다는 인식에서 출발했다.

법조계와 학계, 시민단체들은 대학 법학교육과 동떨어진데다 대학 전체를 고시학원화하는 사법시험 제도로는 더 이상 제대로 된 법조인을 배출할 수 없다는데 공감대를 이루고 있는 것이다.

'법학전문대학원' 제도는 논리력이나 판단력 등 법학 수업에 필요한 기초적인 소양시험을 통해 학생들을 선발한 후 3년 간 실무 위주의 실질적인 법학 교육을 실시하고 수료자 대부분에게 변호사 자격증을 쉽게 취득할 수 있도록 해주자는 것이 골자다. 이 제도가 도입되면 단 한 차례의 사법시험으로 평생 법조인으로 살아가는 현행 제도의 문제점을 크게 개선할 수 있고 다양한 전공과 경험을 가진 법률가를 충원할 수 있다는 장점이 있다.

그러나 이런 미국식 제도가 우리나라 현실에서는 막대한 사회적·개인적 비용과 법률가 선발의 객관성 문제를 야기할 수 있다는 반대 여론도 만만치 않다.

이런 상황에서 사법제도개혁추진위원회는 새로운 법조인 양성제도인 법학전문대학원이 오는 2008년부터 각 대학별로 설치된다고 발표했다. 이 법률안에 따르면 기존의 사법시험은 법학전문대학원 제도의 시행 후 5년 간 병행 실시되다가 2013년부터 완전히 폐지하는 것으로 되어 있다.

한편 이 법률안에 대해 교육부는 법학교육의 최종 수요자인 시민과 법학교육 당사자인 학생, 학부모의 의견이 제대로 반영되지 않았다는 의견서를 제출했으며, 서울대학교 법과 대학은 법학전문대학원 설치를 반대한다는 입장을 밝힌 것으로 알려졌다.

　그러면 '로펌(law firm)'이란 또 무엇인가? 신문에 이런 생소한 말이
나올 때마다 우리는 영어 공부나 시사용어 공부를 따로 해야 한다.
　'로펌(law firm)'은 전문변호사들로 구성된 법률회사를 가리키는 말이다.
법무법인 또는 종합법률회사라고도 한다. 변호사들이 전문분야별로
나뉘어 조직적으로 법률에 관한 상담과 서비스를 하며, 단 한 번의 사
건 의뢰로 고객이 추구하는 바를 완벽하게 처리하는 법률 서비스가 이
루어질 수 있다. 최근 우리나라에도 특정분야에서 전문가를 요구하는
사회현상에 따라 다양한 형태의 법률회사가 생겼다.
　지금까지 살펴 본 법률과 관련된 시사용어를 우리 실정에 맞게 우리
말로 옮기면 '로스쿨'은 '법학전문대학원' 그리고 '로펌'은 '(종합)법률회
사'라고 할 수 있다. 음절수가 좀 길어지더라도 영어가 아닌 우리말로
고쳐 쓰는 노력을 해야 할 것이다. 특히 언론에서부터.

— ≪인천일보≫ 시평 2005. 6. 29.

학력 버블 사회

아래는 ㅈ일보의 머리기사 제목이다(2005. 11. 26).

> '가방끈'이 길어서 …… 신음하는 학력 버블 사회
> 배고픈 박사 공장으로 가다

우리나라 고학력 사회의 어두운 단면을 보여주는 기사 제목이다. 위 기사 제목은 재미있지만 내용은 서글프다.

이 기사는 직업을 구하기 위해 인천 직업전문학교에 다니며 출판 인쇄 실습을 하는 한 여성(40살)을 취재한 것인데, 이 여성은 서울의 ㄱ대학교 문과대학에서 석사를, 사범대학에서 박사 과정을 마친 고학력자다. 이 학교에선 높은 학력이 오히려 부담스러워 학력을 '고졸'이라 속이고 기술을 배우고 있다. 이 여성은 책이나 전단 디자인을 배워 출판사나 인쇄 업체에 취업할 계획이라고 한다. 신문 표제 그대로 배고픈 박사가 일할 곳이 없어 단순 노동을 하러 공장을 찾아간다는 말이다.

옛날에는 속된 말로 '가방끈'이 짧아서 취직을 못해 한탄하는 사람이 많았는데 이제는 '가방끈이 길어서 신음하는 학력 버블 사회'가 된 것이다.

여기서 버블(bubble)이란 무엇인가? 사전적 의미로는 보통 명사로 쓰일 때 거품, 포말, 비누방울이란 뜻으로 쓰인다. 그러나 요즘 쓰는 경제 용어로 위에 나온 '학력 버블' 이외에도 '부동산 버블', '버블 경제' 따위의 말이 널리 퍼져 있다.

우리나라는 경기 침체에도 불구하고 물가오름세(인플레이션) 현상이 나타나고 있다. 대부분의 경제 전문가들은 경기 침체와 물가오름세가 '부동산 버블'의 원인을 제공한다고 말한다. 그 주원인으로 세계 경기 둔화와 이라크 전쟁에 따른 유가 급등을 꼽고 있다.

'버블 경제'란 경제성장이나 경기호황은 실물 경제의 정상적인 움직임을 반영하는 것이 보통인데, 어떤 특수한 조건에서 경기 국면이 실물 부문의 움직임과 동떨어져 실제보다 지나치게 팽창하는 경기 상태를 일컫는다. 일본은 지난 1980년대 '버블 경제'로 주가와 부동산 가격이 폭등하는 등 침체된 내수 경제가 활성화하는 듯이 보였다. 그러나 이것이 거품에 불과했고 1989년 이후 이 거품이 모두 사라지면서 일본은 침체된 경기 국면을 보였다.

이와 닮은 것이 우리나라의 경제라고 할 수 있는데, 정치는 미국과 유럽의 체제를, 경제는 우리와 가깝고 실정이 비슷한 일본의 것을 따왔기 때문이라는 지적이 있다.

'버블 경제'란 말은 요즘 거의 '거품경제'란 우리말로 바꿔 쓰고 있으니 다행스러운 일이다. '부동산 버블', '학력 버블'도 모두 '부동산 거품', '학력 거품'으로 쓰면 우리가 더 쉽게 받아들이고 이해할 수 있는 말들이다. 특히 위에서 예로 든 '학력 버블 사회'와 같은 새로운 용어를 만들어내는 일은 언론이 자제해야 한다. 영어 섞인 '학력 버블 사회'보다 우리말로 쓴 '학력 거품 사회'가 발음하기도 좋고 이해하기도 쉽다.

매니페스토 운동

5 · 31 지방선거를 앞두고 매니페스토(manifesto) 또는 매니페스토 운동이란 말이 부각되기 시작했다.

'매니페스토'는 본디 라틴어로서 선언, 성명서의 뜻을 가지고 있다. 이 말을 독일에서는 선거강령 또는 약속, 계약 등으로, 일본은 '정권공약'이라고 일컫는다. 우리나라에 '매니페스토'가 도입되기 이전까지는 일본과 비슷한 '선거 공약'이란 말을 써 왔다.

'메니페스토 운동'이란 과거의 선거에서 말만 그럴듯하고 실천 가능성도 희박한 내용을 공약으로 내걸어 유권자들의 환심을 사는 폐단을 없애고, 구체적이고 실천 가능한 선거 공약을 하는 선거문화를 만들어 가자는 운동이다. 매니페스토 운동을 좀더 자세히 말하면 구체적이고(Specific), 측정가능하며(Measurale), 달성할 수 있어야 하고(Achievabble), 정책이 타당해야 하며(Relevant), 시간계획이 포함된(Timed) 정책 서약서를 의미한다. 그래서 이 영어 단어의 머리글자를 따서 스마트(smart) 운동이라고도 한다.

민주주의의 뿌리가 깊은 영국에서는 매니페스토의 역사가 이미 170년이 되었다. 영국 보수당의 문헌에 따르면 1834년 탬워스에서 치러진 선거에서, 당시의 로버트 필 당수가 '겉만 번지르르한 공약으로 순간의 환심을 살 수는 있겠지만 결국은 실패한다'며 구체화된 공약의 필요성을 강조하면서 매니페스토를 제시했다고 한다.

근래에는 1997년 영국 노동당의 토니 블레어가 '영국은 좀 더 좋은 나라가 될 수 있다'는 구호와 함께 매니페스토를 제시해 집권에 성공하면서 세계의 주목을 끌게 되었다.

이러한 운동을 우리나라 선거에 도입해 확산시키는 것은 보다 민주적이고 발전된 선거 문화 풍토를 마련하는데 큰 도움이 될 것으로 보인다.

그런데 글쓴이는 선거나 정치문화의 전문가가 아니므로 '매니페스토'란 새로운 외래어를 언론에서 꼭 써야 하느냐에 대해 논의해 보고자 한다.

중앙선거관리위원회에서는 이 말이 생소한 외국어임을 의식해서인지 5·31 지방선거의 정책선거 실현을 위해 추진하고 있는 매니페스토 운동의 우리말을 '참공약 선택하기'로 결정했다고 밝힌 바 있다. 선관위는 지난 3월 29일부터 8일간 매니페스토 운동의 우리말 찾기를 공모하여 '바른 공약 실천운동', '참공약 실천운동' 등의 우수작이 나왔으나 최우수작이 없어 자체적으로 만든 '참공약 선택하기'로 결정했다는 것이다.

그런데 그 이후 신문에서는 '매니페스토'를 그대로 쓰거나 '매니페스토' 옆 괄호 안에 '참공약 선택하기'를 써넣는 방식을 취하고 있다.

이 신문의 칼럼 제목 '매니페스토 바람(2006. 4. 27.)'도 그랬고, 다른 일간지도 '충남 단체장 후보 매니페스토 협약(2006. 4. 19. ㄷ일보)'으로 표제를 쓰고 기사 내용은 '매니페스토(참공약 실천하기) 협약식을 가졌다'처럼 씀으로써 선관위에서 우리말로 바꾼 용어가 괄호 안에 들어가 있다.

이것은 언론이 외래어 쓰기를 좋아해서인지 또는 '매니페스토'의 본래 의미가 '참공약 실천하기'와 정확하게 일치하지 않기 때문에 우리말을 괄호 안에 넣는 홀대를 하는지는 모르겠다. 내용 전달에 큰 무리가 따르지 않는 한 오히려 '매니페스토' 대신에 선관위에서 정한 '참공약 실천하기'를 써야 마땅하며, 이 말만으로 의사소통이 잘 되지 않는다면 '참공약 실천하기'를 먼저 쓰고 반대로 그 옆 괄호 안에 '매니페스토'를 써야 우리말다운 글이 되지 않을까 생각해 본다.

― ≪인천일보≫ 시평 2006. 5. 5.

❖ 참고

중앙선거관리위원회에서 '참공약 선택하기'를 쓰기로 했음에도 불구하고 12월 대통령 선거를 앞두고 '매니페스토'란 말이 언론 매체로부터 되살아나고 있는 것은 안타까운 일이다.

들온말 웰빙과 웰다잉

웰빙(well being)이란 말에 이어 요즘엔 웰다잉(well dying)이란 신조어가 탄생했다.

웰빙은 이미 우리에게 익숙해진 외래어다. 엄밀히 말하면 외래어가 아니고 아직은 외국어일 뿐이다. 외래어는 외국말이 우리나라에 들어와 널리 쓰여 우리말로 굳어져서 우리말로 삼은 것을 가리킨다. 물론 국어사전에 올려진 말이다. 웰빙이란 말은 2002년에 우리나라에 들어와서 드물게 쓰이다가 2004년도부터 급속히 퍼지면서 이제는 '웰빙' 바람이 불고 있다고 해도 지나친 말이 아니다.

'웰빙'을 영한사전에서 찾아보면 '복지, 안녕, 행복, 번영' 정도의 뜻을 지닌다. 이 말은 요즘 그 쓰임이 확대되면서 '몸과 마음의 안녕과 행복, 잘먹고 잘살기, 멋있고 행복한 삶, 건강하고 여유 있는 삶의 문화 ⋯⋯' 등으로 풀이되기도 한다. 여기서 그치지 않고 '웰빙족, 웰빙식품, 웰빙침구, 웰빙상품'과 같은 파생어가 생기는가 하면, 심지어는 '웰이팅(well eating)', 웰변(well便), 웰미(well米 ;과자이름)' 따위의 황당한 말까지 만들어 쓰고 있다.

이렇게 빈번히 쓰이는 들온말들을 국립국어원은 '우리말 다듬기 (http://www.malteo.net)' 사이트에서 누리꾼(네티즌) 투표를 통해 우리말로 바꿔 쓰자는 운동을 벌이고 있다. 여기서 웰빙의 다듬은 우리말로는 '참살이'가 선정되었다.

언어의 속성이 그렇듯이 이미 널리 쓰이고 있는 말을 더 좋은 다른 말로 바꿔 쓰자고 국가나 어떤 단체에서 권장한다고 해서 그렇게 쉽게 고쳐지지는 않는다. 이 운동을 함께 하는 동아일보에서 신문의 쪽제목을 웰빙 대신 '참살이'라고 당분간 쓴 적이 있었지만 지금도 '웰빙'의 위력이 '참살이'를 능가하지 못하고 있다. 우리의 우리말에 대한 사랑이 부족한 탓이리라.

그러면 새로 들어온 '웰다잉'은 또 무엇인가?

이를 직역하면 '잘 죽음, 잘 죽는 것'이다. 인생의 마무리를 잘 하자는 뜻이니까 웰엔딩(well ending)이라고도 한다. 위의 웰빙과 대비하여 말하자면 웰빙은 '잘 먹고 건강하게 잘 사는 것'이고, 웰다잉은 '잘 죽기 위해 어떻게 살아야 할 것인가'를 고민하는 것이라고 말할 수 있다. 여기서 '잘 죽는다'는 말은 '행복하게 죽음을 맞이할 수 있다. 편안한 마음으로 품위 있게 죽는다.'는 뜻으로 받아들일 수 있을 것이다.

죽음이라는 삶의 끝자락에서 아등바등 매달리지 않고 마치 즐거운 나들이를 왔다가 돌아가듯이 홀가분한 마음으로 이 세상을 떠날 수 있다면 이것이 인생의 마지막 행복일 것이다. 그러나 인간은 누구나 죽음 앞에서는 두려워하는 것 같다.

전문가들의 견해에 따르면 특히 우리나라는 내세를 믿는 종교가 크게 번성한 나라임에도 불구하고 죽음에 대한 거부감이 심한 편이라고 한다.

외국에는 이미 웰다잉 운동이 호응을 얻어 임종을 맞는 환자에 대해 존엄하게 죽을 권리를 보장하는 법률까지 제정해 놓기도 하였다. 프랑스에서는 환자가 존엄사(尊嚴死)를 선택할 권리를 보장하고 임종 때까지 간호와 호스피스(hospice) 의료봉사가 제공되는 '인생의 마지막에 대한 법률'을 제정했으며 미국과 대만, 일본은 호스피스 시설에 임종실을 마련하도록 법으로 규정해 놓았다고 한다. 여기서 호스피스란 죽음을 앞둔 환자에게 잠시나마 생명을 연장시키는 의술 대신 평안한 임종을 맞도록 위안과 안락을 최대한 베푸는 봉사활동을 가리킨다.

우리나라도 지난 2005년 1월 국립암센터가 '품위 있는 죽음을 위한 특별법 제정'을 제안하면서 이제 웰다잉에 대한 관심을 높이며 이를 위한 준비 시대에 접어들었다고 할 수 있다. 불교계에서 '웰다잉 체험 교실'을 운영하는가 하면 대학에서는 자살 예방 교육과 생사학 연구소를 열고 죽음 준비 교육을 전문적으로 연구하고 강의하는 교수도 있다.

그러면 이미 널리 알려진 웰빙이라는 말과 신조어 웰다잉이란 말을 그대로 쓸 것인가에 대해 생각해 볼 필요가 있다.

웰빙의 다듬은 말로는 앞에서 언급한 '참살이'가 있다. 그러나 외국말을 우리말로 옮길 때 모든 언어 환경에서 정확하게 들어맞기가 그리 쉽지 않다. 글쓴이가 지은 책에서 이를 상황에 따라 '멋있게 살기', '행복 문화' 등으로 바꿔 써 보자고 제안한 적이 있다. 웰다잉도 이 말이 외래어로 굳어지기 전에 우리말로 바꿔 써야 마땅하다. 음절수가 좀 길어지더라도 '품위 있는 죽음, 행복한 죽음, 행복 임종'이란 말로 대치할 수 있으며, 짧게 쓰려면 앞에 나왔던 한자말로 '존엄사(尊嚴死)'나 '행복사(幸福死)'도 권장해 볼 만하다. 이는 안락사(安樂死)의 개념과는 다르다.

— ≪인천신문≫ 우리말 칼럼 2006. 7. 10.

유비쿼터스

'유비쿼터스(ubiquitous)'라는 말은 '물이나 공기처럼 시간과 공간을 초월해 언제 어디에나 존재한다는 뜻'으로 라틴어에서 왔다. 영한사전에는 '편재(遍在)하는, 동시에 여러 곳에 있는, 여기저기 모습을 나타내는'의 뜻을 가진 형용사로 풀이되어 있다.

요즘 신문이나 방송에서는 머지않아 '유비쿼터스 시대'가 온다고 보도하면서 이에 대한 기사를 많이 다루고 있다. 그런데 '유비쿼터스'라는 말이 생소할 뿐만 아니라 우리말이 아니어서 바로 이해하는 이들이 많지 않은 것 같다.

이 말이 우리나라에서 정보 통신 용어로 쓰일 때는 사용자가 시간과 장소에 상관없이 자유롭게 컴퓨터나 정보망에 접속해 작업을 하거나 온갖 자료를 주고받을 수 있는 환경을 가리킨다. 예를 들면 아침에 특수모니터가 달린 거울 통해 조간 신문을 본다거나, 휴대용 화상 전화로 길에 쓰러진 환자를 원격 진료를 할 수 있으며, 산꼭대기에서 화물선에 실은 화물의 위치를 확인할 수도 있다는 것이다. 또 손목시계나 휴대 전화로 전자 우편을 받아 본다든지, 디지털 카메라로 찍은 사진을 휴대 전화를 이용하여 다른 곳으로 전송한다든지, 녹음기로 녹음한 소리를 휴대 전화를 이용하여 다른 사람에게 보낸다든지 하는 일들이 손쉽게 이루어지게 된다. 이런 일들이 가능한 시대를 바로 '유비쿼터스 시대'라고 부르는 것이다.

종전의 정보통신 기술에서 말하던 자동화와 혁신적인 기술은 인간의 우선순위를 높이지 못했지만, '유비쿼터스'에서는 주로 인간의 오감(五感)을 다루기 때문에 인간 중심적인 기술로 발전할 것으로 보인다. 그래서 인간을 중심으로 구체화되는 컴퓨터 환경이라고 설명할 수 있다.

인간은 자연스럽게 컴퓨터에 접근하게 되고, 컴퓨터는 그에 맞게 환경을 제공하게 된다. 자율적 컴퓨팅이 이 대표적인 예이기도 하다. 인간이 자리 잡고 있는 환경의 특성을 모색한 뒤, 그가 필요로 하는 서비스를 제공하게 되는 것이다. 더 나아가서는 인간의 심리 파악까지 가능하게 되어 인간의 선호도에 따른 서비스를 할 수 있다는 것이 '유비쿼터스'이다.

그러면 '유비쿼터스'를 우리말로 뭐라고 해야 할까?

국립국어원은 여기서 운영하는 누리집(홈페이지) '우리말 다듬기'에서 누리꾼 투표를 통해 '유비쿼터스'의 다듬은 우리말로 '두루누리'가 결정되었다고 발표했다. '두루누리'가 '유비쿼터스'라는 말과 어떤 언어 상황에서든지 의미가 일치한다고 보기는 어렵지만 바꿔 쓸 수 있는 말로 무난하다고 본다.

우리말이 아닌 '유비쿼터스'가 외래어로 정착되기 전에 언론이나 언중(言衆)이 '두루누리'라는 말로 바꿔 쓰는 노력을 했으면 하는 바람이다. 막강한 전파력을 가진 언론과 누리꾼들의 힘으로 남의 옷을 빌려 입은 것 같은 '유비쿼터스'가 우리말다운 '두루누리'로 불리어지기를 기대해 본다.

— 《인천일보》 시평 2005. 3. 16.

둘째
마디

우리말 속의 일본말

후롯쿠

올해가 일본으로부터 나라를 되찾은 지 꼭 60돌이 되는 해이다. 광복 후 정부나 민간 차원에서 일본말의 찌꺼기를 없애고자하는 운동을 꾸준히 벌여 온 결과 우리말 속의 일본말들이 많이 없어지긴 했지만 아직도 그 잔재들이 여기 저기에서 나타난다.

이제 '벤또'나 '다꾸앙', '와리바시' 같은 말은 '도시락', '단무지, (나무)젓가락'이란 우리말로 바뀌어 자연스럽게 정착된 느낌이다. 그러나 아직도 공사 현장이나 자동차 정비 업소 등 특수한 분야에서 쓰이는 일본말은 물론이고 일상 언어 생활에서 무심코 쓰이는 일본말의 찌꺼기들이 많이 남아 있다.

예를 들면 닭도리탕, 와사비, 쓰키다시, 아나고회, 지라시, 시다, 오야지, 노가다, 앙코, 와쿠, 후카시, 후롯쿠 등 찾아보면 꽤 많다.

이 글에서는 '후롯쿠'라는 말에 대하여 살펴보고 이것을 바꿔 쓸 수 있는 우리말에 대하여 생각해 보고자 한다.

'후롯쿠(フロック)'는 당구장에서 자주 쓰는 말이다. 이 '후롯쿠'라는 말은 원래 일본말이 아니고 영어 '플루크(fluke)'가 일본식 발음으로 변질되어 '후롯쿠'가 되었고, 이 말이 우리나라로 들어와 우리는 일본말로 알고 있는 것이다. 우리가 일본말로 잘못 알고 쓰는 말 중에 '쓰레

빠, 빵꾸, 사라다, 고로케, 마후라 따위가 모두 영어에서 온 이런 부류의 말들이다.

영어 '플루크(fluke)'는 본래 당구에서 '우연이나 행운으로 일어나는 일, 즉 실제 실력으로 공을 맞힌 것이 아니라 우연히 운수 좋게 맞는 것'을 뜻하던 말이었다. 그런데 요즘에는 이 말이 일본식 발음인 '후롯쿠'로 변하여 '우연이나 행운으로 손쉽게 어떤 목적이나 목표를 달성하는 일'을 뜻하는 말로 일상생활 언어에서도 확대되어 쓰이고 있다. 여기에서 그치지 않고 쓰임새의 폭을 더 넓혀서 '진짜가 아니거나 실제와 다른 것'을 비아냥거리거나 속된 뜻으로 이를 때에도 이 말이 쓰인다.

예를 들면 시험 정답을 우연히 맞혔을 경우 "야, 그건 후롯쿠야."라고 말한다든가 유명 상품 물건을 샀다고 자랑하면 "그거 혹시 후롯쿠 아냐?"처럼 쓰이기도 한다는 것이다. 이제 '후롯쿠'란 말을 우리가 자존심 상하게 계속 쓸 수는 없는 일이다. 이 말을 우리말로 어떻게 바꿔야 할까?

국립국어원이 누리꾼들을 대상으로 '후롯쿠'를 대신할 우리말을 공모한 결과 총 320건의 제안이 들어왔다고 한다. 그 중 '엉성배기, 어중치기, 얼떨치기, 재수치레, 사이비' 등 다섯 개의 말을 투표에 붙인 결과 '어중치기'가 뽑혔다.

'어중치기'는 어중된 물건이나 상태를 뜻하는 우리말이다. 상황에 알맞지 않는 일이나 상태를 가리킬 때에도 쓸 수 있다. '어중되다'에서 온 말이 의미가 확대되어 쓰이는 것으로 보인다. 그래서 위에 든 여러 가지 상황에서 확대된 뜻으로 쓰일 때 '후롯쿠'가 바로 '어중치기'로 대치되기 어려운 부분도 있다.

당구장에서 우연히 맞힌 공을 보고 '이건, 어중치기야.'로 말할 수 있지만 '진짜가 아니거나 실제와 다른 것'을 비아냥거리거나 속된 뜻으로 이를 때 쓰는 말로는 좀 어색한 면이 없지 않다. 가짜 명품을 보고 "이거 어중치기 아냐?"라는 말보다는 '가짜'라는 말이 더 어울릴 수도 있다.

우리가 외래어나 외국어를 우리말로 바꿀 때 어떤 말이든지 그 뜻이 딱 들어맞는 경우는 드물다. 우리가 우리말을 사랑하는 마음으로 쓰도록 노력하고 널리 퍼뜨려 나가고자 하는 노력이 필요한 것이다.

— ≪인천일보≫ 시평 2005. 8. 30.

후카시

'후카시(ふかし)'는 일한사전에서 찾으면 '① (담배 연기를) 내뿜다. (담배를) 피우다. ② 엔진을 빨리 회전시키다. ③ (남 앞에) 과시하다. 허풍을 떨다. 나발을 불어 대다.' 이렇게 세 가지 의미를 가진 말로 나온다.

일제 강점기의 영향으로 이 말이 우리나라에 들어와 요즘도 비슷한 내용으로 쓰이는데 '후카시'라는 일본말을 그대로 쓰고 있다.

광복 60년이 지났음에도 이 말은 아직 우리말로 제대로 대체되어 쓰이는 말이 없을 뿐더러 분야에 따라 약간씩 다른 의미로 쓰이고 있다. 자동차 정비소에서는 오토바이, 자동차 따위의 엔진을 고속으로 공회전시키는 일을 가리킬 때 이 말을 쓴다. 보통 '엔진에 후카시를 넣는다', '후카시 해봐'처럼 쓴다.

한편 미장원에서는 머리를 부풀어 올려 풍성하게 보이게 하는 일이나 그런 머리를 가리킬 때 '후카시'라는 말을 쓴다. 국립국어원은 후자의 뜻으로 쓰이는 '후카시'를 우리말로 '부풀이', '부풀머리'로 다듬고 이렇게 써 주기를 권장하고 있다.

그런데 일상 언어생활에서 청소년들이나 젊은이들은 위 일한사전의 뜻 ③에 해당하는 '허풍을 떨다'라는 말을 속되게 변질시켜 '후카시'로 쓰고 있다.

'실제로는 남에게 대단하거나 멋있어 보이도록, 어깨나 눈에 잔뜩 힘을 주거나 목소리를 착 깔아서 말을 과장하여 하는 따위의 일'을 속되게 가리킬 때에 '후카시'라고 한다. 이렇게 속된 말로 쓰일 때는 보통 "야, 후카시 넣지 마!", "후카시 잡고 있네."처럼 말한다. 이런 의미로 쓰는 '후카시'에 대해서는 아직 적절한 우리말이 마련돼 있지 않았다.

그런데 국립국어원에서 이런 뜻으로 쓰는 '후카시'에 대체할 우리말을 누리꾼 투표로 뽑았다. 여기서 선정된 말은 '품재기'이다. 잘난 척하며 으스대거나 뽐내는 태도를 드러내는 일이므로 '품재기'로 바꿔 쓰더라도 큰 무리는 없을 듯하다. 그러나 '품재기'와 같은 생소한 말은 새로 만든 말이기 때문에 언중에 다가가기가 어려워 보인다.

다음은 말 후보에 오르지 않았지만 국어사전에 '허풍'이란 말이 있다. '허풍'은 실제보다 지나치게 과장하여 믿음성이 없는 말이나 행동을 뜻하는 낱말이다. 이 말의 파생어로 '허풍치다, 허풍떨다'라는 말을 흔히 쓰므로 속된 말로 쓰이는 '후카시'를 대신할 말로 '허풍치기'나 '허풍떨기'가 오히려 적합해 보인다. 글쓴이가 누리꾼 투표 때 제안을 하지 못했지만 널리 보급할 만한 말이라고 생각한다.

일본말 '후카시'를 대신할 우리말로는 그 쓰이는 영역에 따라 세 가지로 정리할 수 있을 것이다.

첫째, 자동차나 오토바이에 시동을 하고 공회전시키는 일은 그대로 '공회전'이란 말을 쓸 수 있다.

둘째, 미장원에서 머리를 부풀리는 것은 '부풀이', '부풀머리'로 쓰면 된다.

셋째, 잘난 척하며 으스대거나 뽐내는 태도를 가리키는 말로는 '허풍치기'나 '허풍떨기' 등의 말을 쓰기를 권한다.

아나고회 한 사라

올해로 광복 61주년을 맞이한다. 그럼에도 우리말 속의 일본말 찌꺼기는 아직도 여기저기에 남아 쓰이고 있다. 이런 일은 정치적인 문제도 아니요, 우리의 자존심을 상하게 하는 부끄러운 일이며 하루 속히 몰아내야 할 일이다.

이 글에서는 음식점에서 아직 쓰이는 일본말 몇 가지를 살펴보고자 한다. 일식집이나 횟집에서 음식을 시킬 때 오히려 우리말로 주문하면 못 알아듣는 경우도 있다.

"여기 아나고회 한 사라 주세요." 하면 잘 알아듣지만 순수한 우리말로 "여기 붕장어회 한 접시 주세요."라고 주문을 하면 종업원이 의아해 할 것이다.

이렇게 음식점에서 흔히 쓰는 아나고, 사시미, 쓰끼다시, 사라, 와사비, 와리바시 따위가 모두 일본말이다.

'아나고'는 뱀장어와 비슷한 바닷장어로 입이 크고 이가 날카로우며, 등은 회갈색이고 흰 점이 한 줄로 나와 있는 먹붕장어과에 속하는 물고기이다. 영양이 풍부하고 맛이 좋아 생선회로 많이 먹는다. 우리말로는 '붕장어'라고 부르지만 횟집에서 '붕장어회'를 달라고 하면 잘 알아듣지 못한다.

또 일식집이나 횟집에서 본 요리 이외에 곁들여 나오는 안주를 '쓰끼다시'라고 부른다. 원래의 일본 발음은 '쯔께다시'이다. 우리말로 고쳐 불러 버릇하지 않아 어디에서나 보통 '쓰끼다시'로 통한다.

여기에 해당하는 토박이말로는 '곁들이'란 말이 있다. '곁들이'는 주된 음식의 옆에 구색을 맞추기 위하여 차려 놓은 음식을 가리킨다. 횟집에서 본 요리인 회가 나오기 전에 기본 안주로 곁들여 나오는 음식을 '쓰끼다시'라 하므로 '곁들이'라 부르면 그 뜻이 거의 일치한다.

'곁들이'와 비슷한 말로 '덧거리'라는 말도 있다. '덧거리'는 정해진 수량 이외에 덧붙이는 물건이란 뜻으로 음식에 국한하지 않고 더 폭 넓게 쓰일 수 있다. '쓰끼다시'에 걸맞은 우리말로는 '덧거리'보다는 '곁들이'가 나을 듯 싶다.

보통 다 아는 말이지만 위에 든 일본말 사시미는 우리말로 회, 사라는 접시, 와사비는 고추냉이, 와리바시는 나무젓가락이다. 요즘은 '식(食)사라'라 하지 않고 '앞접시'라 부르며, 사시미, 와리바시와 같은 말도 거의 사라져 가고 있다. 이는 바람직한 현상이다.

"아주머니, 여기 아나고회 한 사라 주세요. 그리고 쓰끼다시 좀 많이 주세요."

이제 이런 말은 "아주머니, 여기 붕장어회 한 접시 주세요. 그리고 곁들이 좀 많이 주세요."로 고쳐 써 버릇해야 우리말 속의 일본말 찌꺼기를 몰아낼 수 있을 것이다.

또 냉면집이나 설렁탕, 곰탕집에서 손님들이 음식을 먹다가 "여기 다대기(다데기) 좀 주세요."라고 하며 찾는 양념이 있다. 그런데 이 '다대기'는 일본말 '다다끼'의 발음이 좀 변한 것인데 우리는 어느 나라말인 줄도 모르고 음식점에서 함께 쓰고 있다.

'다대기'는 끓는 간장이나 소금물에 마늘, 생강 따위를 다져 넣고 고춧가루를 뿌려 끓인 다음, 기름을 쳐서 볶은 양념으로 얼큰한 맛을 내는 데 쓴다. 그러니까 일본사람들이 쓰는 양념 '다대기'는 우리가 먹는 고춧가루 중심의 빨간 양념과는 꽤 차이가 있다.

일본말 '다대기(다다끼)'는 '다짐, 두들김, 침, 치는 사람'의 뜻을 가지고 있다. 그래서 이 양념의 이름을 ≪표준국어대사전≫에서는 다짐, 다진 양념으로 순화해야 한다고 적고 있다.

그러나 '다대기'와 바꿔 쓰기에 더 적합한 우리말이 있다. 그것은 '다지기'인데, 이 말은 ① 고기, 채소, 양념감 따위를 여러 번 칼질하여 잘게 만드는 일 ② 파, 고추, 마늘 따위를 함께 섞어 다진 양념의 하나 ③ 흙 따위를 누르거나 밟거나 쳐서 단단하게 하는 일 등의 세 가지 뜻이 있다.

위에서 뜻 ②가 바로 그것이다. 그러니까 우리말로 "아주머니, 이 상에 다지기 좀 더 주세요."와 같이 자연스럽게 바꿔 쓸 수 있다.

그런데 식당 조업원이나 주인이 이 말을 알아듣지 못하면 의사소통이 되지 않는다는 점이 문제다. 그래서 우리가 이런 우리말을 찾아 쓰고 널리 퍼뜨려야 할 필요가 있다. 자장면이나 국수를 먹을 때 찾던 '다꾸앙'이 어느새 '단무지'로 바뀐 것을 보면 '다대기'도 '다지기'로 바꾸지 못할 것이 없다.

— ≪인천신문≫ 우리말 칼럼 2006. 8. 14.

'고참병'의 언어폭력

경기도 연천의 최전방 지.피(GP)에서 김 아무개 일병이 내무반에 수류탄을 던지고 총기를 난사해 부대원 8명이 숨지게 하는 엄청난 사고가 발생한 일이 있었다.(2005. 6. 19)

이 사고를 보도할 때 방송이나 신문에서 범행 동기를 "김 일병은 고참병의 언어폭력에 앙심을 품어오다가……."라고 하여 일본말의 찌꺼기인 '고참', '고참병'이란 말을 쓰기도 하고 '선임병'이란 말을 쓰기도 했다.

처음엔 주로 방송 기자들이 전하는 기사 내용에서 '고참병'이란 말을 많이 쓰더니 이에 대한 보도가 사회적 문제로 확대되고 이 기사를 다루는 일이 반복되면서 말이 다듬어져 '고참병'이 아닌 '선임병'이란 말로 정착되어 갔다.

신문에서도 '고참'이나 '신참'이란 말을 쓰기는 마찬가지다. 국가대표 세르비아 몬테네그로와의 축구 평가전에서 이을용의 정확한 자유축(프리킥)을 문전에서 수비수 최진철이 머리받기로 골을 성공시켰다.(2005. 11. 17.)

이 기사의 제목을 ㅈ신문은 '고참은 족집게'라고 붙였다. 나이든 선배 선수가 족집게처럼 정확한 세트플레이를 해냈다는 뜻일 것이다.

이 신문 같은 날짜에 '신참 교사에 수업 방식 가르쳐요'라는 표제도 나온다.

'고참'은 오늘날 우리가 쓰기에는 자존심이 상하는 일본말 찌꺼기이다. 하지만 여러 사람이 두루 쓰다 보니 이 말이 ≪표준국어대사전≫에도 올라 있다. 여기에는 "오래 전부터 한 직위나 직장 따위에 머물러 있는 사람. '선임', '선임자', '선참', '선참자'로 순화."라고 나와·있으며 그 용례까지 들어 놓았다.

우리는 지금도 직장이나 군대에서 자기보다 먼저 들어와 일을 배운 사람을 '고참'이라고 하는데 이것은 일본말 '고산(こさん)'이 우리말 발음으로 '고참'이 된 것이다.

'고참'은 중세 일본에서 몇 대에 걸쳐 수공업을 대물림하는 풍습이나 제도가 발달하면서 생겨난 말이 우리나라에 들어와 요즘도 우리가 무심코 쓰고 있는 것이다. 직장에서도 "잘 모르면 고참에게 물어서 해."와 같이 쓰이고 있다.

군대에서 쓰는 '고참병'은 '선임병'으로, 직장에서 쓰이는 '고참'이란 말도 '선임자', '선배' 따위의 우리말로 고쳐 쓰는 것이 바람직하다.

또 '고참'에 대립되는 말로 '신참', '신참병'이란 말도 우리말답게 '새내기, 신입사원, 신병'으로 고쳐 쓸 수 있다. (2005. 8.)

'고무'를 우리말로?

'고무'가 일본말이므로 우리말로 고쳐 써야 한다는 주장이 있다. '고무'란 말이 일본을 거쳐 우리나라에 들어온 말이긴 하지만 이것도 순수한 일본말은 아니다.

일본어 사전을 보면 'ゴム[gom オランダ 護謨]'라고 적혀 있다. 여기서 'オランダ(오란다)'는 지금의 네덜란드(Netherlands)를 말하는데 이처럼 일본어 사전에서는 '고무'가 'gom'에서 왔으며 네덜란드어라고 설명하고 있다. 'gom'을 우리가 발음하면 '곰'에 가까운 발음을 하겠지만 일본 사람들은 '고무'라고 한 것이다. 우리말 '김치'를 '기무찌(ギムチ)'라고 발음하는 것과 비슷한 현상이다. 한자로 표기한 '護謨'는 우리 발음으로 읽으면 '호모'이지만 역시 일본식 발음은 '고무'다.

또 우리나라 국어사전에는 고무를 [프 gomme]라고 하여 고무가 프랑스어에서 유래한 것으로 기록해 놓았다. 영어로는 'gum' 독일어로는 'gummi'라고 한다.

우리말 관련 인터넷 누리집에서 '뿌리깊은나무'라는 이름으로 들어온 누리꾼이 위와 같은 현상을 근거로 '고무'가 일본말이니까 우리말로 바꿔 쓰자고 주장했다.

그의 주장을 요약하면 다음과 같다.

첫째는 일본어 사전에 보이는 것처럼 '고무'의 네덜란드어 'gom'이 일본식 발음 '고무'와 일치하며, 이것이 우리나라에 들어와 우리도 '고무'로 쓰고 있으므로 이것이 일본어의 잔재라는 것이다.

둘째는 우리나라 사전에서 '고무'가 프랑스어 'gomme'라고 한 것은 프랑스 사람들도 이를 '고무'라고 발음할 리가 없으니 어원을 잘못 밝힌 것이라는 것이다. 우리말 사전에서 '고무'라는 말의 어원을 프랑스어로 한다면 원산지 발음으로 표기해야 함에도 불구하고 일본말로 표기한다는 것은 납득할 수가 없다고 하였다.

이어서 그는 일본말 사전에서 'ゴム(고무)'는 '고무 식물이 분비한 유액(latex)을 응고시켜서 만든 생고무'를 주원료로 해서 이것에 아연화·탄산맥니이지윰(magnesium)·탄소 안료(carbon black) 등을 넣어서 유황 또는 염화유황을 작용시켜서 만든 것'이라고 적은 것을 들었다. 그리고 이 물질의 원료는 '나무껍질에서 분비하는 액체'를 고체화 시켜서 만든 것이므로 일종의 수지(樹脂)라고 할 수 있으며, 나무에서 분비하는 '비계'의 한 종류이니 이것을 우리말로 '나무비계', 한자말로는 '연수지(軟樹脂)' 등으로 새로운 우리말을 만들어 쓰자는 주장을 펼쳤다.

위 내용으로 보면 이분은 누구보다도 우리말을 아끼고 사랑하는 사람이라는 것을 느낀다.

그러나 '고무'로 이미 굳어진 우리말을 외래어라 하여 특히 일본어이기 때문에 바꿔 쓰자는 주장은 무리가 있다. '후롯쿠'나 '사라다'와 같은 말도 영어에서 일본식 발음을 거쳐 우리나라에 들어온 비슷한 부류의 말로 우리말로 바꿔 써야 할 말들이지만 이와는 경우가 다르다.

'고무'처럼 오래 전부터 관용화되어 써 온 말들은 언중이 고쳐 쓰기도 어렵고 그 발음이나 말씨가 우리말로 정착되어 굳이 고쳐야 할 필요성을 느끼지 않는다. 이제 '고무'는 일본말이나 네덜란드어라기보다는 우리말로 굳어진 지 오래다.

우리나라 〈외래어 표기법〉 제5항은 『이미 굳어진 외래어는 관용을 존중하되, 그 범위와 용례는 따로 정한다.』라고 되어 있다.

근래에 들어온 '텔레비전'이나 '컴퓨터'란 말도 그대로 쓰고 있다.

이제는 거의 죽은 말이 됐지만 '남포'란 말이 있다. 전깃불을 쓰기 전 아주 옛날에 콩기름이나 석유를 쓴 등잔불이란 것이 있었고, 이를 더 발전시켜 밝게 만든 것이 '남포'였다. '남포등' 또는 '양등(洋燈)'이라 불린 이 '남포'는 바람을 막아주는 둥그런 유리도 있으며 빛을 반사시키는 갓도 달려 있다. 그러나 석유가 많이 드는 단점이 있다. 그래서 남포는 잔치나 제사 등 큰일 때만 쓰곤 하였다.

이 '남포'라는 말은 영어 '램프(lamp)'가 우리식 발음으로 굳어져 '남포'로 정착한 것으로 보인다. 이런 경우는 외국어를 우리말답게 정착시킨 외래어의 사례라 하겠다.

'고무'를 우리말로 고치기보다는 최근에 언론에서 쏟아져 나오는 각종 외국어들을 외래어로 정착되기 전에 바꿔 쓰는 일이 더 시급하다.(2005. 8. 14.)

일본식 한자어

우리나라가 일본과 이웃하고 있을 뿐만 아니라 35년여의 일제 강점기를 거치면서 우리말 속에 스며든 일본말의 찌꺼기가 아직도 많이 남아있다. 그 중에는 알면서도 습관에 의해 쓰기도 하고 우리말인 줄 잘못 알고 쓰기도 한다.

특히 한자어에는 일본식 한자어가 우리말 속에 많이 스며들어 있는데, 이 낱말들이야말로 어느 것이 일본식 한자어이고 어느 것이 우리식 한자어인지 구별하기가 쉽지 않다.

과소비, 계단, 미인, 화장(化粧), 매립, 승강장, 명찰, 역할 따위는 우리가 전통적으로 쓰던 우리 한자어처럼 생각하기 쉽지만 이들은 모두 일본에서 들어온 한자어다. '입구', '출구'는 '들어가는 곳', '나가는 곳'으로, '공란'은 '빈칸', '구좌'는 '계좌' 등으로 바꿔 쓸 수 있으나 위 낱말들은 사실상 바꿔 쓰기도 어려우며 이미 우리말로 굳어진 말로 보아야 한다. 그 중 '명찰'은 '이름표'로 쉽게 고쳐 부를 수도 있겠다.

'경제, 철학, 명제, 물질, 화학' 따위와 같은 학술용어도 모두 일본어에서 비롯된 한자어이지만 모두 같은 맥락에서 정착된 우리말로 함께 쓰는 수밖에 없을 것이다. 그러나 일본식 한자어이면서 거부감이 드는 한자어는 되도록 우리말로 고쳐 쓰는 것이 바람직하다.

다음에 예를 든 말들은 모두 일본식 한자어인데 (→) 화살표 오른쪽
과 같이 고쳐 쓸 수 있을 것이다.

- 매표구→표 사는 곳
- 택배→가정배달, 집배달
- 공수표→헛수표
- 생방송→현장 방송
- 발신(發信)→보냄
- 축제→축전, 잔치
- 집중호우→장대비
- 각선미→다리맵시
- 개찰구→들어가는 곳
- 매진→품절, 동남
- 판매고(販賣高)→판매액

- 잔업→덧일
- 보합세→주춤세, 멈춤세
- 공급원(供給元)→공급처
- 시건 장치→잠금 장치
- 행락철→나들이철
- 사양(仕樣)→모양, 규격
- 조건부→조건을 단
- 가접수→임시 접수
- 대합실→대기실
- 출입구→출입문, 들어가는 곳

이밖에 '선착장(船着場)'이란 말은 원래 한자어가 아닌 일본 토박이말
'후나쓰키바(ふなつきば)'인데 우리말에 한자어로 들어온 예이다. 우리말
로 나루 또는 나루터로 바꿔 쓸 수 있다.

역시 일본식 한자어 고수부지(高水敷地)는 '둔치'로, 노견(路肩)은 '갓
길'로 우리말로 고쳐 널리 쓰이고 있어서 성공을 거둔 좋은 예라 할 수
있다.

신년 교례회

'교례회(交禮會)'는 '어떤 단체나 조직의 구성원들이 특정한 날이나 일을 계기로 서로 만나서 인사를 나누고 함께 어울리는 모임이나 행사'를 가리키는 말이다.

우리에게 익숙지 않은 일본 한자말이라 국어사전에도 올라 있지 않다. 그런데 어찌된 일인지 광복 61주년이 지난 지금 오히려 정가의 정치적 모임이나 공공기관의 특정 모임 이름에 '○○ 교례회'라는 말을 붙여 안 쓰이던 말이 점점 번져 나가는 듯한 느낌이다. '교례회'는 주로 신년 축하 모임 이름으로 쓰이는데 요즘은 동창회나 친목회 모임에까지 이런 일본식 이름을 붙여 쓰고 있는 양상이다.

정부조직이나 국회 또는 각종 사회단체에서 해를 보내고 새해를 맞이하면서 서로 만나서 덕담을 주고받으며 공통 관심 사항에 대하여 서로의 의견을 주고받는 일도 '교례회'라고 한다.

우리말 한자어도 아닌 이 낱말을 서민 사회보다는 이른바 지식인들이나 고위층에서 더 많이 쓰고 있으니 딱하다는 생각이 든다. 혹시 신년회, 하례회, 기념회, 어울모임 따위의 우리말다운 낱말보다 '교례회'라는 일본 한자말이 더 유식하다고 생각하는 사람들이 있는지도 모르겠다.

일본 것이니까 무조건 배척해야 한다는 의미가 아니라 '교례회'라는 말 자체가 우리말답지 않기 때문에 쓰지 말아야 한다는 것이다.

같은 한자말이라도 '상오, 하오'보다는 '오전, 오후'가 우리말답고 '수순(手順)', 목차(目次)'보다는 '차례(次禮)'가 우리에게 친근하다.

1970년대 이전쯤만 해도 우리나라 주요 일간 신문이나 방송은 육하원칙에 따라 때를 나타낼 때 '오전, 오후'라 하지 않고 '상오, 하오'라는 말을 즐겨 쓴 적이 있다.

이런 말투도 시대의 흐름에 따라 우리말다운 말로 바뀌었다. 물론 바람직한 현상이다.

'조식, 중식, 석식' 따위의 말도 우리말답지 않은 일본식 한자말이다. 수련회나 연수회, 국내외 여행 일정표 같은 데에서 이런 말을 많이 쓴다. 이들은 '아침, 점심, 저녁'으로 적거나 아침 시간에 '아침 운동'과 구분할 필요가 있다면 '아침식사', 저녁에는 '저녁식사'라고 적으면 훨씬 우리말답게 느껴진다.

이제 다시 '교례회'라는 말에 대해 마무리를 지어 보자.

국립국어원이 누리꾼 투표로 실시하는 '우리말 다듬기'에서 일본 한자어 '교례회(交禮會)'를 대신할 우리말로 '어울모임'이 뽑혔다.

'교례회'에 쓰인 한자로 뜻풀이를 한다면 '예를 서로 주고받는 모임'이라 할 수 있다. '어울모임'이란 말이 어느 행사, 어느 모임에나 딱 들어맞을 수는 없겠지만 모임의 성격에 따라 적절히 쓰면 '교례회'의 대체어로 무난하리라고 본다.

'신년 교례회'는 '신년 축하모임' 또는 '새해 어울모임'으로 쓸 수 있고, 새해 인사를 나누는데 목적이 있다면 '신년 하례회', '새해 인사모임' 등 융통성 있게 쓸 수 있을 것이다.

— ≪인천신문≫ 우리말 칼럼 2007. 1. 1.

향후 · 수순 · 입장

요즘 일본 정부가 독도 주변 해역 해저수로 탐사를 추진하고 있어 한·일간에 긴장이 고조되고 있다.

일본이 마찰을 각오하고 탐사를 추진키로 한 것은 지명을 둘러싼 주도권싸움의 일환이라는 해석이 유력하다. 전문가들은 국제수로기구(IHO)가 6월에 독일에서 해저 지명을 논의하는 국제회의(해저지명위원회)를 여는 사실을 염두에 두고 독도를 쟁점화 하려는 것으로 보고 있다. 이들은 회의 개막 전에 독도 주변 해역 해저수로에 일본이름을 붙여둠으로써 선수를 친다는 것이다. 영토 주장의 근거를 마련해 독도를 분쟁 지역화하려는 속셈인 것이다.

일본 외무성 간부도 "해저지명을 논의하는 국제회의 전에 측량을 하겠다."고 말했다고 한다. 시마네(島根)현의 '다케시마의 날' 조례 제정과 고등학교 교과서에 독도를 일본 영토로 명기하도록 지시하는 등 독도를 둘러싼 일련의 움직임은 독도가 자기네 영토라는 근거를 마련하여 영토 주장의 수위를 높이려는 치밀한 계획에 따른 것으로 보인다.

그런데 이 문제를 보도하는 기사 내용 중에 일본식 한자어가 자주 눈에 띄어 이를 바로잡았으면 한다.

일본식 한자말 쓰기를 삼가자는 것은 반일 감정에서라기보다는 이런 낱말들이 우리말답지 못해서 쓰면 자연스럽지 않기 때문이다.

다음은 ㅈ신문에 보도된 일본의 독도 탐사 관련 뉴스 기사에서 따온 문장들이다.

- 18일 일본 해상보안청 해양조사선이 도쿄항을 출발한 것으로 알려짐에 따라 앞으로 독도 근해에서 한·일 함선간의 대치 가능성이 한층 높아졌다. 이 대치는 오는 20일쯤 벌어질 수 있다. 다음은 <u>향후</u> 야기될 수 있는 시나리오.(2006. 4. 19. ㅈ일보)
  …… 중간 생략 …… 이 때부터는 사실상 물리적 충돌 <u>수순</u>으로 들어가게 된다.
- 하지만 정부는 <u>향후</u> 협상에서 독도 기점을 검토하겠다고 밝혔다.(2006. 4. 24.) '유보된 충돌'

위는 일본의 독도 해양 탐사 관련 '정선 불응땐 충돌 불가피'라는 표제의 기사 내용 일부이다.

그 중에 밑줄 친 '향후'와 '수순'이란 낱말은 전형적인 일본식 한자어다. '향후(向後)'란 말은 공공 기관의 공문서에서도 자주 발견되고 병원 의사의 진단서에도 '향후 3주 이상의 입원 치료가 필요함'과 같이 쓰인다.

'향후'란 말은 듣기에도 딱딱하고 관료적인 냄새가 풍긴다. 이 말은 '이 다음'이란 뜻을 지니고 있는데, '향후'대신 '앞으로'라는 말로 바꾸면 입말이나 글말에서 어느 경우에도 대부분 뜻이 통한다.

(1) 다음은 <u>향후</u> 야기될 수 있는 시나리오.
(1)' 다음은 <u>앞으로</u> 일어날 수 있는 시나리오.
(2) <u>향후</u> 3주 이상의 입원 치료가 필요함.
(2)' <u>앞으로</u> 3주 이상의 입원 치료가 필요함.

위 (1)의 '향후'를 (1)'처럼 '앞으로'로 고치고 그 뒤에 '야기될'과 같은 한자말도 '일어날'로 고치면 훨씬 문장이 부드럽고 우리말답다. 그 다음 (2)의 경우도 (2)'처럼 고쳐 쓰면 뜻의 변화도 없으며 말이 쉽고 부드럽다.

(3) 이 때부터는 사실상 물리적 충돌 <u>수순</u>으로 들어가게 된다.

위 (3)에서 '수순'은 바둑 용어로도 빈번히 쓰이는데 '정해진 기준에서 전후, 좌우, 상하 따위의 관계'를 뜻하는 말로 국어사전에도 '차례', '순서'로 순화해 쓰기를 권장하고 있다.

같은 신문 인터넷판에 '日 EEZ 탐사강행 표명·양국 물밑 외교접촉'이라는 표제의 기사 내용 가운데 다음과 같은 글이 있다.

· 이에 대해 라 대사는 일본측 선박의 무단 침입 시 나포까지 불사하겠다는 한국 측의 강경한 <u>입장</u>을 전한 것으로 전해졌다.

여기서 '입장(立場)'은 '당면하고 있는 상황'을 뜻하는 일본식 한자말인데 이 말은 관용화되어 입말과 글말에서 널리 쓰이고 있다. 이것도 문맥에 따라 '처지(處地), 형편' 등으로 바꿔 쓰면 같은 한자말이라도 우리말다운 문장이 된다.

정 종

설이나 추석 명절에 차례를 지내거나 제사 때 쓰는 제주(祭酒)로 이른바 '정종(政宗)'이란 술이 있다. 보통 이렇게 부르지만 '정종'이 올바른 술이름은 아니다.

이 술의 우리 이름은 '청주(淸酒)'라 불러야 맞는 말이다.

'청주'란 쌀·누룩·물을 원료로 하여 빚어서 걸러낸 맑은 술을 가리킨다.

일본 사람들이 즐겨 마시는 '정종'이란 술 이름에는 그 유래가 있다. 일본 전국시대를 누볐던 네 사람의 인물 중에 다테 마사무네(伊達政宗)란 사람이 있었다. 오다 노부가나, 도요토미 히데요시, 도쿠가와 이예야스의 뒤를 잇는 다테 마사무네 가문에는 그들이 내세우는 두 가지 자랑거리가 있었다고 한다. 그 하나가 바로 정교하고 예리한 칼이며 다른 하나는 쌀과 국화로 빚어 만든 술이었다는 것이다. 그런데 이 술맛이 매우 좋고 아주 유명해져서 이 술을 가리켜 국정종(菊政宗)이라 불렀다고 한다. 그러니까 우리가 흔히 '정종'이라고 부르는 술은 마사무네라는 사람의 이름에서 따온 것이라는 것이 이 술의 유래다.(이재운, ≪뜻도 모르고 자주 쓰는 우리말 사전≫, 2003. 참조)

그러면 우리나라에는 이런 술이 없었는가? 그 맛과 재료가 조금 다를 수는 있겠지만 역사적 기록을 보면 고려 때부터 '청주'와 비슷한 술을 빚었던 것으로 추정된다.

일찍이 고려시대의 술에 관한 기록은 명나라에서 전래되는 《계림유사(鷄林遺事)》에서 찾아볼 수 있는데, '고려국에는 찹쌀은 없고 멥쌀로 술을 빚는다'는 기록이 있다. 또 고려시대에 송나라 사신을 따라 왔던 서긍(徐兢)이 지은 《고려도경》이란 견문록에도 한국 술에 관하여 '술의 색이 무겁고 독하며, 빨리 취하고 빨리 깨며 누룩으로 술을 빚는다'라고 하였다. 또, '조정에서는 맑은 술을 빚으며 민가에서는 술을 잘 빚기가 어려워 맛이 묽고 색이 진하다' 등의 기록이 있다. 여기서 청·탁이 분명한 청주와 탁주의 차이를 처음으로 표현한 기록이 나타난 것으로 볼 수 있다.

청주는 보통 기온이 낮고 공기가 청정(淸淨)한 겨울철에(11~3월) 빚는다. 쌀을 쪄서 누룩과 물을 가하여 며칠 두면 효모균과 술효모가 발육한다. 이것을 독에 넣고 다시 3번에 걸쳐 찐 쌀과 누룩과 물을 가하여 잘 섞어서 저장해 두면 효모균의 작용으로 쌀의 녹말은 당분으로 변하고, 효모의 작용으로 알코올로 변한다. 보통 최고온도 14~16℃로, 16~25일간 숙성시킨다. 이것을 걸러낸 것이 탁주(막걸리)이고 이것을 통에 부어 30~35일간 깨끗한 곳에 두면 맑은 청주가 된다. 이 술을 50~65℃로 살균하여, 출하할 때에는 급별 규격에 맞추어 물을 부어 희석한 후 병에 넣어 다시 살균하여 시판한다고 한다. 우리나라에서 청주산지로 유명한 곳은 마산·군산, 특히 논산 등이 꼽힌다.

일본이 원산지라고 할 수 있는 '정종'과 우리의 술 '청주'는 그 맛이나 제조 과정에서 약간의 차이는 있을 수 있지만 일본술 '정종'도 원래 술 이름이 아니므로 우리는 이 술을 '청주'라고 불러야 마땅하다.

와사비

우리가 일식집이나 생선횟집에서 회를 먹을 때 반드시 찾는 양념이 있다. 이것을 보통 일본말로 와사비라고 부르는데 회를 먹을 때 초장에 섞어서 매콤한 맛을 내는 빼놓을 수 없는 양념이다.

와사비를 만드는 재료가 고추냉이라는 식물의 뿌리이기 때문에 이 양념 이름도 우리말로 '고추냉이'라 부른다.

생 와사비를 생산하는 고추냉이는 십자화과(十字花科 ; Brassicaceae) 에 속하는 여러해살이풀로 키는 30cm 정도이며, 잎은 심장 모양이고 뿌리에서 떨기로 난다. 여름에 흰 꽃이 총상(總狀) 꽃차례로 줄기 끝에 피고 열매는 장각과(長角果)를 맺는다. 땅속줄기는 양념 또는 약재로 쓴 다고 사전에서 설명하고 있다. 고추냉이는 시냇가에 나는데 한국, 사할 린, 일본 등지에 분포하는 것으로 알려져 있다.

학명이 '와사비아 코리아나(wasabia koreana)'로 되어 있으며, 울릉도 에 서식하는 것으로 보아 이 식물의 원산지는 우리나라일 가능성이 높다.

와사비는 일본요리의 매운 맛을 내는데 없어서 안 되는 일본 특유의 향신료로서 특히 생선회, 초밥, 면류, 생선묵 등의 구미를 돋구는데 사 용된다.

이 와사비와 겨자를 같은 양념으로 혼동하는 경우도 있는 듯하다.

와사비와 겨자는 양념 맛은 매콤하기가 비슷하지만 그 원료나 만드는 방법이 다르다.

우리가 보통 먹는 겨자(mustard)는 겨자씨로 만든 양념이다. 겨자씨를 물에 불려 매에 갈아서 꿀이나 설탕, 소금과 초를 치고 더운 김을 들이면서 자꾸 저어 만든다고 한다. 냉면과 생선회, 겨자채에 맛을 돋우는 양념으로 사용된다.

와사비는 고추냉이의 뿌리 부분을 말려 가루를 낸 것을 녹색의 물을 들여 조미료와 겨자를 적절하게 배합한 것이라고 한다.

와사비는 일본요리의 매운 맛을 내는데 없어서 안 되는 일본 특산의 향신료로서 특히 생선회, 초밥, 면류, 생선묵 등의 구미를 돋우는데 사용된다.

앞에서 밝힌 것처럼 일본말 '와사비'는 와사비의 원료 식물 '고추냉이'의 이름 그대로 양념 이름도 '고추냉이'로 부르도록 국어사전에 나와 있다.

이제 음식점에서 '와사비'란 일본말 대신에 "여기 고추냉이 좀 더 주세요."라고 말할 수 있어야 하며, 상대방이 잘 알아듣지 못하면 가르쳐주고 널리 퍼뜨려서 일본말 찌꺼기를 없애고 우리말을 정착시키고자 하는 노력이 필요하다.

다섯째 마당_ 한말글 사랑 논단

국어 능력 시험 확대해야
우리식 이름 짓기
공문서까지도 한글 홀대
국보 1호에 대한 재론
살려 써야 할 말 '먹거리'
줄여 쓰기에 대하여
우리말이 가야 할 길
우리말이 바로 서야 나라가 바로 선다

국어 능력 시험 확대해야

　최근의 언론 보도에 의하면 기업인들이 신입사원들의 국어 능력에 적잖은 불만을 갖고 있다는 조사 결과가 나왔다고 한다. 한마디로 영어보다 국어 성적이 더 나쁘다는 것이다.

　어느 전문 조사 기관이 기업 인사담당자들을 대상으로 신입사원에게 가장 부족한 업무 능력을 조사한 결과 '외국어 능력'이 아니라 '국어 능력'을 꼽았다는 것이다. 이 조사에 의하면 국어능력은 업무 전문성, 대인관계 능력에 이어 신입사원에게 세 번째로 부족한 분야로 꼽혔다.

　국어 실력 중에서는 쓰기, 말하기 등 표현 능력이 가장 부족하며, 국어와 관련된 업무 중 가장 부족한 부분은 계획안·보고서 작성 능력, 그밖에 대화 능력, 표현 능력, 전자우편 작성 능력 등도 문제로 지적됐다.

　세계화와 국제화, 정보화 바람이 불면서 언어능력에 바탕이 되는 우리말과 글을 경시하고 국어교육을 잘못한 결과가 아닌가 생각한다. 국어는 사실상 세계화에 따른 영어 중시 풍조로 점점 홀대받고 있다. 게다가 인터넷 통신이 확산되면서 국어가 심각하게 오염되고 훼손되고 있다.

　이른바 일류 대학들이 입시에서 논술 시험의 비중을 높이겠다거나 본고사의 부활을 꾀하며 나서는 데에는 그만한 이유가 있는 것이다. 지금 중·고등학교의 시험의 대부분은 객관식 5지선다형으로 치러지고 있으며, 수행 평가라는 것을 도입했지만 한 편의 보고서나 글을 제대로 쓸 수 있도록 하는 교육이나, 시험제도가 없다고 해도 지나친 말이 아니다.

현행 교육과정을 보면 국어과의 내용은 듣기, 말하기, 읽기, 쓰기, 국어 지식, 문학 등 6개 영역으로 이루어져 있다. 교육 현장에서 자세히 살펴보면 이 6개 영역 중 말하기, 쓰기 등 표현능력에 대한 지도가 부족하며, 주로 글의 내용이나 문맥을 이해하는 읽기나 문학 영역에 중심이 쏠리고 있다. 특히 우리말의 근본 체계를 이해해야 하는 국어 지식 영역의 학교문법 지도가 부실하기 짝이 없다. 중학교는 국어 교과에 끼워넣기식의 문법과정이 그 단계나 체계가 허술하여 영어과에서 주어, 동사라는 말을 가르칠 때 국어 시간에 들어보지 못한 문법용어를 학생들은 생소하게 느끼며 배우고 있다. 또 고등학교는 문법이 선택과목으로 되어 있어서 배워보지도 못하는 학생이 대부분이다.

이런 교육을 받고 외국어 열풍에 휩싸여, 인터넷 시대에 사는 신세대들의 국어 능력이 우수할 리 만무하다.

대기업이나 회사들의 신입사원 채용 시험에서 토익이나 토플, 일본어 능력시험과 같은 외국어 능력 시험이나 한자 시험 결과는 반영해도 국어능력 시험을 본다거나 이를 반영하는 회사는 드물다.

우리나라에 국어능력 시험제도가 전혀 없는 것은 아니다. 지난해 한국방송공사는 '제1회 한국어능력시험'을 직접 주관해 실시했고, 이 시험의 점수를 필수 전형 요소로 정했다. 중앙일보 역시 입사전형 중 하나로 한국언어문화연구원이 주관하는 '국어능력 인증시험'을 보고 있다.

이제 우리는 홀대했던 우리말을 바로 세우기 위해 조기 영어교육,

조기 유학만을 고집할 것이 아니라 우리말부터 바로 가르치고 국어를 사랑하며 중시하는 사회 풍토를 조성해 나가야할 것이다.

우선 학교 교육에서는 국어과 교육과정의 보완이나 개편 작업이 이루어 져야 한다. 읽기나 문학 등 국어의 이해 능력에 치우쳤던 국어과 지도에서 말하기와 쓰기 등 표현 능력을 기르고 체계적인 문법지도로 국어의 기초 언어능력을 터득하게 해야 한다.

다음은 국가적인 차원에서 '국립국어원'과 같은 권위 있는 기관의 주관으로 '한국어 능력 인증시험'을 치르게 하여 기업체뿐만 아니라 공무원 채용 시험, 특히 교사 임용의 전제 조건으로 그 결과를 반영할 것을 제의한다.

우리말 체계를 바로 알아야 외국어도 제대로 배울 수 있으며, 우리말이 바로 서야 국가가 바로 선다는 점을 명심하자.

— 《중앙일보》 시론 2005. 7. 30.

우리식 이름 짓기

 우리가 일상생활을 하면서 원활한 의사소통을 하기 위해서는 여러 가지의 이름을 짓고, 이를 또 불러야 한다. 우리에게 가장 필요한 사람 이름에서부터 땅이름, 물건이름, 가게이름, 아파트이름 등 사용되는 이름은 수없이 많으며 이를 세분하면 가지 수는 무수히 늘어난다.

 그런데 이러한 여러 가지 이름들이 대부분 한자로 지은 이름들이 많고 근래에는 영어나 다른 외국어로 지은 이름도 늘어나는 추세이다. 이름 짓기는 당대의 문화와 글자 사용과 깊은 관계가 있는 것으로 생각된다. 한글이 보편적으로 쓰이기 이전에는 토박이말이 있으면서도 문자로 표현할 방법이 없어서 한자이름을 많이 짓고 사용했으며, 요즘엔 영어 등의 외국어를 무분별하게 받아들여 이름으로 지어 쓰기도 한다.

 강원도 고성군 거진항에 가면 바닷가에 시원하게 높이 지은 아파트가 있는데 그 이름이 '성원오션상떼빌'이다. 또 서해대교 중간에 자리 잡은 행담도휴게소 이름은 괄호 안으로 밀려 숨어 있고 간판에 드러난 이름은 '오션파크리조트'이다.

 이러한 추세와는 달리 경기도 부천의 중동이나 상동에 있는 아파트의 이름은 꿈마을, 진달래마을, 반달마을, 하얀마을, 사랑마을, 보람마을, 한아름마을 등 대부분 토박이말로 이름을 예쁘게 지어, 보고 부르는 이들로 하여금 편하고 우리만이 함께 느낄 수 있는 한국인의 정서를 자아내기도 한다.

그러면 사람의 이름은 어떠한가. 우리나라의 사람 이름은 아직도 중국식 한자 이름이 대다수를 차지한다. 족보와 호적에 올리기 위해 돌림자도 써야 하고 평생 쓰고 불러야 할 소중한 이름을 고정 관념에서 벗어나 우리식 한글 이름으로 짓기란 쉽지 않다.

또 한글 이름 짓기에 대한 전문성이 떨어지다 보니, 이미 지어 부르는 몇몇 좋은 이름을 빼고 나면 지을 이름이 별로 없다는 문제점을 제기하기도 한다. 한글이름을 손수 짓고 권장하는 이들의 주장을 보면 장점도 많고 이런 문제점을 해결하는 좋은 방법들이 나온다. 여기서는 이 분야의 전문가 배우리 님의 생각을 요약해 소개하고자 한다.(배우리, 《우리말 고운말 고운이름 한글이름》 참조)

우선 한글이름은 적기 쉽고 알기 쉽다는 점이다. 신미옥(新味屋)이란 음식점이름을 '새맛집'으로, 청파(靑坡) 커피숍을 '푸른언덕찻집'으로 고쳐 지어 부르면 한자를 몰라도 뜻이 통하며 알기 쉽다는 것이다.

다음은 외우기 쉽고 뜻이 잘 살아난다는 점이다.

"슬기야, 보람아"라고 부를 때, 부르는 사람은 이미 은연중에 그 이름의 뜻까지 생각하게 되지만 "용석아, 영숙아" 하고 부를 때는 한자어의 뜻을 생각하며 부르지는 않는다는 것이다. 한자로 된 용석, 영숙보다 겉으로 뜻이 드러나는 슬기, 보람이 더 외우기 쉽다는 것이다.

나하나, 민들레, 신나리, 정다워라, 한아름, 함초롬, 도라지, 박초롱꽃, 박달나무……와 같이 성과 이름이 어울려 훌륭한 뜻을 이루는 이름을 지을 수도 있다.

그밖에도 한글 이름은 '소리가 밝고 부드러운 것이 많다. 순수한 토박이말로 지어 옛말을 살려 쓰는데 큰 도움을 준다. 중국식 한자 이름처럼 음절수에 얽매일 필요가 없다. 뜻을 모아 뭉쳐 짧게 줄여 지을 수 있다.' 등의 장점을 가지고 있다.

우리의 옛말을 되살려 토박이말 이름을 지으면 우리 조상들의 문화와 얼을 이어받아 단절됐던 옛 토박이말을 이어가는 우리말 어휘의 확장 효과도 얻을 수 있다. 가람, 한메, 외솔, 미루(용), 한울 같은 이름들이 그 본보기이다.

특히 우리가 고정 관념을 깨지 못하는 것 중의 하나가 이름을 지을 때 음절수에 얽매이는 것이다. 성을 빼고 두 글자가 기본이고 특별한 경우 외자 이름을 쓰는 정도가 상식으로 되어 있다. 한자 이름도 마찬가지이긴 하지만 우리식 이름은 글자수(음절)에 얽매일 필요가 없다. 참, 솜, 한, 별, 해와 같은 한 음절에서부터 보라, 버들, 한솔, 우람, 꽃개울, 한미루, 다우리, 방그레, 슬기롬, 산여울, 구슬아기, 버들나리, 장한우리, 아름가라뫼 등 두 음절 이상의 예쁜 이름을 만들어 지을 수 있다.

물론 한계가 있긴 하지만, 토박이말을 찾아내고 잘 연구하면 우리식의 좋은 이름을 지어 부를 수 있다. 사람 이름뿐만 아니라 회사이름 가게이름, 길이름, 아파트 이름 등 앞으로 새로 지어야 할 이름이 많을 것이고 필요에 따라 고쳐야 할 이름들도 있을 것이다.

우리나라 사람이 우리식으로 이름을 지어 부르는 것은 당연하고 아주 자연스러운 일이다. 그러나 요즘 KT나 KTF, KT&G, KCC 간판은 있어도 한국통신, 한국이동통신, 한국담배인삼공사, 금강고려화학이란 원래 이름은 찾아 볼 수 없으니 고객들은 이들이 무슨 이름인지, 뭐 하는 곳인지조차 모르는 사람도 꽤 많을 듯하다.

과연 이것이 세계화이며 우리나라 경제성장을 위해 꼭 필요한 이름인지 되돌아보고, 이제 냉정하게 판단하여 우리가 선택해야 할 일이다.

— ≪인천신문≫ 우리말 칼럼 2007. 8. 7.

공문서까지도 한글 홀대

교육청에서 학교로 온 공문서 제목에 '『육아데이 캠페인』 홍보'란 제목이 있었다. 이 공문의 생산 출처를 캐 보니 여성(가족)부에서 여성정책과를 통해 전국 관련 부처와 기관에 협조 요청을 하니까 교육청에서 이를 받아 그대로 복사하다시피 하여 각급 학교로 보낸 것이다. 이를 어려운 말로 이첩 공문이라 한다. 공문 내용을 보면 아래와 같이 이어진다.

1. 관련 : 여성교육정책과 –×××호
2. 여성가족부에서는 보육의 중요성에 관한 사회적 관심과 인식 제고를 위하여 매월 6일을 '육아 Day'로 지정, 직장과 …….
3. 4. (줄임)

위 공문서를 보면 우선 이 공문서를 만든 사람들이 우리나라 공문서 규정을 위반하고 있다는 사실이다. 내용 2.에 보면 'Day'라는 영어를 공문서에 노출시켜 썼는데 이것은 규정 위반이다.

사무관리규정(개정, 2002. 12. 26.) 제2절 공문서 관리의 제10조에 보면, '문서는 …… 어문규범에 맞게 한글로 작성하되, 쉽고 간명하게 표현하고, 뜻을 정확하게 전달하기 위하여 필요한 경우에는 괄호 안에 한자 그 밖의 외국어를 넣어 쓸 수 있으며, 특별한 사유가 있는 경우를 제외하고는 가로로 쓴다.'고 되어 있다.

따라서 'Day'라는 영어를 꼭 공문서에 써야 할 필요가 있다면 '육아데이(day)'와 같이 영어를 괄호 안에 넣어야 한다. 최근 공문서들을 보면 내용뿐만 아니라 공문 제목에도 영문자를 노출시켜 쓴 것이 흔히 발견된다.

이 문서에서 공문 뒤에 덧붙인 안내 내용을 보면 '육아데이'에 대해 다음과 같이 설명하고 있다.

"매월 6일을 '육아데이'로 정하여 직장에서는 어린 자녀를 가진 직원들의 정시 퇴근을 배려하고, 부모는 자녀 보육에 보다 적극적으로 참여할 시간을 가지며, 어린이집(보육시설)은 부모 참여 프로그램 등을 활성화하자는 것으로, 직장-부모-어린이집의 유기적인 연계를 통해 보육에 관한 사회적인 관심과 참여를 확대해 나가자는 캠페인입니다."

공문서를 생산해 내는 공무원들은 책임감을 가지고 신중하게 작성하고 문장은 규정대로 쉽고 명확하게 써 줄 것을 당부하고 싶다.

제목에 쓰인 '캠페인'이란 말은 사전에 올라 있는 외래어이지만 '운동', '계몽' 등으로 바꿔 쓸 수 있다. 더구나 '데이'는 외래어도 아닌 외국어다. 국어사전에 없는 말이다. '육아데이'는 위 내용으로 보아 '육아의 날', '보육의 날', 더 쉬운 말로 '아기 돌보는 날'이라고 한다면 우리에게 더 친근하게 다가올 수 있을 것이다.

'발렌타인데이'가 우리나라에 들어오면서 우리가 만든 '데이'도 한두 가지가 아니다. 이들은 대개 어려워진 경제를 살리기 위해 우리 농산물을 소비시키기 위한 취지로 만든 말들인데 '삼겹살데이(3. 3.)', 오이데이(5. 2.), 구이데이(9. 2.), 구구데이(9. 9.) 등이 그것이다.

이제 우리가 이렇게 '데이'에 익숙해지다 보면 어린이날, 어버이날, 한글날도 '어린이데이, 어버이데이, 한글데이'라고 고쳐 부르자는 주장이 나올 듯하니 세종대왕께서 어찌 생각하실 지 걱정스럽다. 우리는 언제부턴가 세계화를 앞세운 영어에 홀려 우리말과 한글을 홀대하기 시작했다. 우리 자신도 잘 모르는 사이에.

— 《동아일보》 여론마당 2005. 10. 8.

국보 1호에 대한 재론

국보 제1호 숭례문을 다른 문화재로 바꾸는 방안이 추진되다가 논란 끝에 숭례문을 당분간 유지하기로 했다고 한다.

문화재위원장은 국보지정분과위원회를 마치고 문화재청이 국보 보물 등 문화재 분류 및 관리체계 개선안을 마련하면 이를 토대로 지정번호를 없애는 방안을 정식으로 검토하겠다고 발표했다.

글쓴이는 이 문제가 공론화 된 기회에 국보1호만은 '훈민정음'으로 다시 지정하자는 의견을 감히 내놓는다. 문화재의 지정번호는 가치의 높고 낮음을 표시한 것이 아니고 지정 순서에 의한 것이라고 하지만 제1호에 대한 대표성은 대외적으로 미치는 영향이 대단히 크다고 생각한다.

지정번호를 없애고 관리번호만 매길 바에는 현행 국보 지정번호를 제1호 숭례문과 제70호 훈민정음을 맞바꾸어 재지정하면 교체에 관련되는 비용이나 관리상의 문제도 크게 구애받을 것이 없을 것이다.

숭례문은 일제 강점기인 1934년 조선 총독부가 '조선 중요 문화재 보존령'을 내려 보물 제1호로 지정됐다가 1962년 문화재 관리국에서 이미 지정된 보물을 국보와 보물로 나누어 지정하면서 국보 제1호로 되었다. 국보 제1호가 일제의 잔재냐 아니냐를 떠나서, 대부분의 국민 여론은 온 세계에 자랑할 만한 1등 문화재는 어떤 방법으로든 표시되어야 하며,

'훈민정음'의 지지 의견이 지배적이다. 어느 방송 '열린 토론'에서는 지정번호를 없애더라도 가장 대표성 있는 문화재를 '으뜸국보'로 하자는 의견도 있었다.

훈민정음이 국보1호 또는 '으뜸국보'가 되어야 하는 가장 큰 이유는 그 상징성과 대표성에 있다. 외국인이 우리에게 당신 나라에서 국보로 내세울 것이 있으면 말해보라고 하면 우리는 떳떳하게 훈민정음 또는 한글이라고 말하고 한글의 우수성을 자랑할 수 있어야 한다. 다른 나라에서는 문화재를 어떤 방식으로 관리하든 우리 정서에 제1호의 상징성은 대단한 것이다. 우리가 초등학교에서 지식 암기 위주의 교육을 받을 때 국보 제1호, 보물 제1호는 시험 문제에 단골로 출제됐다.

우리는 한글을 편하게 쓰면서도 그 우수성에 대해서는 둔감한 편이며 오히려 세계의 언어학자들이 이를 높이 평가하고 극찬하고 있으니 부끄러운 마음이 들 정도다. 유네스코가 수여하는 문맹 퇴치 공로상의 이름도 '세종대왕상'이며 세계 각국의 언어학자들 역시 한글을 인류의 위대한 지적(知的) 성취물의 하나로 손꼽고 있다.

한글의 우수성은 여러 가지가 있지만 우선 제자원리가 매우 과학적이고 체계적인 문자라는 점이다. 글자 모양은 발음기관을 본 떴으며 문자의 활용을 극대화할 수 있는 음소문자이고, 속도가 생명인 정보화 시대에도 엄청난 위력을 발휘할 수 있는 조건을 갖췄다.

지구상의 문자 가운데 한글은 분명한 탄생 기록이 있는 유일한 소리글자로서 24자의 조합으로 무려 1만 1천여 개의 소리값을 나타낼 수 있다. 그러니까 한글은 세계 어느 나라의 말도 소리나는 대로 거의 다 적을 수 있는 최대의 장점을 가지고 있는 자랑스러운 문자다.

우리의 문화재는 모두가 소중하다. 문화재청이 문화재 분류 및 관리 체계 개선안을 새로 마련한다면, 논란이 있다고 해서 지정번호를 없앨 필요는 없다고 생각한다. 석굴암, 팔만대장경, 조선왕조실록 등 다른 후보군을 포함해서 문화재위원들의 심사와 행정절차를 거쳐 간송미술관 소장 '훈민정음(해례본)'을 '국보1호' 또는 '으뜸국보'로 지정하여 우리 국민의 자긍심을 드높일 수 있는 계기를 마련해 주기 바란다.

— 《인천일보》 시평 2005. 11. 21.

❖ 참고

'국보 1호 다시 생각한다'라는 표제로 지은이가 쓴 비슷한 내용의 글이 경향신문(2005. 11. 19.)에 실렸습니다.

살려 써야 할 말 '먹거리'

　　"늦은 잠을 '늦잠'이라고, 꺾인 쇠를 '꺾쇠'라고 쓰는데 '먹거리'는
왜 안 됩니까. 말을 문법의 눈으로만 바라보는 것은 편협해요. 말도
사람처럼 생명과 감정이 있습니다. 보편적 생명을 얻은 말을 문법이
틀렸다고 죽일 수는 없는 거죠."

　　전 국립국어원장 남기심 님이 임기를 마치며 떠나는 기자회견에서
남긴 말 가운데 일부이다.
　　'먹거리'란 말이 보편화되어 널리 쓰이고 있음에도 불구하고 ≪표준
국어대사전≫(국립국어원)에 '먹거리'는 '먹을거리'의 잘못이라고 적혀
있다.
　　물론 국어사전의 올림말을 원장 단독으로 결정하지는 못할 것이다.
또 그렇게 해서도 안 될 일이다. ≪표준국어대사전≫은 이분이 원장으
로 취임하기 전에 출판된 것으로 안다.
　　그러나 '먹거리'는 '먹을거리'의 준말이며 한자말인 '식량', '양식', '식
품', '음식' 등을 포괄하는 토박이말로 이미 우리말 속에 자리 잡고 있다.
　　우리가 흔히 쓰는 '음식'이란 말은 밥상에 올려 먹을 수 있는 것들을
가리키고, '식품'은 먹을거리의 원료에 어떠한 가공을 한 물건들이라

할 수 있고, '식량'이나 '양식'은 주로 먹고 사는 곡식에 한정되어 있다. 이들에 대해 '먹거리'는 현대 사회에서 다양한 먹을거리를 총칭하는 말로 가장 적합하게 쓰일 수 있는 낱말이다.

그런데 '먹거리'가 조어법에 어긋난다고 하여 표준말로 인정하지 않고 있다.

결론부터 말하자면 '먹거리'는 조어법에 어긋난다고 할 수 없다. 우리말에는 용언의 어간에 명사를 붙여 쓰이는 합성어들이 있다.

> (1) 덮-밥, 익-반죽, 늦-잠
> (2) 먹-성, 밉-상, 곱-상

위 (1)의 경우는 용언의 어간과 독립성이 있는 자립명사가 결합하여 합성어를 만든 경우인데 '거리'를 자립명사로 볼 경우에 조어법이 일치한다. '익반죽' 경우는 동사 '익다'의 어간 '익-'에 명사 반죽이 결합한 말인데 '가루에 끓는 물을 부어서 하는 반죽'이란 뜻이다.

(2)의 경우는 동사의 어간 '먹', 형용사의 어간 '밉-', '곱-'이 명사 '성', '상'과 결합하여 자연스러운 합성어가 되었다. 다만 (1)의 예와 다른 점은 뒤에 결합된 명사 '성'이나 '상'이 '먹거리'의 '거리'처럼 자립성이 좀 떨어진다는 것이다.

따라서 '먹-거리'의 '거리'가 자립명사이든 의존명사이든 용언의 어간과 결합할 수 있으므로 조어법에 어긋난다고 말할 수 없다.

> (3) 반찬거리, 국거리, 김칫거리, 횟거리, 일거리, 장거리
> (4) 관심거리, 구경거리, 자랑거리, 웃음거리

그밖에도 위 (3), (4)와 같이 '거리'는 명사들과도 결합하여 여러 낱

말을 만들어 쓰이는 조어 능력이 있다.

다만 '땔-거리', '볼-거리'처럼 '거리' 앞의 동사가 관형사형을 취해야 조어법에 맞는다고 주장하는 이들이 있는데, 위 (1), (2)에서처럼 동사의 어간과 직접 결합한 합성어의 용례가 있고, 이미 널리 쓰이고 있는 좋은 토박이말을 조어법에 맞지 않는다고 우기면서 이미 널리 쓰이고 있는 우리말의 어휘를 사장시켜야 할 이유가 없다.

1998년 표준말 재사정 이전에 '-하시어요' 준말은 '-하셔요'였다. 그러나 대부분의 우리말 쓰는 이들이 '-하세요'라고 하니까 표준말로 '-하세요'를 허용했다. 음운 축약의 규칙에 맞게 줄인다면 당연히 '-하셔요'가 맞는다. 그러나 이제는 복수 표준어가 인정되어 '안녕하세요'와 '안녕하셔요' 또는 '운동하세요.'와 '운동하셔요'를 모두 쓸 수 있다. 한글학회에서 밝힌 대로 '먹을거리'의 준말로 '먹거리'를 쓴다고 해서 조어법에 어긋남이 없다고 본다.

'먹거리' 살려쓰기를 주장한 고 김민환 님에 따르면 이는 새로 만든 말이 아니라 우리 조상들이 '먹을거리'의 준말로 이미 써 왔던 말이라고 한다.

> 평안도가 고향인 소설가 정 비석 님, 함경도가 고향인 한국 기독교 청년회(Y.M.C.A.) 명예총무 전택부 님, 서울이 고향인 한갑수 님 등 열 다섯 분의 증언과 같이, "먹을거리"의 준말로서 일상 용어로 자연스럽게 써 왔으나, 한자말인 "음식, 식품, 식량" 등의 말에 억눌려 차츰 잊어버릴 뻔한 우리말을 되찾아 쓰기 시작한 것이다.(김민환, 한글 새소식 256호)

최근에는 '먹거리'란 말이 널리 쓰이기 시작하여 여러 종류의 국어사전에 이 낱말이 실렸다.(우리말 큰사전 1368쪽, 국어대사전 418쪽, 에쎈스 국어사전 722쪽, 한국 카톨릭성서 낱말사전 91쪽)

그러나 안타까운 것은 앞에서 지적했듯이 국립국어원의 ≪표준국어대사전≫에 '먹거리'를 '먹을거리'의 잘못이라고 올려놓았다는 사실이다. 이것은 표준어를 재사정할 기회가 되면 반드시 바르게 고쳐 '먹거리'의 뜻을 널리 알려야 할 것이다.

줄여 쓰기에 대하여

어느 나라말이나 마찬가지지만 말에도 경제 원리가 적용되어 줄여 쓰기를 하는 경우가 있다. 우리나라 말도 예외가 아니어서 준말(약어)을 쓰기도하고 때로는 머리글자(initial)만 따서 쓰기도 한다.

준말이란 '사이'를 '새'로 줄여 쓴다든가 고유명사에서, 한국은행은 '한은', 연수중학교는 연수중, 또 고등학생들이 하는 야간 자율학습을 '야자' 따위로 쓰는 것들을 가리킨다. 머리글자를 따서 쓰는 경우는 신문이나 잡지에서 이름을 밝히는 것이 곤란할 때 '강남중학교'를 'ㄱ 중학교', 박아무개를 'ㅂ'씨 따위로 표현 하는 것이다.

줄여 쓰기에서 이와 같은 사례는 말의 편의성과 경제성을 살리는 취지에서 필요에 따라 쓸 수 있는 정상적인 언어 행위로 볼 수 있다.

그러나 줄여 쓰기의 기본을 무시한 준말이나 우리말과는 동떨어진 영문 머리글자를 따서 쓰기, 인터넷 통신언어에서의 한글 파괴 등 우리말의 뿌리를 흔드는 일들이 최근 들어 부쩍 늘어나고 있는 것은 염려스러운 일이다. 우선 기본을 무시한 준말이라고 하면 외래어에서 많은데 텔레비전을 '테레비'라고 한다든지 슈퍼마켓을 '슈퍼'라고 부르는 따위이다. 이렇게 아무렇게나 줄여 쓰는 버릇은 우리도 모르는 사이에 일본에서 들어온 말들이 많다. 예부터 써오는 마이크란 말은 이미 외래어로 굳게 자리 잡고 있지만 이는 원래 '마이크로폰(micro-phone)'을 줄인 것이므로 '엠피(m.p.)' 정도로 줄여야 양쪽 의미를 포괄할 수 있다. 물론 각종 단어를 이런 식으로 줄인다면 같은 형태의 준말이 많아져 혼선을 일으킬 수도 있다. 그래서 줄여 쓰는 것만이 능사가 아니고 필요한 경우에만 줄여 쓰는 것이 바람직하다. 또 최근엔 인터넷상에서 악성 댓글을 악플(惡性+reple)이라고 하여 한자와 영어가 뒤섞인 이상한 줄임말을 만들어 우리말을 혼탁하게 하기도 한다. 인터넷 통신언어에서 쓰는 어솨요, 샘(선생님), 즐겜, 고딩 따위의 줄임말은 이젠 누리꾼들의 공용어가 돼 버렸지만, 언어 그 자체로 보면 한글 파괴 행위에 해당한다.

머리글자를 따서 간단하게 쓰는 경우는 사람이름에서부터 회사이름, 가게이름, 물건 이름 등 다양한데 여기서도 우리말이나 한글의 머리글자를 따기보다는 영문자(로마자)를 쓰기 때문에 부르기도 불편하지만 그 뜻조차 모르는 경우가 많다.

사람 이름은 한 시절 정치 세력을 과시했던 'YS'(김영삼), 'DJ'(김대중)', 'JP'(김종필)가 대표적이다. 이들은 머리글자만 써도 당시 사람은 누구나 잘 알 정도로 널리 사용했고 그 역할의 중심은 언론(주로 신문)이었다. 위에서 예로 든 ㄱ 중학교, ㅂ씨 같은 말도 K중학교, B씨와 같이 영어를 선호하는 것이 우리나라 언론의 습성이다.

각종 대기업이나 국영기업체, 은행 등의 이름도 세계화를 내세워 '럭키금성'은 LG, 포항제철은 POSCO, 선경은 SK로 바꾸었고 한국통신은 KT, 고려금강화학은 KCC, 한국담배인삼공사는 KT&G 등 영어로 이름 바꾸기가 유행처럼 늘어나고 있으며, 은행도 국민은행은 KB로 한글과 병행해 쓰면서 차츰 영어에 길들여지면 한글 간판을 아예 없앨 지도 모를 일이다.

그런데 이렇게 이름을 영어식으로 바꾸어서 대기업들이 세계로 뻗어

나가 외화를 벌어들이고 사업이 번창하며 은행이 융성한다면 이를 누가 탓하겠는가? 문제는 국내 사용자들의 불편함을 무시한 처사가 비난의 대상이 되고 있는 것이다. 위에 제시한 어느 통신 업체는 이용자를 불편하게 한다고 하여 고발까지 당했다는 소리를 들었다. 글쓴이도 이런 이름들이 아직도 생소하여 새로 생긴 전화국을 못 찾아 고생한 적이 있다. 농구 경기를 볼 때에도 전광판에 전주 KCC, 안양 KT&G, 부산 KTF처럼 적혀 있어 그 팀의 연고지는 알 수 있으나 보통사람들은 해당 기업체의 이름을 분별하기가 어렵다.

아무리 세계적으로 진출하는 대기업이라 하더라도 국내에 고객이 있는 기업이라면 내국인들의 편의를 먼저 생각해야 한다. 삼성이나 현대 같은 경우는 회사 이름을 우리말 그대로 쓰면서 외국 홍보용으로는 SAMSUNG, HYUNDAI라고 쓴다. 우리가 외국 여행을 하다가 이런 광고 간판을 보면 얼마나 자랑스러움을 느끼는가? 그들은 이름을 고치지 않고도 우리나라 경제를 이끌어가며 세계를 주름잡는 훌륭한 대기업들이다.

줄여 쓰기는 적절히 잘 활용하면 언어의 경제성을 살리고 우리의 말글 생활을 편리하게 하는 이점이 있다. 하지만 우리말은 우리말답게 줄여 쓰고 줄여 쓰기의 기본을 지켜 씀으로써 우리말을 혼탁하게 하는 언어행위는 자제해야 할 것이다.

─≪인천신문≫ 우리말 칼럼 2006. 12. 1.

우리말이 가야 할 길

쉬울수록 좋은 말

우리나라 사람들은 말을 하거나 글을 쓸 때 쉬운 토박이말(순우리말) 보다는 한자어나 외래어를 선호하는 경향이 있다.

이것은 우리 말글 생활의 역사가 말은 입말로 비롯되었겠지만, 글은 한자를 언어 표현의 수단으로 수백 년간 써 왔기 때문이 아닌가 생각한다. 말과 글은 분리해서도 쓰이지만 서로 깊은 상관관계를 맺고 있다. 말하기에서 어휘를 선택할 때 글에서 쓰던 한자어가 더 익숙해져서 한자어를 선택할 수도 있다. 또 쉬운 토박이말보다는 글공부깨나 했다는 사람들은 남이 잘 모르는 어려운 한자어나 사자성어를 섞어 쓰면 유식하게 보이던 시절도 있었다.

요즘 같은 고학력 시대가 아닌 6, 70년대에는 이른바 '인텔리'라고 하는 지식인들이 우리말에 외국말(주로 영어)을 섞어 쓰기를 좋아했으며 보통사람들은 이들을 유식하다고 보았다.

글을 쓸 때에도 마찬가지다. 쉬운 토박이말 중심으로 문장을 구성하기보다는 적당히 어려운 한자말이나 영어를 섞어 쓰면 높이 평가 받기도 하였다. 요즘도 그런 교수가 있는지 모르지만 대학에서 시험지 답안이나 논문을 쓸 때 한글 문장 안에 한자를 되도록 많이 섞어 쓰고 전문

용어 따위를 영어로 쓰면 훨씬 후한 점수를 받는다는 것은 흔히 들어본 이야기다.

이러한 언어습관이나 한자 사대주의가 우리말 속에 스며들어 요즘에도 남아있는 모습들을 쉽게 발견할 수 있다. 머리털이란 말 대신에 두발, 모발이란 말을 쓰며, 입안은 구강, 누에치기를 양잠이라 하고 옷보다는 의상이라는 말을 선호하기도 한다.

또 우리말은 외국어에서 보기 힘든 대우법(존비법)이 발달하였는데 토박이말이 예사말로 쓰이고 이에 대응하는 한자말이 높임말로 굳어진 것들도 있다. 남의 아버지를 높여 부를 때, 아무개아버님이란 말도 쓰지만 부친, 가친, 가존, 춘부장과 같은 한자말이 많으며, 선생님이 사는 집을 선생님 댁이라고 해야지 선생님 집이라고 하면 결례가 되는 경우처럼 토박이말과 한자말의 의미 격차를 벌여 놓기도 하였다.

이와 같은 언어 현상들은 세종대왕이 한글을 만드신 이전은 물론이고 그 후에도 우리는 한자 문화권에서 벗어나지 못한 채 말글 생활을 해 온 것이 가장 큰 이유일 것이다.

한 낱말에 대해 이와 같거나 비슷한 뜻으로 여러 가지의 어휘가 존재하는 것은 언어생활에서 그 의미나 느낌, 언어 환경에 따라 적당한 말을 골라 쓸 수 있는 장점이 있다. 그러나 1차 언어인 아버지라는 낱말이 같은 뜻을 가진 2차 언어(위에 든 한자어)가 십여 개가 되는 것은 다른 시각에서 보면 언어의 경제성이 떨어진다고도 볼 수 있다. 따라서 1차 언어로 표현될 수 있는 2차 언어는 합리적이지 못할 뿐만 아니라 낭비적 요소일 수 있다는 것이다.

어떤 국어학자는 "지금 우리말에는 1차 언어와 2차 언어(한자어) 외에 새롭게 3차 언어(영어 등의 외래어)가 함께 경쟁을 벌이고 있다."고 기술한 바 있다.(남영신, 2000년)

그러면 이렇게 1, 2, 3차 언어로 된 말들은 어떻게 쓰는 것이 가장 바람직하고 경제적인 것일까?

아내라는 말을 예로 들어보자. 이 낱말은 토박이말 '아내'가 1차 언어다. 2차 언어로는 한자말 '처(妻)'가 있고, 3차 언어로 외래어 '와이프(wife)'가 있다. 국어에 관심이 적은 사람일지라도 우리는 '아내'라는 말을 우선으로 하고 경우에 따라 '처'를 쓰며, '와이프'라는 영어는 쓰지 않는 것이 좋겠다는 상식적인 답이 나온다. 결국 우리말 가꾸기의 바람직한 방향은 토박이말을 우선으로 쓰고, 그 다음이 한자말이며 부득이한 경우에 외래어는 쓰더라도 외국어는 우리말에 섞어 쓰지 않는 것이다.

혹시 오해가 있을까봐 덧붙이면 한자어나 외래어는 토박이말과 함께 우리말의 범주에 속한다. 그러니까 우리는 이들을 자연스럽게 섞어 쓰며 말글생활을 하고 있지만 되도록이면 1차 언어인 토박이말을 널리 찾아 쓰도록 노력하자는 것이며, 한 낱말이 3차 언어까지 통용되는 경우 1차 언어를 중심 언어로 사용해야 한다는 것이다.

'우리말 다듬기' 운동에 동참하자

최근 무분별하게 받아들여 쓰이는 외래어의 수효는 해가 갈수록 급증하고 있다. 어느 나라, 어느 민족의 언어에나 외래어는 있게 마련이다. 더구나 현대 사회는 하루가 다르게 변화하고 있으며, 지구촌이란 말이 생겨날 정도로 교통과 통신, 인터넷 등이 발달하여 서로 다른 문화를 가까이 접할 수 있는 여건 때문에 외국말이 홍수처럼 밀려들어 오고 있다.

최근 우리말에 유입되는 외래어의 급증은 염려하지 않을 수 없는 지경에 이르렀다.

≪표준국어대사전≫(국립국어원, 1999)에 실려 있는 총 440,594개의 표제어 중에서 순수 서양식 외래어는 5.4%, 서양식 외래어가 일부 포함된 것까지 합치면 총 40,542개로 전체의 9.2%를 차지한다. 그런데 새로 만들어 쓰이는 말(신조어)에서 서양식 외래어가차지하는 비중은 이보다 훨씬 높아졌다고 한다.(박용찬, 2005)

국립국어원의 조사에 따르면 2002년에서 2004년까지 3년간 생겨난 새 낱말 1,690개 가운데 서양식 외래어가 608개로 37.0%를 차지하며 서양식 외래어가 일부 포함된 것까지 합하면 총 974개로 전체의 57.6%를 차지한다.

앞으로 이런 추세로 가다가는 몇 백 년 후 국어사전에서 우리 토박이 말보다 외래어의 올림말이 더 많아지는 기이한 현상이 나타날 수도 있다는 전문가들의 염려스러운 목소리도 나온다.

그래서 우리말 가꾸기 운동을 통하여 홍수처럼 밀려들어오는 외국말들을 우리말로 다듬어 쓰는 일과 이를 실천하고자 하는 온 국민의 노력이 필요한 시점이다.

지난 2004년 7월부터 국립국어원이 개설·운영하고 있는 사이트 '모두가 함께하는 우리말 다듬기'는 일반 국민들이 누구나 참여하여 우리말을 곱고 바르게 다듬어 가는 좋은 방법이라고 생각한다.

개설 후 지금까지 우리말에 관심 있는 사람들이 여기에 많이 참여하고 있다. 이 사이트에서 누리꾼 투표에 의해 다듬어진 외래어(외국어)는 지금까지 100여개가 되지만 성공적으로 자리 잡아가고 있는 말은 리플 → 댓글, 네티즌 → 누리꾼 정도의 소수에 지나지 않는다.

그밖에 다듬은 말로 내비게이션 → 길도우미, 스팸메일 → 쓰레기편지, 웰빙 → 참살이, 이모티콘 → 그림말, 콘텐츠 → 꾸림정보, 무빙워크 → 자동길, 선팅 → 빛가림, 퀵서비스 → 늘찬배달 등 좋은 말들이 많은

데 그리 쉽게 바꿔 쓰게 되지 않는다.

이렇게 다듬은 좋은 말들을 모든 국민이 관심을 가지고 자꾸 써 버릇하면 성공을 거둘 수 있겠지만, 언어의 속성이나 그 특성을 고려할 때 누가 시키고 가르친다고 해서 그리 쉽게 고쳐지는 것은 아니다. 위 100여 개의 어휘 중에서 10개 이상만 바꿔 쓰거나 혼용해도 대단한 성과라고 볼 수 있다.

이런 운동이 더 큰 성과를 얻기 위해서 꼭 관심을 가지고 앞장서 주어야 할 분야가 있다.

그 첫째는 언론 매체이다. 신문이나 방송이 우리 언어생활에 미치는 영향력은 막강하다. 이들이 국립국어원과 어떤 공식적인 약속을 하고 이와 같은 우리말 다듬기 운동에 동참하여 여기서 다듬은 말을 의도적으로 많이 퍼뜨려 쓴다면 그 효과는 훨씬 클 것으로 기대한다.

다음은 학교 교육에서 관심을 가져 주었으면 하는 바람이다. 국어 시간은 물론이고 컴퓨터 관련 교과나 다른 수업시간에도 다듬은 말을 쓰도록 지도하고, '우리말 사랑 동아리', '우리말 지킴이' 활동 등을 통하여 우리말 가꾸기 운동을 펴 나아간다면 자라나는 2세들의 말글 생활에 큰 도움이 될 뿐만 아니라 우리말 발전에 좋은 영향을 끼치게 될 것이다.

— ≪한글 새소식≫ 409호, 2006. 9. 원제목 '우리말 바르게 가꾸기'

❖ '우리말 가꾸기'와 '우리말 다듬기'

'우리말 가꾸기'는 종전에 쓰던 '국어순화'란 말을 글쓴이가 쉬운 토박이말로 바꾸어 쓰는 비슷한 개념의 말이며, '우리말 다듬기'는 국립국어원이 운영하는 '모두가 함께하는 우리말 다듬기' 사이트의 줄임말이다.

우리말이 바로 서야 나라가 바로 선다

품위 있는 말은 한 사람의 인품을 가늠하며 그 사회의 사회상을 대변하기도 한다. 말이 곱고 품위가 있으면 그 사람의 인격이 돋보이며 말이 거칠고 저속하면 그 사람의 인격을 낮춰보게 마련이다. 여기에 글도 그 한 몫을 한다.

우리는 세계적으로 가장 우수하다고 평가받는 한글로 문자 생활을 하고 있다. 문맹률이 가장 낮은 것도 이 한글 덕분이며 세종대왕의 은덕이라 할 수 있다.

그런데 지금 우리의 말글 생활을 살펴보면 반성하고 고쳐야 할 일이 한두 가지가 아니다. 언제부턴가 세계화 열풍이 불기 시작하면서 한글 홀대는 점점 심해지고 있다. 이른바 국한혼용론자들은 초등학교 교과서에 한자를 섞어 쓰자고 주장하고 있으며, 언론에서 마구 수입해 퍼뜨리는 외래어는 우리말을 어지럽게 한다.

새로 접하는 로스쿨, 로펌, 유비쿼터스, 소셜 믹스, 프로슈머, 블루오션, 엑스파일 등 생소한 시사용어를 공부해 가면서 신문을 보려면 골치가 아프다.

언론은 한편에서는 우리말 바로 쓰기 운동을 펼치면서도 방송 출연자들의 입에서는 속된 말, 잘못 쓰는 말들이 속출한다. 뉴스 방송 기자

가 '시간'과 '시각'도 구별해 쓸 줄 모르고 '김ː밥'을 '김ː빱'으로 발음
한다. '짱'이나 '끼'와 같은 속어가 이제 방송 언어로 통용되다시피 하고
'hi Seoul', '바이 인천 프로젝트', '비바! K-리그' 등등 지자체를 홍보
하기 위한 표제나 행사 주제가 영어를 포함한 국적불명의 말들이다.

여기에 인터넷 통신언어에서 쓰이는 무분별한 말글이 생활 언어에까
지 침범하여 우리 말글을 오염시키고 있다.

모범을 보여야 할 사회 지도층 인사들의 언어도 신중하지 못하다.
'막가다, 깽판치다'와 같은 말을 서슴지 않으니 우리 사회의 모습이 온
전할 리 만무하다. 이처럼 우리 생활의 이곳저곳을 살피면 우리의 말과
글이 심하게 병들어 가고 있음을 발견하게 된다.

이제 한글날 559돌을 맞으면서 우리 말글을 바로 세우기 위한 몇 가
지 제안을 하고자 한다.

첫째, 지난 7월에 발효된 국어기본법은 권장사항에 그칠 것이 아니
라 강제 규정으로 하여 공공기관이나 언론, 일반 국민들에게 적용하기
바란다. 특히 언론은 국어기본법을 준수하고 우리말 바로 쓰기의 모범
을 보여야 할 것이다.

둘째, 국가적인 차원에서 '국립국어원'과 같은 권위 있는 기관의 주
관으로 '국어능력 인증시험'을 치르게 하여 기업체뿐만 아니라 공무원
채용 시험, 특히 교사 임용의 전제 조건으로 그 결과를 반영할 것을 제
의한다.

셋째, 국경일에서 기념일로 격하된 '한글날'을 다시 국경일로 격상시
켜야 할 일이다. 우리 민족이 세계에 자랑할 만한, 검증된 자랑거리 1
호라면 '한글'밖에 더 있는가.

넷째, 우리말 바르게 가꾸기 운동을 온 국민이 함께 하자는 것이다.
우리말과 우리 글, 한글은 우리 모두의 문화유산이다. 이를 바르게 가

꾸고 발전시켜 나가는 일은 우리 국민 모두의 몫이다.

우리말을 바로 알고 바로 써야 외국어도 제대로 배울 수 있으며, 우리 말글이 바로 서야 나라가 바로 선다는 점을 명심하자.

— ≪한국일보≫ 2005. 10. 9.

❖ **참고**

기념일로 격하됐던 한글날이 한글을 사랑하는 이들과 온 국민의 성원에 힘입어, 마침내 국회의 동의를 거쳐 2006년 560돌 한글날부터 국경일로 승격되어 이날을 기리고 있다.

❖ 다솔 **구법회(具法會)** kbh99@hanmail.net

1946년 인천광역시 강화군에서 태어나 통진중·고교; 인천교육대학을 나와 연세대
교육대학원에서 국어교육을 전공했다.
금성초교 교사로 교직을 출발하여, 중고등학교에서 국어 교사로 재직하며 학생들과
더불어 30여 년간 우리말 가꾸기 운동에 노력해 왔으며 2005년 559돌 한글날에는
전국 국어운동 공로 표창을 받았다.
인천교육연수원, 인천교육과학연구원 교육연구사, 관교중학교 교감을 거쳐 연수중학
교 교장으로 정년퇴임했다. 한글학회 정회원으로 활동하며 현재 중국 심양 한글학당
책임연구관으로 한국어 강의, 편찬 업무 등의 일을 하고 있다.

저서로는 ≪구법회의 우리말 바로 보기≫(2004. 대한),
연구논문 <현대 국어 접속어미의 의미·구문론적 연구>, <대등접속문과 종속접
속문>, <연결어미 '-며', '-면서'에 대하여> 등 다수가 있다.

함께 배우고 익혀야 할 우리말 돋보기

제1판 1쇄 발행   2007년 10월 9일
제1판 2쇄 발행   2008년 1월 21일
제1판 3쇄 발행   2008년 10월 25일

저 자 구법회
발행인 김흥국
펴낸곳 도서출판 **보고사**(등록 제6-0429)
주 소 서울시 성북구 보문동7가 11번지 2층
          전화 922-5120~1(편집) 922-2246(영업) | **팩스** 922-6990
          메일 kanapub3@chol.com | www.bogosabooks.co.kr

정 가 12,000원
ISBN   978-89-8433-595-0(03810)